俺は星間国家の悪徳領主！

I am the Villainous Lord of the Interstellar Nation

7

三嶋与夢
illustration
高峰ナダレ

「あぁ、もう！
こんな屋敷を人力で掃除とか
おかしいんじゃないの!?」
凛鳳
Riho

「お前が散らかしたんだから、お前が片付けろよな」
風華
Fuka

天城
Amagi
『旦那様！』

リアム
Liam
カナミ
Kanami
『何だ、この雑な魔法陣は？』
『一体何が――』

クリスティアナ
Christiana
「誇って良いのよ。
私にここまでさせたお前は、
確かに強敵だったわ」

AG003-M114S-[Br]
ティア専用ネヴァン
ブリュンヒルド
Brunhild

CONTENTS

I am the Villainous Lord of the Interstellar Nation

俺は星間国家の
I am the Villainous Lord of the Interstellar Nation
悪徳領主！
7

三嶋与夢
illustration
高峰ナダレ

イラスト／高峰ナダレ

プロローグ

一人の女子高生が、公園で夜空を見上げていた。

街の灯で綺麗《きれい》な星空は見えないが、それでも星の輝きが見える。

見上げながら息を吐くと白くなる。

寒さで頬や耳を赤くしながら、彼女は空を見上げ続けていた。

学生服の上にコートを着用し、手袋もしている。

だが、その手袋には指先に穴が空いていた。

コートも右ポケットには穴が空いており、何度修繕しても穴が空くので諦めてポケットとして使わなくなっている。

そんな彼女が公園でベンチに座り、空を見上げるようになったのはいつ頃からだろうか？　少なくとも寒くなる前だったのは間違いない。

もっとも、彼女は星やら夜空が特別好きではない。

彼女が夜空を見上げているのは、現実逃避である。

ベンチには学校指定の鞄《かばん》と一緒に、スーパーの商品を詰め込んだマイバッグが置かれている。

「――そろそろ家に帰らないと」

放課後のアルバイトを終えて、後は家に帰るのみ。

しかし、彼女――【安久井《あくい》　香菜美《かなみ》】は、家に帰るのが億劫《おっくう》で公園で時間を潰すようになっていた。

立ち上がった彼女のロングの黒髪が揺れた。

お世辞にも手入れが行き届いたとは言えない髪だが、ある人が似合っていると褒めてくれたので短くするのがためらわれた。

スレンダーな体型は、何も知らない学校の友人たちにモデルのようだと羨ましがられる。

もっとも、太らないというよりも太れないだけだ。

学校や勉強に加えて、アルバイトという生活で忙しい。

今の生活を続けていたら、いつの間にか痩せていたというだけだ。

日々の疲れから少しやつれている香菜美だが、それでも母親譲りの鼻筋の通った端整な顔立ちは学校でも人気だった。

少しつり上がった目が、気の強そうな雰囲気を出している。

学校では常に気怠《けだる》そうな雰囲気を出しているが、かえってそれが男子生徒たちには人気があるらしい。

もっとも、香菜美は学校で青春を謳歌《おうか》できるほどの余裕がないので、人気があろうが関係なかった。

小さくため息を吐《つ》いた香菜美は、とぼとぼと家路につく。

家賃の安い外観がボロボロのアパートにたどり着くと、錆《さ》びた階段を上がって部屋の前にやって来る。

部屋には灯《とも》が灯っており、テレビの音が僅かに漏れ聞こえてくる。

香菜美は嫌な気持ちをため息と共に吐き出したくなる。

「——今日もいつも通りね」

いつも通り——同居人は今日も変わらず家にいる。

ポケットから鍵を取り出してドアを開けると、立て付けの悪さから開き難《にく》さに加えて嫌な音を立てた。

慣れてはいるが、ドアを開く度に香菜美は現実を突きつけられているような気がしてならなかった。

「ただいま」

素っ気なく声をかけてから部屋に上がると、コートを脱いでハンガーに掛ける。

返事がないので狭い部屋の中で視線を巡らせると、テレビを点《つ》けたまま眠っている母親の姿が目に入った。

香菜美は眉間に皺《しわ》を作って母親の姿を見ていた。

こたつを布団代わりにして横になり、眠っている母親の姿は随分とみすぼらしい。

白髪の増えた頭はボサボサしていた。

顔の皺は増え、運動不足もあって太っている。

――同い年の女性たちと比べると、随分と老けていた。

テーブルの上を見れば、お菓子の袋が散らばっている。

香菜美はそれらを片付けながら、母親に対して険しい視線を一度だけ向けた。

「本当に変わらないわね」

娘にはアルバイトをさせているのに、母親は今日も一日中働かないまま部屋で過ごしていた。

こんな母親だが、昔はもっと綺麗だった。

痩せていて美人だった母親は、性格も明るく活発だった。

身に着ける物もセンスが良かったのを覚えている。

休みの日はよく一緒に出かけたものだが、今は見る影もない。

二人が幸せだった頃の話だ――いや、三人だ。

香菜美は台所に向かうと、帰りにスーパーで買ってきた特売のお惣菜《そうざい》を取り出し、夕食の準備をする。

台所で物音を立てていると、母親が目を覚ました。

思い出の中の母親と同一人物とは思えないその顔は、随分と嬉《うれ》しそうにしている。

「帰っていたのね」

香菜美は背中を向けたまま返事をする。

「えぇ。それから、すぐに夕食にするから」

夕食の支度で忙しい香菜美に向かって、母親は普段よりも大きな声を出す。

「そんなことよりも！　今日はお給料日よね？　いくら稼いできたのかしら？」

香菜美は手を止めると、深いため息を吐いてから自分の財布を取り出した。

入っていた金額は五万円と少し。

そこから二万円だけを取り出した香菜美は、テーブルの上に叩《たた》き付けた。

「これでいいでしょ！」

叩き付けられたお札に飛び付く母親だったが、二万円しかないと知ると驚いた顔を香菜美に向けた。

「たったのこれだけ？　これだけで、どうやって生活していけばいいの？」

娘に対してすがるような態度をする母親を見て、香菜美は胸が苦しくなった。

見ていられないと、顔を背けて答える。

「学生のアルバイトに期待しないでよ。そもそも、母さんが悪いんだからね。生活保護を打ち切られたのだって、そもそも――」

自分たちがこんな状況にある理由を語ろうとすれば、母親は顔をしかめてそっぽを向く。

「私のせいじゃないわよ！　ちょっとはお小遣いを稼いで、香菜美に色々と買ってあげようとしただけなのに」

言い訳を聞いて、香菜美は瞬間的に声を荒《あ》らげる。

「買いたかったのは自分の物でしょ！　私は止めてって言ったのに！」

香菜美に責められた母親は、逃げるようにこたつに顔を埋《うず》めて泣き始める。

「どうして私ばかりがこんな目に遭うの？　昔はこんなんじゃなかったのに。あの頃に戻りたい」

昔を思い出して泣き始める母親を見て、香菜美は思った。

（また現実逃避か。自分が責められるといつもこれだ）

呆《あき》れ果てる香菜美だったが、自分も公園のベンチで夜空を見上げていたことを思い出してハッとする。

（――親子揃《そろ》ってソックリじゃない。いつまでも、現実を受け止められないのは私も同じ）

幸せだったあの頃に戻りたいのは、母親だけではない。

香菜美も同じだった。

母親の泣いている姿が嫌になって、香菜美はこの話を切り上げる。

「夕飯の支度をするから」

今日はさっさと食べて、勉強をしたら眠ってしまおう。

そんなことを思っていると、顔を上げた母親が香菜美に提案してくる。

「――香菜美、もっと稼げる仕事をしてみない？」

急に何を言い出すのか？　香菜美が台所で振り返って母親を見ると、真剣な表情をしていたので驚いた。

「仕事って――私は学校もあるのよ」

せめて高校くらいは卒業したい。

そんな香菜美の気持ちを無視して、母親は話を続ける。

「どうせ大学には入れないなら、高卒も中卒も同じでしょう？　それなら、学歴が関係ない仕事をすればいいのよ。香菜美は私に似て美人だし、今は若いから沢山稼げるわよ」

「な、何を言っているの？」

香菜美は嫌な予感がしていた。

それでも母親を信じたかったのだが――。

「夜のお店があるじゃない。年齢さえ誤魔化せれば、香菜美ならすぐに人気になるわよ」

――悪びれもしない母親の笑顔を見て、香菜美は嫌悪感がわいた。

娘に対して夜の店を勧めてくる母親に、香菜美は声を張り上げて抵抗する。

「嫌よ！　そもそも、あんたが働けばいいじゃない！　どうして娘に働かせて、自分は何もせずにいられるのよ？　少しは働いてよ！」

香菜美にとって切実な訴えだったが、母親には届かないようだ。

「無茶を言わないでよ！　母さん、大学を出てすぐに結婚したから働いた経験がないのよ。パートだってすぐに首になるし」

何度かパートに出た母親だったが、どれもすぐに辞めてしまっている。

その理由がどれも酷《ひど》い。

年下の子に注意されただの、頼まれた仕事を無視して怒られただの――香菜美にとっては信じたくない話だった。

自分の母親が、こんなにも情けないとは思ってもいなかった。

母親は悲劇のヒロインのように振る舞う。

「この年齢になってパートで働くなんて恥ずかしいわ。それに、時給だって凄《すご》く安いのよ。我慢なんてできるわけがないわ。大体、私が何をしたっていうのよ？」

香菜美には母親が滑稽にしか見えなかった。

（私が何をした、ですって？――あんたが何もかもぶち壊したんじゃない！　あんたが――あんたと――私が）

香菜美は手を握りしめると、母親に対して言い放つ。

「何を？　散々色々とやって来たじゃない。父さんを裏切って、何もかも失ったのは母さんよね？　そのせいで父さんは――何もかも自業自得じゃない」

母さんが父さんを裏切った。

そこから幸せだった家庭は壊れ、気がつけば二人はボロアパートで暮らすことになった。

香菜美の言葉に母親も言い返してくる。

「新しいパパがいいって言ったのは、香菜美も同じじゃない！」

「っ!?」

かつて父親にはなった言葉を母親の口から聞かされた香菜美は、何も言い返すことができなかった。

香菜美はいつの間にか部屋から飛び出していた。

◇　◆　◇　◆　◇

部屋を飛び出した香菜美が向かった場所は、普段から時間を潰すために使っている公園だった。

周囲には人の気配もなく薄気味悪いが、香菜美には気にしている余裕がない。

今は母親のいる部屋には戻りたくなくて、ベンチに座って項垂《うなだ》れていた。

とにかく一人になりたかった。

「もう疲れたよ——父さん」

香菜美は幸せだった子供の頃を思い出していた。

綺麗《きれい》だった母親がいて——そして優しい父親がいた。

今にして思えば、とても幸せな家族だった。

優しい父親は、ちゃんと仕事もして家に戻ってくると香菜美とも遊んでくれた。

香菜美が無茶を言えば、困ったような微笑を浮かべて諭してくれた。

時々叱られることもあったが、それでも自分たちを愛してくれていた。

今でも香菜美は、父親に優しく頭をなでられた感触を覚えている。

温かくて、優しくて、嬉しかった思い出だ。

そんな父親を香菜美《かなみ》は裏切ってしまった。

「父さん——ごめんね。本当にごめんね。私が馬鹿だったよ」

香菜美は地面にポタポタと涙をこぼした。

二度と会うことはできない父親を思い出したからだ。

「私がパパの方がいいなんて言わなければ——父さんは死なずに済んだのかな？」

香菜美は今も後悔している。

それは、母親がある男性と不倫をしていた頃の話だ。

当時、男性は香菜美と会うと何でも買ってくれた。

欲しい物は何でも揃えてくれたし、子供の頃の香菜美にとってはとても嬉しかった。

時折厳しく叱ってくる父さんと比べてしまい、徐々に男性が本当の父親なら良かったのに、と思うようになってしまった。

だから——母親に「あなたの本当の父親はこの人よ」と言われた時は、無邪気にも喜んでしまったものだ。

その時から男性をパパと呼んで慕った。

今の自分がその場にいたら、無邪気に喜んでいた自分を全力で平手打ちしていただろう。

その後は両親が離婚することになったのだが、その際に父親に向かって香菜美は「パパの方がいい」と言ってしまった。

絶望した父さんの顔を見ても、その時の自分は何とも思っていなかったのが腹立たしくて許せない。

だが、そうして新しいパパができたのだが、すぐに自分も母親も捨てられてしまった。

どうやら、新しいパパは自分たちを愛していなかったらしい。

結局、後になって香菜美は気づかされた。

本当の父親ではなかったが、それでも自分を愛してくれたのは父さんだった、と。

何もかも失った後に気づいたのだが、謝ろうとした時には父さんが既に死んでいたと知らされた。

もう二度と会うことも謝ることもできないと知った香菜美は、酷い絶望感を味わった。

「――これも父さんを裏切った罰かな？　それなら、受け入れるしかないよね」

大事な父さんを裏切ってしまったのだから、これは仕方がないことだ――と。

受け入れるというよりも、罰を求めていた。

「学校を辞めて働くのも悪くないかな？　いっそ、一人暮らしでも――え？」

香菜美は顔を上げて夜空を見上げたが、急に地面が明るくなって驚いてしまった。

何事かと思ってベンチから立ち上がって周囲を確認すると、香菜美を中心に魔法陣のようなものが広がっていた。

「何が起きて――」

言い終わる前に、香菜美はその場から消えてしまうのだった。

朝方に屋敷の庭園を掃除する二人のメイドがいた。

フリルのついた可愛《かわい》らしいメイド服は、屋敷で働く他のメイドたちとはデザインが異なっている。

デザインの違いが、その二人が特別であるという証《あかし》でもあった。

そんな二人の内、一人が手に持った箒《ほうき》を乱暴に振り回し始める。

「あぁ、もう！　こんな広い屋敷を人力で掃除するとかおかしいんじゃないの!?　掃除用のロボットとかあるんだから、やらなくていいでしょ！」

ストレートロングの紺色の髪を振り乱し、周囲の草木に当たり散らした。

彼女の名前は【皐月《さつき》　凜鳳《りほ》】。

屋敷でメイドとして働くのが腹立たしいのか、随分と険しい表情をしていた。

そんな凜鳳を呆れた顔で見ているのは、【獅子神《ししがみ》　風華《ふうか》】だった。

ボリュームのあるオレンジ色の髪を後ろで束ねた彼女は、箒を肩に担ぐと凜鳳が散らかした場所を見てため息を吐《つ》く。

「お前が散らかしたんだから、お前が片付けろよな」

屋敷で働くメイドとしては、粗暴すぎる二人だった。

しかし、他の使用人たちは二人が散らかしても注意をしようとはしなかった。

何しろ彼女たちは特別な存在だ。

屋敷の主人である【リアム・セラ・バンフィールド】と同じ一閃《いっせん》流を学んだ同門。

リアムの妹弟子たちだ。

可愛らしいメイド服に身を包み、まだ幼さが残る顔立ちをしていてもリアムと同じく一閃流の剣士である。

――そんな二人がメイド服姿で、屋敷で働いているのには理由がある。

呆れ顔をする風華に凜鳳は、嚙《か》みつくような勢いで言い返す。

「いい子ちゃんぶらないでよ。その言動も、恰好《かっこう》も、何もかも似合ってないんだよ」

似合っていないと言われた風華は、顔を赤くして箒を刀のように持つ。

「な、何だと！　お、俺だって、好きでこんな恰好をしているんじゃないぞ！」

箒を向けられた凜鳳は、口角を上げて笑うと同じように箒を刀に見立てて構えを取る。

「やる気？　いいね、かかって来なよ」

二人の間に一触即発という雰囲気が漂うと、周囲の草木が風もないのにざわめいた。

両者が睨《にら》み合いを続け、今まさに箒で相手を打ちのめそうとしたところで――二人にとって最悪の人物が現われる。

「――まったく。何度言っても理解できないようだね」

凜鳳と風華がギョッとしながら、顔を動かして現われた人物を見る。

そこに立っていたのは【セリーナ】だった。

「私は掃除をしろと言ったはずだよね？　それなのに、逆に散らかしてどうするんだい」

右手を額に当てて首を横に振るセリーナは、ヤレヤレという態度だった。

凜鳳と風華はセリーナの態度に苛立《いらだ》ちを覚える。

気の短い二人は、本来であれば自分たちを馬鹿にするような存在は一瞬で切り捨てるくらいはするだろう。

しかし――ここはバンフィールド家の屋敷だ。

そして、主人は二人をアッサリと打ちのめした兄弟子のリアムである。

ここでセリーナを斬ろうものなら、リアムの怒りに触れてしまうのは確実だ。

何しろ、二人はリアムから直々に「セリーナのもとで礼儀作法を身につけろ」と言われているのだから。

頬を引きつらせながら、風華が言い訳を開始する。

「俺は真面目にやってたよ！　それなのに、凜鳳の奴《やつ》が俺に喧嘩《けんか》を売ってきてさ」

自分の名前を出された凜鳳が、目を見開いて風華を凝視した。

「僕を売るつもり!?　セリーナ、悪いのはこいつだから！　そもそも、先に箒を向けてきたのは風華だからね！」

口論になり始める二人を前に、セリーナは声を張り上げる。

「どっちが悪いかじゃない。どっちも悪いんだよ！」

普段は礼儀正しい口調を心がけるセリーナだったが、問題児二人を前に荒々しい言葉を使い始める。

「大体、私を呼び捨てにするんじゃないよ。私はリアム様から直々に、お前たちの面倒を見るように仰せつかったんだからね」

セリーナは小声で「まったく、面倒な仕事を言いつけられたものだよ」と愚痴をこぼしていた。

凜鳳も風華も、リアムの名前を出されては何も言い返せない。

二人にとって同門で兄弟子というのも大きな理由だが、何よりもリアムは二人を子供のようにあしらう強さを持っている。

本能的な部分でも、リアムには逆らうのがためらわれていた。

風華は内心で「今日も説教か――」と思っていると、何やら周囲が慌ただしいような気がした。

説教をしているセリーナの話を遮る。

「侍女長、今日は何だか騒がしくないか？」

呼び方は改めても、ため口を改めない風華にセリーナは諦めたようにため息を吐いてから理由を教える。

「騒がしいのは無理もないよ。何しろ、この家にとっては慶事だからね」

凜鳳が首をかしげる。

「慶事？　何か良いことでもあったの？」

何も知らない二人に向かって、セリーナは少しばかり嬉《うれ》しそうにしながら答える。

「バンフィールド家が手に入れた惑星で、世界樹が見つかったのさ」

ただ、凛鳳も風華も事の重大性に気づいた様子がなく、二人揃《そろ》って首をかしげている。

その様子を見ていたセリーナは、深いため息を吐いた後に二人に掃除を再開させるのだった。

◇◆◇◆◇

星間国家アルグランド帝国。

皇帝を頂点とした貴族制の国だが、そんな支配体制で本当に星間国家などを建国できるのか疑問だろう。

時代遅れな支配体制では星間国家を維持できない、と俺も考えたことがある。

だが、事実は逆だ。

星間国家の規模ともなれば、支配者側からすると管理するのが大変難しい。

特に広大な領地を持つアルグランド帝国ともなれば、管理する側も大変だ。

首都星から全ての惑星やら要塞、コロニーを支配しようとすれば非常に面倒になる。

それならば、貴族制を復活させて領地を与え管理させた方が楽だったのだろう。

まぁ、貴族制の復活までには色々とあったかもしれないが、今の俺には細かい話などどうでもいい。

この俺――リアム・セラ・バンフィールドが、そんな巨大な帝国の伯爵という地位にいて、いくつもの惑星を支配している事実こそが重要だ。

昼下りの応接間にて、俺は尊大な態度でソファーに座っていた。

「俺の領地にあるものは、全て俺のもの。それがたとえ、人の命だろうと例外ではない。この認識が間違っていると思うか？」

現在は一人前の貴族になるため修行中だった俺だが、長く領地を空けているのもよろしくないので自領に戻ってきていた。

本来であれば役人として実務を四年間こなすはずだったのだが、その前に数年は領地に戻って仕事に専念することに。

修行は一時中断し、領内で過ごしていた。

そんな俺のもとに少し前に知らせが届いた。

――領内で世界樹が発見された、と。

その結果、今の俺は応接間で美しい女性とローテーブルを挟んで向かい合っている。

「貴族様らしいお考えですね」

美しい女性の名前は【アンシュリー】――彼女はエルフだった。

エルフたちを束ねる女王で、自身はその中でも貴種とされるハイエルフなのだとか。

白い肌、青い瞳、金色に輝く緩やかにウェーブした長い髪。

そして、つんと伸びた長い耳。

鼻筋が通って端整な美しい顔立ちは、人間である俺から見ても理想的な顔のように見える。

彼女は体のラインが出る民族衣装的な白いドレスを着用していた。

金糸で模様が刺繡《ししゅう》されているのだが、どうやら薄地なのか下着が透けて見えてしまっている。

本人は気づいていながらも羞恥心を感じていなかった。

自分の容姿に絶対の自信があるのだろう。

俺に微笑《ほほえ》んでいる姿は女神のようにも見えるが、美しい容姿の裏にはどす黒い感情が渦巻いているのだろう。

人間への侮蔑だろうか？

アンシュリーの斜め後ろに立つ護衛の男性エルフも同じだ。

彼はアンシュリーの騎士なのだろう。

俺の前で護衛など無意味だから付き添いを許してやったのだが、アンシュリーの斜め後ろに立った騎士は俺を見下ろしていた。

その視線に嫌悪感が混じっていた。

アンシュリーが強引に話を戻す。

「伯爵様、我らの故郷を返還して頂けませんか？」

「世界樹が誕生した途端に返せと言うのか。図々《ずうずう》しい連中だな」

アンシュリーが俺に面会を求めてきた理由は、世界樹が発見された俺の惑星を返還して欲しいと申し出るためだった。

エルフという存在だが、この世界では非常に立場が弱い。

人間社会に溶け込んで普通に暮らしているエルフたちもいるが、同族たちでまとまっている連中――アンシュリーたちのような存在は別だ。

創作物に登場するエルフとは長寿の種族に設定されることが多いが、この世界は人間が五百年以上も生きられる。

対して、この世界のエルフたちは三百年程度しか生きられないそうだ。

ハイエルフのアンシュリーでさえ、その寿命は四百年から五百年と一般人並らしい。

ぶっちゃけ、この世界ではエルフというのは短命種扱いを受けている。

また、人間のように大きな勢力を持っていないのも立場が弱い原因だ。

それにもかかわらず人間たちを見下せる傲慢さは、むしろ褒めてやりたいくらいだ。

きっと自分たち美しいエルフこそが、選ばれた種族であるとでも考えているのだろう。

何しろ、エルフというのはこの世界でも人気の高い種族だ。

多くの人間がエルフに魅入られる。

外見的な美しさだけではなく、人がエルフたちの魔力的な魅力を感じ取っているというのが定説だ。

エルフはこの世界でも神秘的な存在と思われている。

俺にはまったく興味がない話だ。

だから、俺はエルフたちの前で尊大な態度を取っている。

アンシュリーも俺の態度に僅かに困惑しながら、再び図々しい願いを申し出てくる。

「伯爵が所有する惑星は、古《いにしえ》の我らの故郷でございます。それならば、我らが帰るのは道理ではありませんか？」

確かに、アンシュリーたちが世界樹の惑星で生まれ、暮らしていたなら道理だろう。

しかし、そもそも世界樹が誕生した惑星は、俺が手に入れた時点では誰も住んでなどいなかった。

「滅んで干からびたような惑星が故郷？　俺がようやく緑地化に成功した途端に、返せとは都合が良すぎるな。エルフというのは実に厚かましい奴らだ」

挑発してやれば、護衛の騎士が眉根を寄せて俺を睨んでいた。

しかし、アンシュリーは両手を握って祈るような仕草で俺に頼み込んでくる。

「我らの故郷が復活したのは、きっと我らに再び故郷に戻り、繁栄させよということの宇宙の意志です。それに、復活した惑星には世界樹が存在します。伯爵様では、世界樹の管理は難しいはず。違いますか？」

世界樹――それはエリクサーを生み出す神聖な植物だ。

領内で発見された世界樹は、まだ若木であるらしい。

しかし、これが育つと山のように大きな植物となる。

世界樹の恩恵はエリクサーだけには留《とど》まらず、その惑星を質の高い魔力で包み込む云々《うんぬん》とか色々とあるらしい。

そんな恩恵だらけの世界樹ではあるが、人の手により植樹して増やすことは不可能だ。

一つの星には、一本の世界樹しか存在できない。

オマケに、世界樹が生える条件というのも未知な部分が多い。

帝国内でも世界樹の数はそんなに多くはなく、とても希少な植物である。

広大な領土を持つ帝国でさえ、世界樹は百本も存在していないはずだ。

ただ、そんな世界樹は人では管理できないと言われていた。

世界樹を管理するのは、エルフたちのような人間以外の種族が適しているらしい。

「そのためにお前らに世界樹を渡せと？」

「世界樹の管理をお任せ頂ければ、伯爵様にも定期的にエリクサーを献上いたします。悪くない提案だと思いますが？」

「――エリクサーか」

俺が悩むようにアゴに手を当てると、それを見たアンシュリーと護衛の騎士が僅かに口角を上げて勝利を確信した顔を見せた。

本人たちは隠している様子だが、俺から見れば丸分かりだ。

そもそも、俺がエリクサー欲しさに悩んでいると思っている時点で見当違いだ。

エリクサーが領内で確保できるのは確かに利点だが、今の俺はエリクサーに困っていなかった。

バークリーファミリーを滅ぼした際に手に入れた「惑星開発装置」があるからだ。

これは、その名の通り惑星を開発するための装置だ。

効果は単純に「人が居住可能になるよう惑星を開発する」というものだ。

条件を満たした惑星があれば、装置を近くに持っていって作動させるだけで効果を発揮する。

これがあれば、人類の生活圏が更に広がるだろう。

既に再現不可能なオーバーテクノロジーであるため、量産できないのが難点となっている。

だが、この装置には恐ろしい使い道があった。

それは、生命を育むとは逆の使い道――生命を滅ぼす装置にもなり得るというものだ。

この惑星開発装置だが、生命に溢《あふ》れた惑星に逆の目的で使用することができる。

装置は生命力を吸い上げ、そしてエリクサーへと変換することができた。

代わりに、生命力を吸われた惑星は荒廃して滅んでしまう。

こんな惑星開発装置だが、俺は宇宙海賊共を滅ぼした際に使っている。

滅ぼした直後に使用すると、宇宙に漂う生命力を吸い上げてエリクサーを生成してくれるからだ。

もっとも、惑星を滅ぼした時ほどよりエリクサーは得られない。

だが、宇宙海賊共はいくら倒しても誕生してくれる。

エリクサーが欲しいなら、海賊共を狩ればいい。

その上、奴《やつ》らは倒すことで俺の功績にもなってくれる。

発生した残骸は俺の持つ錬金箱で資源に変わる。

最後は生命エネルギーであるその魂まで惑星開発装置で回収されて、エリクサーに生まれ変わるのだ。

骨までしゃぶるという言葉があるが、俺は魂すらしゃぶり尽くす悪徳領主だ。

宇宙海賊たちは、この俺にとって最高の財布である。

やつらは各地で暴れ回り財宝を集め、俺を儲《もう》けさせるために命まで捧《ささ》げてくれる存在だ。

海賊がいる限り、俺は少しも困らない。

しかし、だ。

希少な世界樹を確保しているというのは、領主的に一種のステータスである。

貴族同士で話をする際に「うちの領地には世界樹があるんだぜ！」と、マウントを取れる。

そういった見栄《みえ》を張るために、こいつらエルフを飼うのも悪くはないだろう。

「まぁ、いい。少しは考えてやる。お前らが俺のために働くなら、世界樹の側《そば》に置いても悪くないからな」

傲慢な態度を見せると、エルフたちは笑みを浮かべた。

だが、同時に殺意もこの俺に向けてくる。

アンシュリーはソファーから立ち上がり、カーテシーをする。

「ありがとうございます、伯爵様」

頭を下げるアンシュリーだったが、内心はきっと苛立《いらだ》っているのだろう。

殺意を隠しきれていないエルフたちが面白く、俺は気づかないふりをしてやっていた。

「検討するだけだ。正式に決定はしていない」

顔を上げたアンシュリーだが、俺の話を聞いても既に決定したと確信しているようだ。

「我々以外に選択肢があるとは思えませんけどね」

「――どうだかな」

話し合いに区切りがついたと判断した天城《あまぎ》が、俺に次の予定があることを伝えてくる。

「旦那様、そろそろ次のお客様との面会時間です」

「わかった。それにしても、今日も客が多いな」

朝からこんな会話を何十回も繰り返している。

俺が屋敷に戻ると、このように客が押し寄せてくるのが困りものだ。

エルフたちが退室していく。

◇　◆　◇　◆　◇

退出したアンシュリーだが、先程のリアムとの会話を思い出して険しい表情をしていた。

「あの薄汚い人間の小僧が、この私を前にして偉そうに振る舞って」

自分よりも若いくせに、最後まで太々《ふてぶて》しい態度を崩さなかった。

それよりも、自分の美貌を前にしてなびかなかったリアムが、アンシュリーは憎らしかった。

これまで相手をしてきた人間たちは、貴族だろうと自分を前にすれば喜んでいた。

アンシュリーにとって自身の美貌は力そのもの。

しかし、今回に限っては通じなかった。

護衛の騎士がアンシュリーに話しかけてくる。

「女王陛下、これも世界樹を手に入れるためです。今は我慢の時かと」

護衛の騎士の口振りも、人間であるリアムを見下しているものだった。

アンシュリーは小さくため息を吐《つ》くと、表情を緩めた。

「そうね。世界樹さえ手に入れれば、エリクサーを使って一族を繁栄させられるわ。世界樹が枯れるまで絞り尽くしても、数百年は安泰ね」

エルフは確かに世界樹を管理できる種族だ。

しかし、アンシュリーが治めているエルフの一族は、本来なら数万年を生きる世界樹を数百年で枯らしてきた。

エリクサーを搾り取り、惑星を滅ぼしながら繁栄してきたのがアンシュリーたちだった。

護衛の騎士がうっすらと笑みを浮かべる。

「エリクサーを売り払えば巨万の富が手に入りますからね。そして、我々もようやく宇宙を放浪する旅から解放されます」

世界樹が誕生した惑星が故郷というのは本当の話だ。

もっとも、荒廃させた原因は――アンシュリーたちの何代も前のエルフたちだった。

エリクサーを強引に絞り出し、星の生命力を奪い尽くした結果だった。

「せめて孫の代までは安泰でいたいものね。精々、あの伯爵の小僧からも搾り取ってやるわ」

世界樹を握り、そしてバンフィールド家からも支援と称して財をたかるつもりでいた。

本来ならば世界樹を管理すべきエルフで、アンシュリーたちのような考えを持つ者たちの方が希《まれ》だ。

だが、存在しているのも事実。

そんなアンシュリーたちを許せない者たちも存在している。

広すぎる廊下を歩いていると、次の客人たちがやって来る。

小男と大男。

二人は体格ばかりでなく、種族も違う二人組だった。

小男の身長は百二十センチ程度なのに対し、大男は二メートル半ばもある。

二人ともスーツを着用しているが、不格好過ぎてアンシュリーがあざける。

「何とも醜い連中だこと。しかも、我々の後に面会するなんて――本当に運のない連中だわ」

小男はゴブリンであり、大男はオークだ。

人間の感覚で美醜を語れば、どちらも醜い姿をしている。

二人はアンシュリーとすれ違う距離に来ると、悔しさから顔を歪《ゆが》ませている。

この世界では、元を辿《たど》ればエルフ、ゴブリン、オークは祖先を同じとしている。

三種とも世界樹を管理できる種族である。

美しく進化したエルフと、醜く進化したゴブリンとオークたち。

どちらも、この宇宙では少数民族的な扱いを受けていた。

アンシュリーは、この二人が自分たちと同じようにリアムに世界樹の管理を任せて欲しいと頼みに来たのを察する。

「世界樹が欲しかったのだろうが、少しばかり遅かったな。伯爵は必ず我々を選ぶ。醜いお前たちには、宇宙で放浪するのがお似合いだ」

ゴブリンもオークも、世界樹の管理ができる種族で間違いない。

しかし、どちらも醜いために故郷を奪われることが多い。

その原因の多くは人間たちだ。

せっかく世界樹が存在しているのなら、管理させるのは醜い種族よりも美しいエルフたちの方がいい、と。

たとえ、アンシュリーたちのようなエルフたちが、世界樹を枯らしてしまうとしても、だ。

エルフたちが世界樹を枯らしているなど人間は知らないし、信じない。

それは、皮肉にも真面目に世界樹を管理しているエルフたちが存在するためだ。

そして、リアムの下を訪れたゴブリンとオークは、過去にエルフたちにそそのかされた人間の領主に故郷を追われて宇宙を放浪する民になってしまった。

世界樹のない惑星では、森の民である彼らは生きるのが辛《つら》い。

宇宙をさまよいながら、世界樹のある惑星を探していた。

ゴブリンたちは、アンシュリーたちの企《たくら》みに気づいているようだ。

「神聖な世界樹を枯らし、星を滅ぼすのは悪いことゴブ。それに、あそこは我々ゴブリンやオークの故郷でもあるゴブ」

リアムが手に入れた惑星の一つが、偶然にも彼らの先祖が誕生した故郷だった。

そこには、かつてこの宇宙で見ても立派な世界樹が存在した。

それを枯らしたのは――アンシュリーたちの祖先であるエルフたちだった。

オークも強く抗議する。

「お前たちは一体どれだけの世界樹を枯らしてきたのだ？　枯らした数だけ、星も荒廃したはずだ。一体、どれだけの命を殺せば気が済む？」

アンシュリーは、そんな二人の真剣さを嘲笑《あざわら》う。

星の生命など気にも留めた様子がない。

「それがどうしたのかしら？　我らエルフの糧になれたのだから、幸せじゃない。世界樹も星も、そして全ての命も我々の糧よ。お前らが幾ら足掻《あが》こうとも、あの惑星は我らのものの。人間に世界樹の正しい価値など理解できるわけがないの。あの小僧も我らに世界樹の管理を任せるはずよ」

人間たちに世界樹の価値は理解できない、とゴブリンたちも理解しているようだ。

苦々しい顔をするゴブリンたちはそれでも、リアムに期待する。

「――バンフィールド伯爵は名君と呼ばれるお方でゴブ。きっと、説明すれば理解してくれるはずでゴブ」

アンシュリーは面会したリアムの姿を思い出すと、ゴブリンたちが憐《あわ》れになって吹きだしてしまう。

「あれが名君？　あの小僧はただの人間よ。人である限り、醜いお前たちよりも、美しいエルフを選ぶに決まっているわ。それがこの世界のルールなの」

そう言って、アンシュリーはゴブリンたちから離れて行く。

その際に、彼らが悔しそうにしていた顔を見て、満足感に包まれていた。

だが、アンシュリーは一つ理解していなかった。

――リアム・セラ・バンフィールドは、悪徳領主を目指す男だということを。

◇　◆　◇　◆　◇

エルフの次の面会人たちだが、何とゴブリンとオークだった。

存在は知っていたが、実物を目にしたのはこれが初めてである。

先程のエルフたちよりも、俺はワクワクしていた。

「伯爵様、どうか我々に世界樹の管理をお任せ下さい。世界樹というのは――」

オークが必死に説明してくるが、何やら世界樹はエリクサーを生み出すのが本来の目的ではないらしい。

そこに存在することが大事であるとか――まぁ、あれだ。

スピリチュアル的な話だろうか？

前世でも散々聞いた話だが、興味がない俺はオークの説明を聞き流していた。

それよりも、俺が興味を持ったのはゴブリンとオークだ。

悪徳領主として味方にするなら、エルフよりもこいつらではないだろうか？

あの高飛車なエルフは嫌いだし、どうせ雇うならこいつらの方がいい。

それに――前世の後輩である新田《にった》君も言っていた。

ゴブリンやオークは悪である、と。

この二種族こそが、俺が悪であると実感できる仲間たちだ。

そもそも、美女ならエルフにこだわらなくともいくらでも集められるのだが、こういう奴《やつ》らは集まりが悪い。

ゴブリンもオークも、少数しか存在していないそうだ。

この世界では貴重な存在だった。

ゴブリンとかオークなんて、大量にいると思っていたら間違いだ。

どうせ、世界樹など見栄《みえ》のために所持したいだけだし、任せるならこいつらの方がいい。

俺が一人で納得しながら頷《うなず》いていると、ゴブリンが何やら必死に説明していた。

「伯爵様のために協力は惜しみませんゴブ。どうか、我々に世界樹を任せて欲しいでゴブ。そして、どうか我々の仲間をお救い下さいゴブ」

必死に頼み込んでくる姿を見て、こいつらは相当困っているのだと察した。

俺にとっては恩を売れるチャンスである。

「ほう、この俺に協力は惜しまない、と。——気に入った」

ゴブリンとオークが顔を上げる。

「ゴブ!?」

「え!?」

二人とも驚いているところを見るに、あまり期待していなかったのではないだろうか？

俺がエルフを選ぶと思い込んでいたようだ。

エルフなんて捕まえようと思えばいつでも捕まえられる。

そうしたら、こいつらに捕らえさせて薄い本みたいな展開にさせるのも悪くない。

昔、新田君が薄い本について熱く語っていたのを思い出す。

悪徳領主がエルフをどうのこうの、って。

その際に出てくるのは、ゴブリンやオークが定番のようだ。

――うん、これこそが悪って感じがする。

新田君、俺はやるよ！　やってみせるよ！

「世界樹のある惑星はお前たちに任せてやる。それから、今後は俺のために働いてもらう」

正式に任せると俺が発言したことで、ゴブリンとオークは何度か二人で顔を見合わせてから徐々に笑顔になった。

「あ、ありがとうございます！　あの、それで我々は何をすればよろしいのですか？」

喜んで返事をするオークだったが、俺のためにどのように働けば良いのか？　と問い掛けてくる。

――困った。俺もあやふやな知識しかないので、こいつらに何をさせたらいいのかわからない。

そもそも、薄い本の話もほとんど聞き流していたからな。

ごめんよ、新田君。

「――用があれば呼ぶから、それまでは世界樹の管理をしておけ。立派に育てろよ」

「は、はいでゴブ！」

まぁ、うちには立派な世界樹があります！　と俺が自慢したいだけだからな。

元気に育ててくれればそれでいい。

ゴブリンやオークに手伝わせる内容だが、何か思い付いた時に呼び出せばいいだろう。

第二話 ＞ 案内人の暗躍

世界樹のある惑星に移住が許されたのは、ゴブリンとオークたちだった。

バンフィールド家が選んだのは、エルフではなく醜い彼らだった。

その話を聞いた女王であるアンシュリーは、帰還した移民船の中で怒りに震える。

眉間に皺《しわ》を寄せ、玉座の肘掛けを握り潰した。

「――どうして我らを選ばない！　何故《なぜ》、あの醜い種族を選ぶのよ！」

アンシュリーが率いる移民船は数こそ少ないが、それでも数万人の同族たちが暮らしている。

同族たちも、移住できるのは自分たちだと信じ切っていた。

新しい土地にようやく落ち着けると安堵《あんど》していた。

それが、結果を見れば交渉は失敗。

選ばれたのが、ゴブリンやオークたちと知って大騒ぎになっている。

側《そば》にいるアンシュリーの家臣たちも大慌てだ。

アンシュリーの怒りは収まらず、天井に向かって叫ぶ。

「人間風情が！　こうなれば、世界樹を枯らしてしまいなさい！　我らのものにならないならば、それは不要なものよ！　こうなれば、呪星毒を使うわ」

激怒しているアンシュリーの発言に、周囲の家臣たちが大慌てで止めに入る。

「呪星毒ですと!? 女王陛下、それは流石《さすが》にまずいですよ」

呪星毒とは、滅ぼされた惑星にある怨念などを物質化した危険な代物だ。

ばらまけば惑星一つが簡単に呪われ、毒として使用すれば飲んだ人間は必ず不幸になり苦しみながら死んでいく。

心が弱ければ即死し、その死体が不幸をばらまく温床になる。

使用すると大変なことになる毒だった。

そんな呪星毒をアンシュリーたちは保管していた。

「今使わずに、いつ使うと言うの？ そもそも、あの人間の小僧風情がこの私を弄ぶなんて絶対に許せないわ」

目を見開き、怖い顔で笑っているアンシュリーに周囲の家臣たちは何も言えずにいた。

——そんな鬼気迫る場所に、シルクハットが天井から落ちてきた。

エルフたちはシルクハットに気がつかない。

最初から見えていないからだ。

床に落ちたシルクハットからは、小さな手足が生えてくる。

そして、両手を広げるような仕草を取ると。

「あぁ、何という傲慢で醜い怒り。リアムに関係したことで、効率よく吸収できそうだ」

エルフたちのリアムに対する怒り、憎しみ。それらをシルクハット——案内人が吸い込んでいく。

エルフたちが所有する呪星毒まで吸い込み、案内人は久しぶりに負のエネルギーを大量補給した。

それだけではなかった。

「す、素晴らしい!?　このエルフたちが長年溜《た》め込んできた滅ぼされた惑星や生命の蓄積された怒りや憎しみが、私に更なる力を与えてくれる！」

アンシュリーたちが滅ぼしてきた惑星や、そこで暮らしてきた生命たちの憎悪が移民船団にまとわりついていた。

本人たちも知らない内に、かなりまずい状況になっていたらしい。

このままでは、アンシュリーたちは酷《ひど》い地獄を見た可能性すらある。

それだけの負のエネルギーを案内人が吸収すると、様子が変化する。

案内人の体に力がみなぎってくる。

帽子からは案内人の体が生えてきた。

失われた体を取り戻した案内人は、両手を掲げる。

「完、全、復、活！」

案内人は復活した体の感触を確かめつつ、今後のことを思案する。

「ふむ、復活してみたものの、これではリアムを倒せませんね。それに、今近付けばあっさり返り討ちに遭ってしまう。何とかリアムがいない間に、暗躍できるといいのですが

――あ、そうだ！」

案内人が思い付いたのは、召喚魔法だった。

リアムを帝国が発見していない、遠い惑星に送る。

ただ、今の案内人にはそこまでの力がない。

ではどうするか？

「リアムを異世界に放り込んで――は、流石に今の私でも難しいか。それでは、この世界で異世界召喚をしている惑星に送り、時間を稼ぐとしましょう。その間に、こいつらのような悪意を持って近付く連中をけしかければ――リアムの領地はボロボロ。ついでに、あいつの持つ錬金箱などを奪えば、戻れたとしても今後は苦労することになる」

案内人のプランは、自分にとって厄介なリアムを遠くへ追いやり、その間にバンフィールド家の力を削《そ》ぐことだった。

リアムの財源となっている錬金箱や、惑星開発装置などを奪ってやる。

そのためには、邪魔なリアムをどこかの惑星に飛ばせばいい。

ただ、ここは魔法も存在する世界だ。

召喚魔法を使った誘拐対策も考えられており、伯爵のリアムにはそのような対策が何重にも施されている。

召喚魔法に巻き込むのも簡単な話ではないが、対象がリアムというのが案内人にとって大きな問題である。

一般人を巻き込むのとは違い、リアムという規格外の存在に干渉するのは骨が折れる。

「魔王に苦しめられ、異世界から勇者を召喚する惑星ならいくらでもある。そこにリアムを押し込めばいい。いっそ、魔王にリアムを倒させるのも――普通に無理だな」

魔王にリアムが倒せるなら、そもそも自分がここまで追い込まれていない。

それに、リアムが召喚され行方不明になれば、当然のようにバンフィールド家が捜索を開始するだろう。

あまりに遠い惑星に送るのは、案内人としてもせっかく手に入れた力を大きく消費してしまう。なので、送り込めるのは星間国家の規模で考えれば〝近場〟だろう。

帝国に発見されず、細々と原住民たちが暮らす星になるはずだ。

そんな場所にリアムを送っても、見つかるのも時間の問題である。

時間稼ぎさえしてくれればいいと、案内人は手頃な場所を探す。

すると、一つ――魔王に苦しめられて、異世界召喚を行おうとしている惑星があった。

その惑星に、今まさに一人の勇者が異世界から召喚されようとしていた。

「ここだ！　リアムさえいなければ、私はあいつの領地で好き勝手に行動できる！　よし、召喚術に巻き込まれるようにしてリアムを追い出してやる！」

案内人が部屋を出ていくと、そこでは急に険しい表情が消えて脱力したアンシュリーが椅子に腰を下ろしたところだった。

「女王陛下!?」

周囲の家臣たちが心配して集まってくると、アンシュリーは復讐心《ふくしゅうしん》が消えた顔になる。

眉間の皺が取れ、穏やかな――いや、どこか冷めた顔をしている。

瞳のハイライトが消えて、先程までの自分を思い出して後悔しているようだ。

「やっぱり毒はないわ」

「そ、そうですよね！　世界樹を枯らすにしても、エリクサーを搾り取らないと」

安堵する周囲の家臣たちの言葉を聞いて、アンシュリーは玉座の上で膝を抱えて呟《つぶや》く。

「それも面倒くさい」

アンシュリーの言葉に家臣たちは一瞬静まりかえるも、少し遅れて発言を理解して慌て始める。

「面倒くさい!?　じょ、女王陛下、いったいどうされたのですか？」

アンシュリーは今の考えを家臣たちに話して聞かせる。

「もう、安住の地を探そうと思うの。放浪の旅もいいけど、そろそろ落ち着いてゆっくりしたいの。あと、家庭を持ちたい」

家臣たちが顔を見合わせると、それがいいかもという顔をする。

何しろ、アンシュリーも美しいとはいえ――年齢が年齢だ。

貴重なハイエルフという貴種でもあるため、その後継者が望まれている。

そろそろ落ち着いて欲しいというのが、周囲の率直な意見だった。

だが、一人だけ空気の読めない若いエルフの男がいた。

「それがいいかもしれませんね。女王陛下も、もう年齢が――」

「ふんっ！」

「かはっ！」

立ち上がった女王は、口が滑った若いエルフの腹に拳を叩《たた》き込んだ。

年齢の話をしてしまった若いエルフに冷たい視線を向けながら、アンシュリーは周囲に命令を出す。

「うん、決めたわ！　とりあえず皆で住める惑星を探しましょう。世界樹がなくてもいい。皆が落ち着いて、大地の上で暮らせるようにするのが今の目標よ。そして、いつか世界樹を見つけて守り、育てていくのよ」

案内人が復活するために、エルフたちの邪《よこしま》な気持ちまで吸い込みすぎてしまい――何やら変な方向に話が進む。

◇　◆　◇　◆　◇

帝国首都星。

そこには皇太子である【カルヴァン・ノーア・アルバレイト】という男がいた。

リアムが担ぎ上げた第三皇子【クレオ・ノーア・アルバレイト】と、後継者争いをしている男だ。

圧倒的に不利な状況にあったクレオを担いだリアムにより、盤石とまで言われた皇太子のカルヴァンは劣勢にまで追い込まれていた。

カルヴァンの派閥に参加していた大勢の貴族たちも今は去り、残っているのは近しい者たちばかりになった。

帝国内での影響力も落ちており、今ではクレオが次の皇帝になるとまで噂《うわさ》される始末だ。

――リアム一人のために、カルヴァンは皇太子の地位を失おうとしていた。

だが、そんなカルヴァンには秘策があった。

会議室。

並んだ貴族たちを前にして、カルヴァンは余裕のある笑みを浮かべる。

「派閥というのは大きくなればなるほど、統制を取れなくなる」

かつて最大派閥だったカルヴァンは、それを良く理解していた。

カルヴァンの派閥にも愚かな貴族たちが集まり、よく足を引っ張ってくれた。

派閥が大きくなれば、それだけ問題も増える。

そして、勝ち馬に乗ろうとする愚か者たちが、今度はクレオの派閥に大勢集まりつつある。

それを誘導したのは――カルヴァンだった。

周囲にいる貴族たちも、カルヴァンの言いたいことを理解していた。

「リアムに派閥をまとめられるとは思えませんね」

「我々でも苦労したのだからな」

「勝手に動いて足を引っ張る馬鹿共が大勢いるからな」

愚かな貴族たちが、黙っていてもリアムの足を引っ張る。

いずれ、派閥をまとめられなくなるだろう。

巨大派閥をまとめてきたカルヴァンたちは、それを読んでいた。

「我々が動くのは、リアム君が身動きが取れなくなってからだ。それまでは、力を蓄えておこう」

その時のために、今は雌伏の時。

カルヴァンたちの意見は、現状は手を出さずに静観するという意見でまとまっていた。

◇　◆　◇　◆　◇

広大なバンフィールド家の屋敷。

巨大な建造物でもあるため、屋敷の廊下もやたら広い。

天井は高く、廊下の幅も広い。

あまりに広大な屋敷内では、廊下だろうと乗り物に乗って移動するのが当然だった。

屋敷内にバスやら電車が用意されており、運行しているほどだ。

広大な屋敷には必要な移動手段である。

そんな屋敷内の電車に、騎士の一団が乗り込んでいる。

一団を率いるのは、金色のサラサラした長い髪を揺らした美しい女性騎士だった。

名前は【クリスティアナ・レタ・ローズブレイア】——今はクリスティアナ・セラ・ローズブレイアと名乗っている。

穏やかな雰囲気をまとった落ち着いた女性騎士であり、少し前まではバンフィールド家の筆頭騎士であった実力者だ。

そんなクリスティアナ——ティアが部下たちを連れて電車に乗り込んだ。

「屋敷内の電車に乗るのも久しぶりだわ」

腹心とも言える青髪の副官が、そんなティアの話題に乗っかり話を続ける。

「普段は移動手段を用意させますからね。それにしても、わざわざティア様が電車に乗らずともよろしかったのではありませんか？」

「いいのよ。それに、目的地も駅に近いわ」

連れている部下たちは六名。

ティアたちは車内の空いている席を探して座ろうとするのだが、先に座っていた一団を見つけて雰囲気が一変する。

穏やかな雰囲気は一瞬で消え去り、剣呑《けんのん》な雰囲気が車内を支配する。

ティアたちの視線の先にいたのは、粗暴な集団だった。

「品のない連中と出くわすなんて、今日は何て運が悪いのかしら」

わざとらしく声を大きくして発言すると、粗暴な集団の中央にいた脚を組んで座っている人物が顔を上げる。

紫色の長い髪と瞳。

ティアを射殺さんばかりに睨《にら》み付けるのは【マリー・セラ・マリアン】だった。

少し前までバンフィールド家の次席騎士として名を馳《は》せた女傑だが、ティアとの関係は最悪と言っていい。

「嫌な奴《やつ》の顔を見て気分が悪いわ。電車になんて乗るんじゃなかった」

二人の間に緊張感が漂っていた。

今にも殺し合いが始まりそうな雰囲気だった。

そんな異様な気配に気づいた同乗者たちは、他の車両へと逃げていく。

逃げずに残っている乗客たちもいた。

その中の一人がスッと立ち上がったのだが、彼女は両肩を出したメイド服を着用していた。

両肩にある刻印は、人ならざる者――アンドロイドを示す刻印だった。

バンフィールド家の領内で運用されている量産型メイドロボである。

彼女が立ち上がった瞬間に、ティアもマリーも殺気が霧散していく。

メイドロボが見ている――このまま争えば、巻き込んでしまう恐れがあった。

マリーが頭をかきながら舌打ちをする。

「ちっ――救われたわね、ミンチ女」

マリーの言葉を聞いて、ティアは目を見開いて見下ろした。

「救われたのはあなたよ。似合わない言葉遣いをする化石女さん」

クリスティアナはマントを翻してマリーに背を向けると、部下たちを引き連れて他の車両へと移動していく。

◇　◆　◇　◆　◇

剣呑な雰囲気から解放されたのは、席を立とうとしていた男性騎士だった。

二人の喧嘩《けんか》を止めるため立ち上がろうとしたのだが、隣に座っていたメイドロボに先を越されてしまった。

メイドロボが腰を下ろすと、男性騎士【クラウス・セラ・モント】が気まずそうに声をかける。

「申し訳ない。本来であれば、同乗していた私が二人を止めるべきだったのだが」

アルグランド帝国でアンドロイドの地位というのは高くない。

むしろ、人工知能を搭載したアンドロイドという存在は、忌むべき存在であるという風潮だ。

だが、バンフィールド家では、メイドロボを人として扱うのが暗黙のルールとされている。

　中には暗黙の了解を無視する輩《やから》もいるのだが、絶対的な存在であるリアムには逆らえないのかメイドロボを見ても精々離れて関わらないようにするだけだ。

　クラウスは、主人の決定であれば人道に反しない限りは従おうというスタンスだ。

　だからメイドロボに話しかけた。

　話しかけられたメイドロボは、そんなクラウスを赤い瞳で見つめながら言う。

「クラウス殿が止めに入れば巻き込まれた可能性が高いですからね。あの場は、私の存在を示すだけで事足りましたから」

「ははは、巻き込まれるなんてそんな」

　流石《さすが》にそれはないだろうという態度のクラウスに、メイドロボは無表情に言う。

「クラウス殿がいなくなれば、筆頭騎士の座に就ける――そんな風に考えてもおかしくありません。夜道には気を付けた方がよろしいかと」

「――え？」

　クラウスがギョッとして言葉が出なくなると、メイドロボは小首をかしげる。

「ジョークだったのですが、伝わりませんでしたか？　やはり、人間の冗談というのは我々には難しいですね」

　メイドロボは頬に手を当てると、自分のジョークがクラウスに通じなかったことを残念に思っているようだ。

クラウスは色んな意味でショックだった。

メイドロボがジョークを言ったのも驚きだったが、一番はあの二人が自分を亡き者にしようと考えているなんて嘘《うそ》だ——と思ったところで、思考の隅に「いや、あの二人だったらもしかして」と真実味を感じたためだ。

あの二人ならやりかねない、という不安がクラウスの胃を締め付ける。

(——今後は夜道に気を付けよう)

◇　◆　◇　◆　◇

今日の仕事を片付けた俺は、少しばかり休むため休憩室へと来ていた。

僅かな休憩時間を過ごすだけの部屋なのだが、無駄に豪華に造らされた部屋だ。

調度品はどれも高級品であり、娯楽系の設備も揃《そろ》えさせている。

一日中飽きずにくつろげるような部屋に仕上げさせたのだが、俺は使う機会が少なかった。

普段は仕事で忙しいし、僅かな休憩時間ならば執務室で過ごしていればいい。

仕事が終われば一閃《いっせん》流の鍛練もあるし、色々とやっている内に眠る時間がやって来る。

わざわざ用意させたのに、意識しなければ使わない部屋になってしまった。

そんな休憩室に足を運んだのは、せっかく用意したのだから利用しないのは勿体《もったい》ないという前世から染みついた貧乏性のせいだろうか？

そう思うとわざわざ足を運んだのが馬鹿らしくなる。

だが、使わないというのも気分が悪い。

世界樹という問題も片付いたのだから、今日くらいはくつろいでも良いだろう。

せっかくの休憩室なので、俺はわざわざラフな恰好《かっこう》に着替えている。

着替えたといっても、衣装をチェンジしただけだ。

星間国家の技術とは本当に便利である。

俺はソファーに横になりながら、壁に埋め込まれたモニターを眺めていた。

領内で放送されている番組やら配信動画を眺めている。

内容に関してはどうでもよくて、大事なのは枕の感触だった。

「こうしていると、嫌なことを全て忘れられそうだな」

感触に癒されていると、真上から天城《あまぎ》の声がする。

「旦那様にも困ったものですね。私に膝枕をさせるよりも、普通の枕を使用した方がより良い休息を得られますよ」

俺が頭を乗せているのは、天城の膝の上――つまりは膝枕だ。

心地よさにまぶたが重くなってくるが、天城との楽しい会話を続ける。

「どんな枕も、天城の膝枕には勝てないよ」

「私の膝枕では、旦那様に十分な休息を与えられません。データとして結果が出ていますよ」

人工知能を搭載した天城らしい返答だ。

だが、俺には天城の膝枕の方が心地よく——安心できた。

「データに出ない結果もあるさ」

「それは精神的なものですか？」

「さぁな」

まぶたを閉じると、天城が俺の頭部を優しくなでてくれる。

そのまま意識を手放してしまった俺は、心地よい眠りについたのだが——それも長くは続かなかった。

「っ！」

目を開くと、視界の大半を天城の大きな胸が隠していた。

「旦那様、心拍数が上昇しています。悪い夢でも見たのですか？」

心配してくる天城に、俺は上半身を起こして両手で顔を覆った。

「——あぁ、最悪の夢を見た」

よりにもよって、前世の夢を見るとは思わなかった。

時々、俺は辛《つら》かった前世の夢を見る事がある。

元妻に裏切られ——子供にまで捨てられた記憶を夢に見る。

俺の背中に手を置いた天城が、自室に戻るように促してくる。

「本日はこのままお休み下さい」

「――そうだな。それもいいか」

未《いま》だに前世の記憶に悩まされる自分が情けない。

僅かに苛立《いらだ》っていると、天城がドアの方を見る。

「旦那様、ロゼッタ様とブライアン殿が入室の許可を求めています」

「二人揃って、こんな時間に何の用だ？」

「面会理由は不明です。ただ、緊急の用件ではありませんね」

急ぎの用事ではないようだが、ここで無視すると後で【ブライアン】が騒いで五月蠅《うるさ》い。

俺はため息を吐《つ》くと、二人の入室に許可を出してやる。

「入れてやれ」

「はい」

天城が返事をすると、休憩室のドアが自動で開いた。

最初に入室してくるのは、独特な縦ロールの髪型をした婚約者だった。

ロゼッタ――【ロゼッタ・セレ・クラウディア】だった。

大きな胸を僅かに揺らしながら、俺を視界に入れると嬉《うれ》しそうに足早に近付いてくる。

「ダーリン、休憩中にごめんなさいね」

嬉しそうなロゼッタの斜め後ろには、俺たちを微笑《ほほえ》ましそうに見ている執事のブライアンがいた。

俺は二人を見ながら、素っ気ない態度で用件を尋ねる。

「何の用だ？」

「ご、ごめんなさい。あの、その――」

俺の態度にロゼッタは僅かに萎縮してしまうのだが、それを見てブライアンが我慢できなくなったのか口を開いた。

「リアム様、ロゼッタ様に対してその態度は頂けませんぞ」

――俺はお前の態度が頂けない、などと言えばまた五月蠅いので、ため息を吐いてから再び用件を尋ねる。

「それで、用件は？」

萎縮してしまったロゼッタに代わり、ブライアンが俺への用件を話し始める。

「領内に世界樹が誕生したというのはまさに慶事でございます。これを機に、リアム様とロゼッタ様の仲をもっと深めて行けたらと考えております」

ブライアンの用件に、俺は頭痛を覚える。

「たかが縁起物が生えたくらいで騒ぐなよ」

俺の言動から世界樹を軽く扱っていると思ったのか、ブライアンは目を見開いて抗議してくる。

「たかが、とは何ですか！　世界樹が領内に誕生したのは、まさに奇跡なのですぞ！　これもリアム様の日頃の行いがあってこそ！」

何を言っても五月蠅いので、俺は諦めて頷《うなず》いてやる。

「わかった。そうだな。世界樹は凄《すご》いな」

「このブライアンの話を聞き流しておりますね。まぁ、いいでしょう。それよりも、今はバンフィールド家の未来が大事なのですから」

急にバンフィールド家の未来を話し出すブライアンに、俺は嫌そうな顔をする。

何を言いたいのか察しがついたからだ。

「すぐに子供を作れとか言うなよ。俺はまだ修行中の身だ」

牽制《けんせい》してやると、ブライアンは悩ましい顔をしながら話を続ける。

「そう言うと思っておりました。ただ、今回はロゼッタ様を領内の経営に参加させて頂きたく、こうしてお願いに参りました」

ロゼッタを領内経営に参加させたい？　俺が目を見開いてロゼッタを見れば、本人は背筋を伸ばして緊張した様子で自身の気持ちを述べる。

「わ、わたくしも大学を出て、研修を終えたからお手伝いくらいはできるわ。ダーリンをそばで支えたい——と思っているんだけど」

最後の方は弱気になったのか、俺の反応を見ながら声を小さくしていた。

黙っている俺に、ブライアンが補足してくる。

「ロゼッタ様の能力については確認済みでございます。後は、リアム様の許可さえ頂ければ何の問題もございません」

ロゼッタは俺に許可を得る前に、ブライアンにでも相談したのだろう。

外堀から埋めるとは、こいつも策士である。

ロゼッタがどこか期待するような視線を向けてくるが、俺の答えは最初から決まっている。

――俺は人間を信用していない。

先程の夢がフラッシュバックする。

元妻と娘に捨てられる夢だ。

何もかも奪われた夢だ。

「駄目だ」

「え？」

ロゼッタが驚いた顔をすると、休憩室に静寂が訪れた。

僅か数秒の静寂の後に、ブライアンが口を開く。

「リアム様？　ロゼッタ様の能力には何の問題もありません。手伝いだけならば、参加させてもいいはずです」

「それを判断する俺が、駄目だと言っている。ロゼッタを領内の経営に関わらせるつもりはない」

ロゼッタは悔しそうにしながら俯《うつむ》いていた。

見かねた天城が、ロゼッタに助け船を出してしまう。

「――旦那様、ロゼッタ様は将来の共同経営者でございます。今の内に仕事に慣れて頂くのは、必要なことかと」

天城までもが俺にロゼッタの参加を認めさせようとするが、今回ばかりは認められない。

――人間なんて家族だろうと簡単に裏切れるのだから。

「俺一人がいればいい。用件がそれだけなら、さっさと出ろ」

そう言うと、ロゼッタは嗚咽《おえつ》を漏らしながら部屋を出て行く。

「出過ぎた事を言って申し訳ありませんでした」

ロゼッタが部屋から走り去ると、その背中を見ていたブライアンが俺に振り返る。

その顔には怒りが滲《にじ》んでいた。

「今のお言葉はあまりに酷《ひど》くありませんか？」

天城までもが、俺に責めるような視線を向けてくる。

そんな天城の視線から顔を背けた。

俺だって二人が言いたいことは理解しているし、言い過ぎたとは思っている。

だが――だが！　俺は自分の財産を他人に預ける真似《まね》はしたくない。

前世の元妻がそうだった。

信用していたのに――最後は俺に慰謝料まで払わせ、借金で苦しめてきた。

だから俺は、二度と他人を信用しないと決めている。

「俺は他人など信用しない。――家族すら、俺を簡単に裏切るじゃないか」

こぼれてしまった俺の本音を聞いて、天城が目を見開いていた。

ブライアンもハッとして――何やら勘違いをし始める。

「確かに、リアム様の境遇を考えれば仕方がないことかもしれません。ですが、ご両親の時とは違いますぞ」

天城までもが、俺の発言を勘違いする。

「旦那様、ロゼッタ様をもう少しだけ信用して下さい。少しで良いのです。そうして一歩ずつ進みましょう」

――二人揃《そろ》って同じ勘違いをしているようだ。

二人が言っているのは今世の両親だ。

だが、俺が考えているのは前世の家族――まぁ、偽物だったけどな。

二人から見れば、俺は実の両親に捨てられた可哀想《かわいそう》な子供時代を過ごしたとでも映っているのだろう。

俺からすれば自由にできたし、結構楽しかったので何の問題もない。

俺は首をかしげる。

「お前たちは何を勘違いしているんだ？　俺が両親に捨てられて悲しんでいるとでも思っているのか？」

俺の発言にブライアンが驚いてしまう。

まぁ、両親に捨てられた事を気にしないという子供がいたら、複雑な感情を抱いても仕方がないだろう。

「ち、違うのですか!?　それならば、何故《なぜ》にロゼッタ様をお認めにならないのです?」

「――そういう気分だ」

色々と説明するのが面倒になった俺は、気分と言って乗り切ろうとした。

だが、これがいけなかった。

天城《あまぎ》が目を細めている。

「気分、ですか。その程度の理由で、勇気を振り絞って旦那様に進言したロゼッタ様の気持ちを踏みにじったのですか?」

――割と本気で怒っている。

俺は天城に詰められ、しどろもどろになってしまう。

「いや、それは言葉の綾《あや》というか。ほ、ほら、悪い夢を見た直後で機嫌も悪かったし」

今度はブライアンの方が我慢できなくなったらしい。

「その程度でロゼッタ様の提案を拒否するとは、リアム様らしくもありませんぞ!」

「俺は元から気分次第で判断する男だ!　何しろ俺は――」

俺が言う前に、ブライアンが先に言う。

「悪徳領主だから、でございましょう?　そう言って悪ぶるだけで、リアム様は何も成されないではありませんか。むしろ、領民のために心を砕く名君として立派に働いておりますぞ」

ブライアンの発言に、天城もしきりに頷いていた。

「ば、馬鹿にするなよ！　その気になれば、俺は今からだって――ほら、あれだ。増税だ！　それに、ハーレムとかさ！」

とりあえず頭に浮かんだ悪徳領主らしい振る舞いを口にすると、天城がボソリと言う。

「未だにロゼッタ様にも手を出さず、お世継ぎもいませんけどね」

天城がお世継ぎの話をすると、ブライアンも参加してくる。

「そう、お世継ぎでございます！　リアム様、一体いつになればお世継ぎは誕生するのですか？　このブライアンは、それはもう心配で、心配で――」

白いハンカチを取り出して涙を拭うブライアンを見て、俺は顔が赤くなるのを感じた。

どうして俺が下の話をブライアンにされないといけないのか？

俺の形勢が悪いと思ったのか、ブライアンが畳みかけてくる。

「リアム様、お世継ぎ問題をいつまで棚上げにしておくつもりですか？」

「うるせーよ！　俺のプライベートに軽々しく踏み込むな！」

理路整然と言い返せないため、もう勢いで乗り切ろうとするが――今回は駄目だった。

「プライベートではありませんぞ！　これはお家の一大事でございます！」

ブライアンが心配しているのは、バンフィールド家の未来だ。

だが、俺から言わせてもらえれば、次の代のことなど知ったことではない。

何がお世継ぎ問題だ。

俺は――子供が嫌いだ。

今も時々、あの子が俺を拒絶した日の事を思い出す。

その度に、子供なんて必要ないと思えてくる。

「軽々しく俺の下半身事情に関わるな。俺は好きなように行動すると決めている」

この話を切り上げたいのに、今日のブライアンはしつこかった。

ロゼッタに対する俺の態度への不満も原因だろう。

「ならば、人工授精でも構いません。いっそ、カプセルを使って跡取りを用意するのはいかがでしょうか？」

カプセル――人工授精後、子供が赤ん坊になるまで育てる装置だ。

これがあれば、女性の負担はとても軽くなる。

そもそも、パートナーがいなくても子供を作れてしまうからな。

俺もこの方法でこの世に誕生したそうだ。

――今考えても凄い話だな。

この世界では、愛がなくても子供は作れる上に負担も少ない。

貴族たちは、跡取り欲しさに気軽に子供を用意するのが普通となっている。

実に貴族らしい考えで反吐《へど》が出る。

「俺はカプセルが嫌いだ」

俺の返事を聞いたブライアンは、何やら申し訳なさそうな顔をしていた。

きっと、俺がカプセルで産まれてきたことを気にしていると思ったのだろう。

まったく気にしていないが、誤解を解くのが面倒なので黙っておく。

するとブライアンが姿勢を正して冷静に話し始める。

「――大変失礼いたしました。ですが、バンフィールド家にとっては重要な問題ですぞ。リアム様の家臣団は、リアム様個人に忠誠を誓っているのです。万が一にでもお世継ぎがいないままリアム様がお命を落とすようなことがあれば、バンフィールド家がどうなるか予想もつきません」

現在のバンフィールド家だが、ほとんどの家臣は俺の代で補充している。

元から仕えていた家臣たちなど、全体でいえば一割にも満たないだろう。

そんな家臣たちが俺の死後にどう動くか？――全く興味がないな。

「俺が死んだ後のことは心配するな。俺には関係ない」

「またそんなことを！　そんな態度だから、せめてお世継ぎを、とお願いしているのです！　リアム様が後継者を指名していただかねば、何かが起きてからでは遅いのですぞ！」

「俺が死ぬって言いたいのか！」

「死んでもおかしくないことばかりが続いているではありませんか！」

俺とブライアンが言い争っていると、今度は天城が参戦してくる。

「ブライアン殿の心配はもっともです。旦那様、後継者問題や非常時への備えは必要ですよ」

天城にまで言われると俺も弱い。

俺は天城を説得するため、ブライアンよりも丁寧に説明する。

「いいか、天城。俺はまだ百歳にもなっていないんだぞ。後継者の指名なんて早すぎるだろ？」

前世の感覚なら百歳と言えば長寿に聞こえるが、この世界では二十歳にもなっていないガキ扱いを受ける。

成人はしているが、立派な社会人として認められていないということだ。

前世感覚で説明するなら、十九歳くらいの若者が自分の後継者を指名するという何とも不思議な話である。

そんな俺の認識を訂正してくるのはブライアンだ。

「貴族であればいつ命を落としてもおかしくありません。そのために、今から備えておくのです」

天城とブライアンに詰め寄られた俺は、もう諦めて投げやりな態度を取る。

「あ〜、わかりました。いつか指名してやるよ」

そんな俺の態度に、ブライアンが苛立《いらだ》っていた。

「指名される前に、お世継ぎがいないと話にならないのです！　リアム様の実子でなければ家臣団が納得しないのですぞ！」

ティアやマリーをはじめ、俺の家臣団は俺個人に忠誠を誓っている。

バンフィールド家ではないのが重要だ。

仮に俺がいなくなり、親戚がこの地位に座ってもあいつらはそれを認めないだろう。

奴《やつ》らが認めるとすれば、最低でも俺の実子というのが条件だろう。

だが、俺はそう簡単に死なない。

何しろ、案内人という幸運の女神——女神？　違うな。まぁ、ラッキーな存在が俺を見守ってくれている。

どんな危機も乗り越えてきたし、これからも乗り越える。

そもそも、今までに危機などなかった。

俺の人生に障害などあり得ない。

これまで、全てを問題なく突破してきたのだから、何の心配もありはしない。

「俺のやり方に口出しをするな。それはそうと、以前に子作りデモなんてした馬鹿共がいたな？　そいつらに罰を与えてやろうじゃないか」

少し前、いや、今も。

領内ではデモ活動が続いている。

ちょっと前には民主化運動も起きていたが、それよりも問題は「子作りデモ」だ。

これのせいで俺は、査問会の場で笑いものにされた。

この屈辱は絶対に晴らす。

罰の話を聞いて、天城が首をかしげている。

——こんな時でも天城の仕草に可愛《かわい》さを覚えてしまう。

「旦那様、デモの問題もお世継ぎが誕生すれば解決いたしますが？」

「俺に逆らった罰だ！　領民のくせに、俺に逆らうとか大罪だろうが！」

ブライアンは、そんな俺に顔を近付けてきた。

「リアム様！」

「な、何だよ!?」

「この際なのでハッキリ申し上げます。いったいいつまで、ロゼッタ様に手をお出しにならないおつもりですか！」

ロゼッタ――かつては鋼の心を持った強い女性だった。

本当に俺好みのお嬢様だったのに、婚約した途端に俺を「ダーリン」と呼ぶチョロい女に成り下がってしまった。

俺が求めたのは、あんな女じゃない。

心から俺を憎み、抵抗する精神力の強い女だ。

チョロい女とか手を出しても面白くない。

「そんなの俺の自由だ」

「ロゼッタ様の覚悟は決まっているというのに、リアム様が逃げ回っているから問題がこじれるのです。首都星に戻られる前に、何としてもお世継ぎを！」

「俺がヘタレみたいに言うな！」

憤慨した俺は、ブライアンを軽く突き飛ばして距離を作った。

俺がヘタレだと？

それではまるで、俺がロゼッタを恐れているみたいじゃないか。

「俺がいつ、誰に手を出すかは俺が決める！　ロゼッタなど、その他大勢の女の一人にしか過ぎないんだよ」

そう、俺は将来的にハーレムを築く男だ。

ハーレム――それは悪徳領主っぽい響きだ。

美女を侍《はべ》らせ、酒を飲み、悪事を働く悪徳領主に俺はなる！

そんな俺の決意を前に、ブライアンが姿勢を正していた。

「リアム様、何度も申し上げておりますが――ゼロ人でございます」

「あ？」

「現在、リアム様のハーレムはゼロ人でございます。ハーレムを作ると言って半世紀以上の年月が過ぎているというのに、成果はゼロ！　このブライアン、リアム様が本気でハーレムを築く意志があるのか甚だ疑問でございます」

「ゼロ!?　天城もいるだろ！　そ、それにロゼッタもいるし」

天城をチラチラと見れば、首を横に振っていた。

「何度も申し上げているように、私はノーカウントでございます。また、ロゼッタ様お一人の場合、リアム様は単純に一人の女性しか側《そば》にいないことになり、ハーレムとは呼べませんね。あと、以前はロゼッタ様を加える気はない、と発言していましたが？」

ロゼッタを加えても一人。

それでも一人？

俺は転生して百年近くが過ぎようとしているのに、未《いま》だにハーレムができていなかった。

「お、俺は、それこそ美女を使い捨てのように――そ、そうだ！　毎日のように美女を抱いて、捨ててやる！　今から領内の美女を見繕いに行く！」

二人の呆《あき》れた視線から逃げ出すために、領内の美女を集めに行こうとするとブライアンが目を見開いた。

「何と！　それでは、毎日のように違う女性に手を出すと!?」

「あ、当たり前だ！　すぐに集めるぞ。金ならある！」

単純計算で、一年で三百六十五人。

一度抱いたら捨てるとか、何という悪人だろう。

そう思っていると、天城《あまぎ》とブライアンがうなずき合っていた。

「少ないですが、これで問題は解決するかと」

「そうですな。毎日一人というのが少なすぎますが、現時点で側室候補が十万人を超えています。ここから更に選考を重ね、人数を絞りましょう」

――ちょっと待て？　今、凄《すご》い数字が聞こえた気がするな。

十万って何だよ!?

先程と違って、今はブライアンが微笑《ほほえ》んでいる。

「毎日一人と考えても、三年で一千人を超える程度。少ない気もしますが、何の問題もありませんな！」

　ぶっ飛んだブライアンの意見に対して、天城も賛成なのか頷《うなず》いている。

「早急に一千人を選考します」

「十万人に対して僅か一千ですか。たったそれだけの枠となれば、集まるのは精鋭揃《ぞろ》いでしょうから、リアム様もきっと満足されるでしょう。このブライアンもようやく安心できますぞ。贅沢《ぜいたく》を言えば、一日に三人でも構いませんが」

「選考を開始するといえば、希望者が殺到しそうですね。数億人規模になることも想定しておきましょう」

　──しまった。

　俺は惑星をいくつも支配する伯爵であり、言ってしまえば億単位の領民たちの王なのだ。人を集めようと思えば、この程度の数はすぐに集まってしまう。

　むしろ「え、その程度でいいの？」みたいな雰囲気だ。

　ブライアンが額を拭っている。

「惑星一つを美女で満たせと言われるかと思い、悩んでいたのが馬鹿らしいですな」

　天城もぶっ飛んだ話をしていた。

「記録によれば、十億人の側室を用意した貴族もいましたね。惑星一つを後宮にしたそうですよ」

その話を聞いて、ブライアンが笑っている。

「リアム様もそれくらい女性に興味を持って欲しいものですな」

「えぇ、まったくです」

話し合っている二人の姿を見た俺は、自身の選択が間違っていたと気づく。

いや、そもそも星間国家の規模感を把握できていなかった。

冷や汗が出てくるし、この世界を侮っていたことを後悔した。

「い、今の話はナシだ」

だから、盛り上がる二人に絞り出した声で告げた。

「え!?」

ブライアンが驚いた顔をして動きを止めたので、俺は自分の美学について語る。

俺は自分のハーレムに美学を持っている。

そこを譲るつもりは一切ない！

「俺のハーレムは、俺が選《よ》りすぐった美女だけを集めると決めている。そう、今思い出した。だから、今の話はナシ！」

ハーレムの話が消えてしまうと、ブライアンが俺に抗議してくる。

「そう言って、今まで誰にも手を出してこなかったではありませんか！」

「う、五月蠅《うるさ》い！　とにかく、俺は自分でハーレムを作るんだ！」

「だから、今までそれで成果がゼロ——リアム様!?」

この場からどうにか逃げようと考えていると、俺の真下に魔法陣が出現した。

教育カプセルでインストールされた知識から、これが召喚系の魔法だと即座に理解する。

「召喚魔法がどうしてこの部屋に？」

このような魔法への対策はしているはずなのだが、俺は魔法陣にゆっくりと吸い込まれていく。

ブライアンが俺に駆け寄ってくるが間に合わない。

「リアム様！」

そして、天城も俺に手を伸ばしてくる。

「旦那様、手を！」

天城が必死に伸ばした手を握ろうと、俺も手を伸ばしたが――届かなかった。

俺はそのまま召喚魔法に吸い込まれてしまう。

最後に見えたのは、驚いているブライアンの顔と――僅かに絶望を滲《にじ》ませた天城の表情だった。

天城には申し訳ない気もしたが――この時の俺の心境は驚きや絶望ではない。

やったぜ！　この状況から逃げられた！

というものだった。

第三話 ＞ 勇者召喚

リアムの本星から遠い星。

そこに、滅びかけた国が存在した。

国の名前はアール王国――かつては大陸の覇者として名を轟《とどろ》かせた強国だったが、現在は窮地に立たされていた。

そんなアール王国の国主は、弱冠十七歳という若さで王位を継いだ女王【エノラ・フラウ・フラウロ】だった。

幼さの残る顔をした美しい女性で、青色の髪を肩で切り揃《そろ》えている。かつては長く伸ばしていたが、即位する際に覚悟を示すため切ってしまった。

少し前までは両親や周囲に大事に育てられた一国の姫だったが、そんな彼女が女王に即位したのには理由がある。

何しろ、両親は二人とも倒れ、本来であれば即位するはずだった兄たちまでもが戦争で命を落としてしまった。

本来であれば王位から最も遠かったエノラが女王に即位するほど、アール王国という国は追い込まれていた。

それというのも、魔王が誕生したためだ。

魔王は魔物の軍勢を率いて出現すると、魔王軍と名乗って次々に大陸の国々に攻め込み滅ぼして回った。

アール王国も大陸の覇者として果敢に戦ったが、結果は敗北を重ねるだけに終わった。

滅びが目の前に迫っていた。

エノラは王権を象徴する杖《つえ》を持ち、玉座に座っていた。

「いったい神は、どこまで我らに辛《つら》い試練を強いるのでしょうね」

エノラの呟《つぶや》きが、寂しくなった謁見の間に響く。

呟きに答える者はいない。皆——俯《うつむ》くか顔を背けてしまうだけだ。

謁見の間に並んだ者たちだが、今では老人や若い——とても若い騎士しかいない。

戦える者は戦場に駆り出され、未成年である十五歳未満の子供たちが騎士として取り立てられていた。

この状況が、アール王国が追い詰められている状況を物語っている。

もう、この国には限界が来ている。

それは誰もが知りながら、口にしない事実となっていた。

(何とか——何とかしなければ)

エノラが手に持った杖を両手で握りしめると、謁見の間に伝令が駆け込んでくる。

最早《もはや》、礼儀などあってないようなものとなり、伝令は挨拶もせず事実だけを伝えてくる。

「伝令！　魔王軍がこの王都に迫っております！」

伝令からの報告を聞いた謁見の間の者たちは騒然となり、全員がエノラに視線を向けてくる。

そのプレッシャーや恐怖に押し潰されそうになりながら、エノラは表情を強《こわ》ばらせながらも平静を装った。

(私が慌てては駄目。お父様たちもそう言っていたわ)

だが、いくら強がっていても既に首都に敵が迫っていた。

兵力などほとんど残っておらず、頼りになる将軍や猛者たちもいない。

引退した将軍や騎士、そして兵士として若者たちをかき集めている状況だ。

何もかもが絶望的すぎる。

老齢な大臣が、エノラに対して進言する。

「女王陛下、最早我々にはどうすることもできません。どうかご決断をお願いいたします」

深々と頭を下げてくる大臣が、エノラに決断を迫ってくる。

エノラもここまで追い詰められたのならば仕方がない、と覚悟を決めて深く頷く。

「私も覚悟を決めました。――これより、勇者召喚を行います」

エノラの決断に、謁見の間がざわついた。

先程までの絶望的な状況とは変わり、そこには僅かながら希望を見出《みいだ》していた。

勇者召喚――それはアール王国に伝わる禁術だ。

強大な力を持つ魔王を打ち倒すために、異世界から勇者を召喚する禁じられた召喚術。

呼び出すのは魔王を倒せる存在――勇者である。

ただし、この召喚術は一方通行だ。

召喚すれば、その勇者を王国が面倒を見ることになる。

それは、諸刃《もろは》の剣《つるぎ》だ。

アール王国は、国内に魔王すら倒せる存在を抱えることを意味する。

勇者が反逆してきた場合、王国は簡単に滅ぼされてしまうだろう。

また、国の命運を異世界の人間に託すというのは、現地を預かる王族としても葛藤があった。

この世界の命運を異世界の勇者に託すという事は、自分たちではどうにもならないと戦う事を諦めるに等しい。

王家への信頼が揺らいでしまう事にも繋《つな》がる。

そのため禁術とされてきたが、最早この状況を打開する術《すべ》はエノラたちに残されてはいなかった。

エノラはすぐに動くよう、家臣たちに命令を出す。

「一刻の猶予もありません。勇者召喚をはじめます！」

エノラが立ち上がり宣言すると、家臣たちが「はっ」と返事をした。

エノラが召喚の儀式を行う部屋へと向かう。

（――神よ、どうか王国を救う心優しき勇者様を我々の世界にお招き下さい）

◇　◆　◇　◆　◇

王城の地下に用意された召喚の儀が行われる部屋は、たいまつの明りで照らされていた。

薄暗い部屋。

そんな部屋には、召喚術を操る魔法使いたちが先に到着して準備を進めていた。

ボロボロのローブを着用した老人が一人に、支える弟子たちが三人。

代表者である魔法使いの老人【シタサン】がフードを外すと、皺《しわ》だらけの顔で到着したエノラを出迎えた。

「ようこそ召喚の間へ！　女王陛下が来るのをお待ちしておりましたぞ、へへへっ」

卑しく媚《こ》びた笑い声を出すシタサンという魔法使いを前に、エノラは僅かに眉尻を上げる。

エノラはこの老人が苦手だった。

ボサボサの髪や、幾つも歯が抜けた口元、しわがれた声――それらが嫌いなのではなく、このシタサンという老人の人となりが嫌いだった。

だが、今はシタサンの召喚術に期待するしかないので、笑みを浮かべて手を差し出す。

「シタサン、あなたの召喚術に頼る時が来ました。どうか、魔王に打ち勝つ勇者様をこの世界に導いて下さい」

跪《ひざまず》いたシタサンが、エノラの手を両手で握ると口付けをする。

その際にエノラの手の甲を舌で嫌らしく舐《な》めた。

「お任せ下さい。我々が代々受け継いできた歴史ある召喚術にて、最強の勇者を召喚してご覧に入れましょう！――ですが、その前に」

シタサンが顔を上げると、その顔は欲にまみれていた。

エノラはぎこちない笑顔を続けながら、最大限の報酬を約束する。

「えぇ、魔王討伐が成功した暁には、シタサンにはできうる限りの褒美を与えるわ」

言質を取ったシタサンは、下卑た笑い声を出す。

「へへヘッ！　女王陛下、その約束をお忘れなきように」

「――無論です」

(どこまでも卑しい男)

エノラがシタサンを嫌う理由は、勇者召喚という禁術を持つだけで平時では全く役に立たない魔法使いだったからだ。

非常時でなければ役に立たないのに、平時では王に仕える魔法使いだと威張り散らしていた。

それに加えて、魔王軍との戦争が激化しても戦場には出ようとしなかった。

自分たちは勇者召喚術が扱える貴重な魔法使いだから、と。

エノラもそれが正しい判断だと理解はするが、心は納得できなかった。

禁術を習得している事を盾に、王城で好き勝手にしていたからだ。

平時であれば皆がシタサンたちを煙たがっていた。

しかし、この非常時だ。

普段冷遇されていた分を取り戻すかのように、今のシタサンたちは尊大に振る舞うことが増えていた。

シタサンが弟子たちに命令を出す。

「女王陛下が褒美を約束されたぞ！　ほれ、さっさと勇者様を召喚じゃ！」

弟子たちが慌ただしく配置につくと、祭壇の上に用意された魔法陣を取り囲む。

円が描かれ、その外側には古代文字の呪文が記されている。

古くから代々受け継がれてきた禁術の勇者召喚——魔法陣が淡く輝き始めると、エノラは杖を両手で握りしめる。

すると、魔法陣が強い光を放ち、目を開けていられなくなった。

——しばらくすると、魔法陣の中央に一人の女性が姿を見せる。

◇　◆　◇　◆　◇

気がつくと、香菜美《かなみ》は知らない場所にいた。

目の前には、装飾された豪華なドレスを着用する若い女性が立っている。

その女性は杖を持ち、そして王冠をかぶっていた。

そして、周囲には鎧《よろい》を着たいかにも騎士です、という恰好《かっこう》の若者たち。

香菜美は状況についていけず、混乱してしまう。

「え、な、何⁉」

(私はさっきまで公園にいたよね⁉　何で？　どうして⁉)

香菜美が困惑していると、女性が近付いてきて恭しく挨拶をしてきた。

目の前で膝をついて頭を垂れる女性に、香菜美は腰が引けてしまう。

だが、相手は気にも留めなかった。

「お初にお目にかかります、勇者様。私はエノラ・フラウ・フラウロ――このアール王国の女王です」

「え、女王様？　え、勇者って何？」

状況の整理が追いつかない香菜美に、焦りを感じるエノラが事情を説明する。

顔を上げ、潤んだ瞳を向けられた香菜美は同性ながらドキッとした。

こんなに綺麗《きれい》な人を間近で見たことがない、と香菜美に思わせた。

「異世界の勇者様、どうか我らの無礼をお許し下さい。ですが、我々にはどうしても貴方《あなた》を召喚するしか方法がなかったのです」

「召喚？」

一体何の話をしているのか？

香菜美は周囲を見渡すと、怪しい儀式をするような祭壇の上に自分がいる事に気がついた。

そして、周囲で目立っているのはローブをまとったいかにも魔法使いという老人の姿である。

老人の弟子と思われる若者たちは、声を上げて喜んでいる。

「成功だ。成功したぞ」

「大魔法使いシタサン様の勇者召喚が成功した！」

「ウヒャヒャ、これで我らの栄達は思いのまま！」

若者たちに囲まれた老人は、香菜美から見るとくたびれた姿に見えた。

だが、尊大に振る舞っている。

「この瞬間、わしは王国の歴史に名を刻んだ！　お前たち、わしの偉業を後世まで伝えるのだぞ」

香菜美はここで異変に気づく。

喜んでいるシタサンと名乗る魔法使いたちとは反対に、エノラや騎士たちは緊張していたからだ。

むしろ、場にそぐわないシタサンたちを嫌悪しているように見えた。

騒がしいシタサンに、エノラが強い口調で注意をする。

「シタサン、静かになさい。勇者様が怯《おび》えておられます」

エノラに注意されたシタサンだったが、態度を改めるどころか抗議してくる。

「聞き捨てなりませんぞ、女王陛下！　我らの召喚魔法がなければ、勇者殿は召喚などできなかった。我々がいなければこの国は――」

香菜美を前に、何やら揉《も》め始めている。

簡単な説明を受けたが、香菜美の頭は現在も混乱したままだ。

（もう、誰かちゃんと説明しなさいよ！――ん？）

だが、変な気配を感じて魔法陣の中央に顔を向ける。

すると、その場所にパリッという音と共に放電現象が起きた。

徐々に放電は大きくなり、次第にバリバリと強い音を立てる。

「一体何が――」

香菜美が魔法陣から離れようと後ずさりし始めると――魔法陣から一人の男が召喚されてくる。

黒髪に紫色の瞳をした同年代らしき男の子だった。

自分と同じように召喚されたのだろうか？　そう思ったのだが、その青年は異様な雰囲気をまとっている。

魔法陣から出現してすぐに、落ち着きながらも不機嫌そうに周囲を一瞥《いちべつ》する。

混乱するばかりの香菜美とは正反対の態度だった。

エノラをはじめとした周囲の人間たちは、異例の事態に取り乱していた。

「シタサン、これはどういうことですか!? 勇者様が二人とは聞いていませんよ!」

エノラがシタサンに状況を説明するよう求める。

だが、シタサンは慌てふためくだけだった。

どうやら、この状況はシタサンにとっても想定外のようだ。

「い、いえ、このようなことは記録になく、いったいどうなっているのか見当もつきません」

先程までの強気の態度がなりを潜めてしまった。

この状況が異例であるというのは、周囲の反応から香菜美も理解できた。

周囲が慌て始めると、今度は逆に香菜美が落ち着いてくる。

余裕ができた香菜美は、青年の恰好を見て気づいてしまう。

(随分とラフな恰好をしているようだけど、着ている物はどれも高価そう)

上は白シャツ、下は黒のズボン。

そして革靴を履いているのだが、香菜美の目にはどれも上質な素材で作られているように感じられた。

左腕には金色のブレスレットをつけており、香菜美から見ればお金持ちなのだろうと想像ができてしまう。

(私とは大違いね。だけど——)

ただ、どこか懐かしい気配がした。

周囲の騒ぎや香菜美の視線を無視する青年は、どうやら魔法陣がお気に召さないらしい。

屈《かが》み込み、尊大な態度でケチを付け始める。

「何だ、この雑な魔法陣は？　この程度の魔法陣に俺が呼び出されたというのか？　自分が情けなくなってくるな」

代々受け継がれた召喚術を雑と言われたシタサンは、顔を真っ赤にしていた。

青年に詰め寄る。

「な、ななな、なんと大それた事を！　この魔法陣は、今から三百年も前に我らのご先祖様が作り上げた勇者召喚の魔法陣！　この世に二つとない偉大な召喚術だぞ！」

香菜美には魔法陣の良《あ》し悪しは判断できないのだが、シタサンの説明を聞いても青年は鼻で笑う。

「三百年もの間、ずっと古い魔法陣を使い続けてきたのか？　進歩のない連中だな」

太々《ふてぶて》しい態度の青年は、この状況下でも堂々としていた。

困惑するしかなかった香菜美とは違い、召喚術にも詳しいらしい。

「召喚直後に、隷属させる魔法を使わなかったのは褒めてやろう。まぁ、話だけは聞いてやるとするか」

青年の視線はエノラを向いていた。

説明も受けていない状況でも、エノラがこの場の代表であると見抜いていたようだ。

周囲が青年の無礼な物言いに腹を立てている。

「女王陛下に対して何と無礼な」

幼い騎士が剣の柄《つか》に手を伸ばそうとすると、青年の視線が険しくなった。

だが、すぐにエノラが騎士たちを黙らせる。

「およしなさい！――大変失礼いたしました。まさか、勇者様が二人も来られるとは思わず、取り乱してしまったのです。どうか、ご容赦を」

エノラに謝罪されると、青年は小さくため息を吐《つ》いて顔を背ける。

「俺の召喚は予定外か。本当に下手くそだな」

青年の視線はシタサンに向いており、誰が下手くそなのかこの場にいる全員がすぐに理解できた。

シタサンが悔しそうな顔をしており、何か言い出そうとしていた。

だが、エノラが強引に話を進めることで、シタサンを黙らせてしまう。

「あなた方二人を召喚したのには理由があります。どうか――この国をお救い下さい」

国を救って欲しい。

エノラが跪いて真剣に願ってくる態度に、香菜美は僅かに心を打たれる。

だが、青年は違った。

エノラの姿を見てお腹《なか》を手で押さえて笑い出してしまう。

「国を救え、だ？　アハハハ、お前ら正気か？」

周囲が唖然《あぜん》とする中、ひとしきり笑って気が済んだ青年が自己紹介をする。

「このリアム・セラ・バンフィールドに頼るのか？　よりにもよって、この俺に！」

青年――リアムが自己紹介をする際、香菜美は異様な気配を感じた。

体が震えてくる。

（どうして私は震えているの？）

自分でも理解できなかったが、周囲も騒ぎ始める。

リアムが自らの名を名乗る際に発した異様な雰囲気が原因かと思ったが、どうやらそうではないようだ。

エノラたちにとっては、リアムがミドルネームを所持しているのが問題らしい。

恐る恐るという態度でエノラがリアムに確認する。

「あ、あの、貴方様《あなたさま》はもしや、異世界の貴族でしょうか？」

貴族かと問われたリアムは、少しばかり思案した後に答える。

「お前らに言っても理解できないだろうが、そういうことだ。まぁ、いい。暇潰しに助けてやろう。ほら、さっさと案内しろ」

先程までの異様な雰囲気が消え去ったかと思えば、今度は気軽に国を助けてやろうと言い出してしまった。

周囲には武装した騎士たちがいるのに、リアムはのんきにも欠伸《あくび》をしていた。

香菜美は歩き去るリアムの背中に視線を向けながら、唖然としてしまう。

「な、何なのよ。一人で何でもわかった感じでさ！」

自分一人が何も理解できず、おいて行かれる状況に少し腹が立った。

◇　◆　◇　◆　◇

その頃。

リアムの屋敷では大勢の人間が慌ただしく動いていた。

騒然となる屋敷。

特に、リアムが召喚魔法で消えた休憩室では――バンフィールド家に仕える魔法使いの一団が、顔面蒼白《そうはく》で調査を行っていた。

人々が魔法よりも科学に頼るようなアルグランド帝国で、魔法使いを名乗る彼らは言ってみれば魔法学を究めた専門家たちだ。

高度に発達した魔法を駆使し、その技で主人に仕えている。

リアムも好待遇でバンフィールド家に魔法使いたちを迎えており、彼らは帝国でも一流を名乗れる者たちだ。

そんな魔法使いたちを監視する女性騎士が一人――今にも暴れ出しそうなマリーだった。

「貴様ら、いったい何をしていた！」

その手には武器が握りしめられており、魔法使いたちは震えている。

「も、申し訳ございません！　し、しかしながら、この屋敷には召喚魔法を妨害するセキュリティーが何重にも用意されております。ここを突破したと考えるなら、かなりの――ひっ！」

言い訳をする魔法使いの首筋に、マリーは刃を当てる。

血走った目で魔法使いを見ていた。

「この部屋でリアム様が何者かに召喚されたのは監視カメラの映像からも判明している。つまり、これはお前たちのミスだ。違うか？」

「ち、違いません！」

「お前たちを斬り殺せないのが本当に残念だよ。リアム様が不在で処分できないからな。そのことを忘れるなよ。何としても痕跡を見つけ出せ！」

マリーもバンフィールド家の魔法使いたちが、無能揃《ぞろ》いだとは考えていない。

そんな者たちが用意した魔法的なセキュリティーが、いとも簡単に破られるなど信じたくない話だ。

本来ならばあってはならない話であるため、処分となれば責任者の首はもちろん、関係者の首が物理的に飛ぶ。

しかし、今それをやってしまえば痕跡を見つけるのが困難になる。

新たに魔法使いを雇いたいが――リアムが失踪したことを外部の人間に知られるのは避けねばならない。

「リアム様が消えたとなれば、せっかくまとまったクレオ殿下の派閥がどうなるか」

今後の被害を予想して苛立《いらだ》っているマリーのもとにやって来るのは、血の気の引いた顔をしたロゼッタだった。

フラフラと部屋に入ってくると、今にも倒れてしまいそうだった。

「ロゼッタ様!?」

マリーは慌ててロゼッタに駆け寄り、抱きついて体を支えた。

リアムが失踪したという知らせを受けて、ロゼッタは随分と心を痛めているようだ。

マリーはそんなロゼッタを見ると心が痛む。

「ロゼッタ様しっかりして下さいまし!? 誰か、ロゼッタ様をすぐにお部屋にお連れしなさい! ロゼッタ様、部屋を出られてはなりませんわ。お倒れになったばかりですよ」

リアムが召喚魔法にて連れ去られてしまったと聞いたロゼッタは、その直後に一度倒れている。

すぐに医者を呼ぶ手配をするマリーの腕をロゼッタが握る。

「ごめんなさい、マリー。無理を言って部屋を出たの。それより、ダーリンは捜せそう? 捜せるわよね?」

未《いま》だに召喚魔法の痕跡が見つからない状況だったが、マリーはロゼッタを安心させるために嘘《うそ》を吐く。

「——もちろんです。さぁ、お部屋へお戻り下さい」

召喚されてから丸一日が経過しているが、ろくな痕跡が出ていなかった。

映像を解析した魔法使いたちが言うには「あんな原始的な魔法陣が、どうやってこのセキュリティーを突破したのか理解できない!?」だった。

そちらは激怒したティアが監視し、今も解析を続けさせている。

ロゼッタが去ると、マリーは床を強く踏む。

するとマリーの影から仮面を着けた大男が現われる。

怒り狂うマリーの感情を逆なでするような、落ち着いた声で話しかけてくる。

「乱暴に呼び出しますね」

暗部のククリが姿を現すと、魔法使いたちがギョッとする。

急に現われたのが理由の一つだが、もう一つは――暗部が自分たちの側《そば》にいて見張っていたという事実に驚いていた。

マリーは魔法使いたちに「手を止めたら殺すぞ」と脅し、それからククリに顔を近付けた。

「ククリ、あたくしは貴方《あなた》を誤解していたわ。リアム様を連れ去られて、まだ生きているなんて恥というものを知らないのかしら？　死んで詫《わ》びようとは思わないの？」

「貴女に言われたくないですね～」

剣呑《けんのん》な雰囲気を出す二人だが、今回はククリが引き下がる。

「ま、こちらの落ち度は認めましょう。私の部下もリアム様と共に行方不明となってしまいましたからね」

「使えない部下をリアム様に配置したのね。――本当にゴミね」

マリーの挑発にククリは笑っている。

「クヒヒヒ――我らの中でも手練《てだ》れでしたよ。まだ若いですが、十分な技量を持っていました。だからこそ、このように」

ククリは人差し指と中指で挟んだ紙を取り出すと、マリーに投げて寄越《よこ》した。

リアムの影に潜んでいたククリの部下が、咄嗟《とっさ》にメモを残していたのだろう。

メモを受け取ったマリーが、その内容を確認するが――。

「暗号？」

「召喚魔法のキャンセルを試みたが、失敗したようです。召喚魔法の種類は、原始的であったのにもかかわらず、です。これではお手上げです」

召喚魔法の構造がシンプルすぎて、どのような目的で召喚したのか判断できなかった。

マリーはメモを握り潰すと、ククリに向かって投げ付ける。

「お前たちもリアム様を捜しなさい。死んでも見つけるのよ、いいわね？」

マリーは冷たい視線を向けていたが、それはククリも同じだった。

穏やかな口調ながらも、マリーに対する怒りが滲《にじ》み出ている。

「言われずとも。ですが、一つ言わせていただければ――貴女《あなた》には我々に命令する権利がないとお忘れなきように。我々が認めた主人はリアム様ただお一人ですから」

不気味に笑って床に吸い込まれるように消えていくククリは、マリーにわざとらしく殺気を向けていた。

マリーは冷たい笑みを浮かべ、ククリの挑発に余裕を見せた。

「お前程度で、あたくしを本気で殺せると思っているのかしらね？――事が片づいたなら、ミンチ女たちと一緒に役立たずの暗部を一人残らず斬り刻んでやるわ」

リアムを守れなかったククリに対して、マリーは確かな殺意を抱く。

共に石化して二千年の時を過ごした仲ではあるが、今回の失敗だけは許容できなかった。

◇　◆　◇　◆　◇

広大なバンフィールド家の屋敷には、中央管理センターという管理施設が用意されている。

周囲の建造物に合わせて、時計塔を模した建物の中に用意されていた。

そこには管理を行う設置型の人工知能が配備され、職員たちがサポートをしていた。

管理センターに乗り込んだティアは、責任者である職員の頭を右手で鷲摑《わしづか》みにしている。

責任者の頭部がギチギチと嫌な音を立てていた。

「お、お助け――」

許しを請う職員に対して、ティアはどこまでも冷徹だった。

「リアム様のお部屋の映像を解析しても、何もわからないとはどういう意味かしら？　お前たちは何のためにここにいるのかしらね？」

「緊急時という事で映像を閲覧したのですが、本当に複雑な反応は検知していないのです！　むしろ、どうしてあのような召喚魔法がセキュリティーを突破できたのか我々も信じられないのです！」

「何でもいいから解析を急ぎなさい。こうしている間にも、リアム様のお命が危険にさらされているかと思うと――」

ティアは責任者を放り投げると、両手を自分の顔に当てる。

指の隙間から覗《のぞ》くティアの目は見開かれ、血走っていた。

その様子を見た職員たちが、ヒッ！　と悲鳴を上げている。

「リアム様をさらった連中には地獄を見せてやるわ。死んだ方がマシだと思える地獄を見せて、自分たちがどれほど恐れ多いことをしたのか骨の髄まで理解させてから――ぶち殺してやる」

興奮しているティアに対して、責任者が困惑していた。

「あ、あの、それよりも、この非常時に誰がリアム様の代理として采配を振るのでしょうか？」

リアム不在時に誰がバンフィールド家を背負うのか？　そんな問い掛けに、ティアは責任者に怒りを覚えた。

「この非常時に何を――っ!?」

その程度、マニュアルを確認すれば――とそこまで頭の中で考えたところで、ティアは現状のまずさに気づいてしまう。

召喚される直前の話だが、リアムはロゼッタが領内の統治に関わるのを拒否している。

間の悪いことに、バンフィールド家の騎士団を束ねる筆頭騎士も現在は空位のままだ。

ティアとマリーが解任されて以降、誰も正式に任命されていなかった。

「――私の指示に従いなさい」

だから、ティアはこの非常時に自分が全てを取り仕切ろうとする。

全てはリアムのため――バンフィールド家のためだったが、責任者は今にも泣きそうな顔をしていた。

「マリー様からも自分の指示を仰ぐようにと通達が出ています。それに、政庁からも命令が出ており、現場は混乱しています」

リアムを欠いたバンフィールド家は、早くもまとまりを欠きつつあった。

ティアは責任者の肩に手を置き、力を込める。

拒否は許さないという目を責任者に向けた。

「黙って私の指揮下に入りなさい――いいわね？」

「は、はい！」

責任者が持ち場に戻るのを見ながら、ティアは心の中で呟《つぶや》く。

（リアム様が不在となった今、バンフィールド家はこの私が守らなければ混乱する。——そう、リアム様の右腕であるこの私が非常時を取り仕切らなければならないのよ。化石女でも、ぽっと出のクラウスでもない。リアム様に必要なのは、この私なのよ）

◇ ◆ ◇ ◆ ◇

バンフィールド家の政庁。

屋敷の外に用意された領内を管理する施設であり、多くの官僚が働いていた。

そんな政庁にて、三人の官僚が狭い部屋に集まっていた。

「領主様が行方不明になったという話は聞いているな？」

一人が話題を振ると、他の二人は肩をすくめている。

「召喚魔法で連れ去られた件だろう？　下手をすればこのまま戻らないだろうな」

もう一人はアゴに手を当てて、嬉《うれ》しそうに頷《うなず》いている。

「絶対君主も行方不明の今ならば、我々が主導権を握るチャンスだな」

彼らは同期たちとの出世競争に敗れ、今後の出世は絶望的となっている立場だ。

そんな彼らにとって、リアムが行方不明となった現状はチャンスだった。

「口うるさい小僧が消えてくれたおかげで、ようやく俺たち官僚が領地の主導権を握ることができるな」

リアムのことを口うるさい小僧呼ばわりする官僚たちは、主君に対して敬意や尊敬を抱いていなかった。

リアムはどちらかと言えば軍人寄りの立場である。

一閃《いっせん》の剣士として活躍もするし、軍を率いて戦いもする。

そのため、一部の官僚たちからすれば振り回されているようにも感じていた。

かつては絶望的なバンフィールド領を発展させ、奇跡の復活を果たしたリアムの手腕を評価はしている――が、逆に彼らには面白くなかった。

リアムが政治的に高い能力を持っているため、官僚側が主導権を握るのが難しいためだ。

ここまで大きく発展したバンフィールド領の官僚ともなれば、通常ならばその発言力も大きくなる。

様々な利権関係に食い込み、甘い汁を吸い放題でもおかしくない。

だが、リアムがそれを許さなかった。

リアムは人工知能を採用し、自身も積極的に政治に関わってくる。

細々とした横領まで監視されており、不良官僚たちからすれば好き勝手にできず窮屈な思いをしていた。

簡単に言えば――彼らにとってリアムは邪魔な存在だ。

「早急に新しい領主様を用意しないといけないな」

一人が笑みを浮かべながらそう言うと、他の二人も頷いていた。

随分と楽しそうに今後の話をする。

「首都星にいるクリフ様とは、仕送り関係の仕事に関わっていたから伝がある。すぐに連絡を入れれば、新しい領主様を送って下さるさ」

一人が名前を出したクリフ――【クリフ・セラ・バンフィールド】は、バンフィールド家の先代当主でリアムの父である。

現在は首都星で贅沢《ぜいたく》な暮らしを送っているのだが、リアムとの関係はお世辞にも良いとは言えない。

そもそも、クリフの統治はバンフィールド家の民にとって最悪だった。

そんなクリフを頼ろうとする官僚たちは、領民の苦しみよりも自分たちの利益を優先していた。

「すぐに領内の状況を知らせよう。そうすれば、新しい領主様を我々が支えられる。そうなれば、バンフィールド領は我々の天下だ」

もう一人の官僚が、バンフィールド家と繋《つな》がりのある貴族の名前を出す。

「ついでに後見人としてノーデン男爵を頼ってはどうだ？　我々は領内の事に口出しできても、領外に関しては権利がないからな。ノーデン男爵も辺境貴族とはいえ、一応は正式な帝国貴族様だ。我々の役に立ってくれるさ」

ノーデン男爵家だが、以前はバンフィールド家を頼っていた辺境貴族だ。

貧乏貴族を絵に描いたような家である。

だが、官僚たちにとっては扱いやすい——悪い意味で帝国貴族らしい人物だ。清廉潔白のリアムとは正反対の人物であるため、官僚たちにとっては新当主の後見人になってくれればありがたい人物だった。

「それはいい。きっと大喜びでこの話に飛び付くぞ。多少の融資をしてやるだけで、こちらに尻尾を振る奴《やつ》だからな」

狭い部屋で三人の官僚たちが、クツクツと笑って悪巧みをしていた。

その様子を部屋の隅で壁を背にして立つ男が見ていた。

三人の官僚はその男——案内人の存在に気づいた様子がない。

案内人は帽子のつばを指で摑《つか》むと、軽く持ち上げる。

「お前たちが好き勝手にすればするほど、リアムの力は削《そ》がれていく。思う存分に自分の欲望を満たしなさい。この私がその手伝いをしてやろうじゃないか」

案内人の体から溢《あふ》れる黒い靄《もや》が部屋中に広がると、三人の官僚は知らず知らずの内に体内へと取り込んで行く。

彼らの野心が増大していくのを見届けてから、案内人は部屋の壁を通り抜けて去って行く。

「リアムが戻れたとしても、バンフィールド領は以前と違って様々な問題を抱えることになる。リアム、私からのプレゼントを気に入ってくれよ」

第四話 ➤ 魔王軍

大陸の覇者と呼ばれた国家だと言うから期待してみたのだが――アール王国の王城は俺からすると小汚い城だった。

窓の外を見ると、高い城壁に囲まれた城塞都市となっている。

中央の小高い場所に建造された王城だが、廊下は狭く薄暗い。

満足に灯を用意できないほど追い込まれているのか、そもそも普段から薄暗いのかは不明だ。

しかし、廊下を歩いているだけでも程度がしれてしまう。

ズボンのポケットに手を入れて歩いていると、俺の目の前では同じく召喚された女子高生らしき勇者が女王様のエノラと話をしていた。

「えっと、女王陛下様？」

「エノラで構いませんよ、勇者様」

「それなら、私のことも勇者様って呼ばないでよ。何だか実感がわかないし、それにこそばゆいのよね」

「それでしたらカナミ様とお呼びしましょう」

「様もいらないんだけど」

「──これからを思えば、呼び捨てになどできませんから」

女の子同士が和気あいあいと話している姿を眺めていたが、俺は会話の中に聞こえた女子高生の名前に驚いてしまった。

前世の娘と同じ名前だった。

「──かなみ、か」

驚いて立ち止まってしまった俺は、自然と名前を口に出していた。

押し寄せるのは怒りや悲しみと僅かに──いや、それはどうでもいい。

一瞬だけ、目の前にいるのが前世の娘なのではないか？　そう思ったが、そればかりはあり得ないと結論づける。

俺が立ち止まり名前を呟いたため、カナミとエノラが振り返って不審な顔を向けてくる。

カナミは呼び捨てにされたのが嫌だったようだ。

「何か用？　変な名前とか言ったら許さないからね」

カナミの言動から、どうやら自分の名前に愛着を感じているのが伝わってくる。

──それなら、カナミが俺の娘であるはずがない。

あの子は、俺が名付けたかなみという名前を嫌いだと言っていたから。

カナミが不遜な態度を取ったために、俺の影が僅かに揺らめく。

影を一瞥《いちべつ》してから、俺はカナミに首をすくめて見せた。

「昔の知り合いと同じ名前で驚いただけだ。ちなみに、どんな字を書くんだ？」

何気ない問いだったつもりだが、カナミは不自然な態度を取る。

「――字は嫌いだから教えない」

「は？　名前にこだわりを持っているんじゃないのか？」

名前を馬鹿にされたくないと言っていたのに。

「名前は好き。でも――字は嫌いなの」

「そうか」

変なことを言うカナミは、俺から顔を背けるとそのまま先へと歩き始める。

その姿を見ながら、俺はこの子が俺の娘ではない理由を確認していく。

転生してから既に八十年以上の時が流れている。

召喚時の事故で時間の流れに異変が起きていたとしても、俺と元娘がこの場所で出会う可能性は天文学的な確率となってしまう。

限りなくゼロに近い可能性が、この場で実現するとは思えない。

自嘲していると、俺を警戒しているエノラの護衛たちが胡散臭《うさんくさ》いものを見る目を向けていた。

まぁ、主人に無礼な態度を働いた俺を許せないのだろう。

それは、俺の影に潜んでいるコイツも同じだろうが。

その後、エノラが俺たちに言う。

「勇者様たちのために晩餐会《ばんさんかい》をご用意いたしました。こちらの食事が口に合うとよろしいのですが」

――晩餐会、ね。

◇　◆　◇　◆　◇

晩餐会と称した夕食会だが、俺が想像した通り酷《ひど》い内容だった。

文明レベルが低いから酷い、という意味ではない。

食事の内容から、この国の状況が透けて見えてしまったからだ。

異世界から召喚した勇者たちを前に、取り繕えないほど困窮している様子が食事に表われていた。

食後、俺とカナミは応接室に通され、そこで部屋の準備ができるまで休憩することになった。

ソファーの上に横になる俺を見て、カナミは行儀が悪いと言いたそうにしていた。

――どうやら、育ちは悪くないらしい。

「リアムさんって本当にお貴族様なの？」

「どうして疑問に思った？」

体を横に向けてカナミを見れば、召喚されてからの俺の態度の悪さを責めてくる。

「だって、ずっと態度が悪いじゃない。食事中も口に合わないとか言って、エノラさんたちを困らせていたし」

「俺はまずいとは言っていない。俺の口には合わないと事実を言っただけだ。別にこの星の料理を貶《けな》していない」

馴染《なじ》みのない味だと本当のことを言っただけだ。

カナミは何やら勘違いしているようだった。

「エノラさんたちがもてなしてくれたのに、態度が悪すぎるって言っているんだけど?」

「お前――もしかしてお人好《ひとよ》しか?」

「え、何で?　普通のことでしょ」

本当に理解していない様子のカナミを見て、俺は呆《あき》れ果てると同時にエノラの人心掌握術の手腕に感心した。

たった一度の食事会で、カナミを手懐《てなず》けたようだ。

世間知らずのお嬢様かと思いきや、女王様として素質は十分というわけだ。

「ば～か。どうして俺たちを拉致した馬鹿共に下手に出てやる必要がある?」

「で、でも、それはエノラさんたちが困っていたからで――」

カナミの様子を見て、俺は一つ察しがついた。

どうやらカナミは魔法に疎い。もしくは、魔法のない異世界から召喚されたらしい。

「あいつらが困っているのは、あいつらの責任で俺たちには関係ない。それに、あの召喚術は一方通行だ。奴ら、最初から俺たちを送り返すつもりがないのさ」

そもそも、あの召喚術は大雑把すぎる。

勇者を呼び出すという結果を求めているだけで、異世界から召喚するとは限定していない。

同じ世界の違う惑星から召喚しているのが現実だろう。

――事故でも起きれば話は別だろうけどな。

でも、あの召喚術は事故率が高そうではある。

ガチガチのセキュリティーに守られていた俺が召喚されたのも、不安定な召喚術の事故という可能性が高い。というか、事故しかあり得ない。

稚拙な召喚術を三百年も守り続けていたとか、ただの笑い話だ。

「――嘘《うそ》でしょ」

カナミが目をむいて驚いていた。

俺は欠伸《あくび》をしながら、現状を教えてやる。

「食事の時にエノラも言っていたが、奴らは俺たちに魔王とやらを殺させたいらしい。自分たちでどうにもならないから、俺たちを頼っているだけだ。つまり――奴らには俺たちをもてなす理由があるのさ。だから、お前のように縮こまって遠慮するのは馬鹿だと言っているんだ」

丁寧に説明してやったが、カナミは俺の話を聞いて頬を膨らませる。

理解はしても納得していないのか、それとも感情的に俺を許せないだけか？

というか――こいつも色々と事情を抱えていそうだ。

「私は――別に帰れなくてもいいかな」

「あん？　お前、両親はいないのか？」

女子高生――学生服を着ていたので、俺はてっきりカナミは親に養育されている環境にあると思っていた。

だから「お家《うち》に帰りたいよ～」と泣き出すのではないか？　泣かれたら面倒になるな～、と考えていたのに。

カナミはソファーの上で膝を抱える。

「帰りたくないの。お母さんとは会いたくないし、パパには捨てられたし――戻ったところで、居場所なんてないから」

母親は「お母さん」で、父親は「パパ」？　どうやら、複雑な家庭環境にいるようだ。

俺はカナミの話に興味が出なかった。

何よりも前世の家族を思い出すような話題は避けたい。

未開惑星まで来て、不快な過去を思い出したくもない。

「あ、そう。それならお前は残ればいい」

「――自分だけは帰れるみたいに言うのね」

「そもそも、奴らは勘違いをしている。俺は異世界から召喚されていない。同じ世界に存在しているのさ」

「え？　でも、私の星には魔法なんてなかったよ」

首をかしげて不思議がっているカナミに、どのように説明してやるか悩んでいたところで部屋の用意ができたと知らせが届いた。

◇　◆　◇　◆　◇

用意された客室に通された俺は、大きなベッドに腰を下ろした。

座り心地から寝心地は期待できそうにないな、と察してしまう。

普段俺が使用しているベッドと、この世界のベッドを比べるのはそもそも間違いだ。

間違いだと理解はしているが、そこは悪徳領主である俺だ。

「粗末なベッドを用意しやがって。明日にはクレームを入れてやる。——それはそうと、ようやく二人きりになれたな。そろそろ姿を見せたらどうだ？」

俺以外は存在しない部屋の中。

だが、俺が声をかけると、影が蠢《うごめ》いてそこから一人の人物が姿を見せる。

ゆっくりと姿を見せるのは、仮面を着けた女——ククリの部下である暗部の人間だった。

片膝をついて頭を垂れた恰好《かっこう》で影から現われた。

ベッドに腰掛け、脚を組む俺は仮面の女を見下ろしながら話しかける。

「護衛のお前も巻き込まれたのか？」

あの程度なら逃げられただろうに、わざわざ俺についてきたらしい。

仮面の女は今回の件に責任を感じているようだった。

「リアム様が無事に戻られた際には、この命をもってお詫《わ》びいたします。誠に申し訳ありません。ですが、今しばらくは御身を守らせていただきたく思います。何卒《なにとぞ》!」

ククリたち暗部にとって、俺は雇い主だ。

そんな俺のために、失敗を命で償おうとは見上げた忠義者である。

だが、今回の一件――俺は逃げようと思えばいつでも逃げられた。

天城《あまぎ》とブライアンに色々と責められてしまった状況から逃げ出せると思い、そのまま召喚されて現在に至っている。

つまり、俺は俺の意志で召喚されたわけだ。

その状況で、目の前の部下に命を以て罪を償わせるというのは流石《さすが》に気が引ける。

――まぁ、ククリたち暗部は数が少なく貴重だ。

一人欠けるだけでも損失が大きくなるため、今回の一件で処分するのは勿体《もったい》ない。

人的損失面から見ても、責任を負わせるべきではない!――実に悪徳領主らしい人情のない判断だ。

「この程度で責任を取って死なれても困る。お前たちの一族は数が少ないからな。とりあえず、処分に関しては気にしなくていい」

「――はっ」

処分の話が有耶無耶《うやむや》となったのが、ククリの部下には意外だったのか僅かに驚いているような気がした。

それにしても、一つ問題が発生した。

「さて、当面の問題はお前の名前だな」

「名前でございますか？　しかし、我々は――」

「知っている」

仮面の女、ククリの部下、と呼ぶのは色々と面倒だ。

しかし、こいつら一族には名前がない。仲間内では存在するかもしれないが、仕事中のこいつらは絶対に名を名乗らない。

名乗れるのは頭領であるククリくらいだが、この名前は本名ではないらしい。

雇い主の俺にも、こいつらは名前を名乗らない。

それがこいつら一族のルールらしいが――今回のような状況では不便すぎる。

ただ、本名を名乗れと言っても抵抗するので、ここでは仮の名前を用意しよう。

「しばらくは二人だからな。名前がある方が色々とやりやすい。さて、暗部らしい名前だが、何が良いか？――う～ん、クナイでどうだ？」

暗部――前世の故郷風に言うならば、忍者みたいな集団だからな。

その暗器であるクナイというのは、イメージにピッタリである。

最初に浮かんだイメージは手裏剣なのだが、毎回のように手裏剣と呼ぶのは面倒である。

やっぱり、クナイが一番だな。

名付けられた仮面の女が、少し慌てて頭を垂れて大袈裟《おおげさ》に喜ぶ。

「リアム様に名を付けていただくなど、望外の喜びにございます。必ず御身をお守りいたします！」

——適当に名付けたのに、予想以上に喜ばれると俺としては若干引いてしまう。

ま、まぁ、喜んでくれたようで何よりだ。

それにしても、俺に名前を付けてもらえるなんて幸せな奴《やつ》だな。

何しろ、俺が名前を付けた存在は数えるほどしかいないのだから。

前世の犬だろ、天城だろ、後は——前世の娘だな。

——別れる際に「変な名前で昔から嫌いだった」などと言われたのを思い出す。

それにしても偶然とはあるものだ。

まさか、香菜美《かなみ》——かなみと同じ名前の子が勇者として召喚されるなんて。

俺は命令を待っているクナイに話しかける。

「しばらく大変になるが、俺のために励めよ」

「はっ！」

先程よりも力強い返事をするクナイに、俺は今度の話をする。

とりあえず——

「お前に任せる最初の仕事は情報収集だ。——この城の連中の話が本当か裏を取れ。それから、可能な限り情報を集めろ」

「御意」

返事をすると同時に、クナイが床に沈み込み消えていく。

任務に向かうクナイを見届けた俺は、ベッドに横になって天井を見上げる。

思い出すのは前世の後輩——新田《にった》君だ。

「これで本当の異世界なら、新田君が言っていた異世界転移だな。異世界転生と合わせて、二度も貴重な経験をしてしまった」

新田君に聞かせたら羨ましがるだろうか？

正確には異世界ではないから、ただの転移であるとか文句を言いそうだな。

新田君は細かい設定部分に五月蝿《うるさ》かったから。

新田君を思い出して一人ニヤニヤしていた俺だが、ベッドに横になって気づいた。

ベッドメイクも、部屋の掃除も雑すぎる。

魔王により苦しめられて厳しい状況にあるのかもしれないが、だからと言って俺はこの状況に黙っているのはごめんだ。

カナミはエノラに同情しているようだったが、俺から言わせれば自分たちの尻拭いをしてもらうために俺を——この俺を召喚したのだ。

星間国家レベルの歓待は無理だと理解しているが、相応の努力はして然《しか》るべきである。

俺は相手の懐事情を考慮して待遇を質素にしていい、などと寛大な態度を見せるつもりは一切ない！

何しろ俺は悪党だからな。

エノラの国や民が苦しもうとも、俺は贅沢《ぜいたく》の限りを尽くしてやる。

俺は悪徳領主なのだから。

「さてと」

ベッドから起き上がった俺は、左腕のブレスレットに触れる。

すると、ブレスレットに魔法陣が浮かび上がり、そこから幾つもの道具が出てくる。

空間魔法が仕込まれたブレスレットの中には、非常時用の備えとして便利な道具が幾つも用意されていた。

その一つ――ドローンを手に取って、俺は窓へと近付いていく。

窓を開けてドローンを放り投げると、空中で小さなプロペラを展開して回転させる。

そのまま空へと舞い上がって行った。

「救難信号は出した。しばらくすれば迎えも来るだろ。それまで、俺はこの星で楽しませてもらうとしようか」

新田君の言っていた異世界転移物？　をリアルで楽しませてもらおうとしよう。

◇　◆　◇　◆　◇

リアムの部屋を出て、情報収集を開始した仮面の女――クナイは普段よりも自分が興奮しているのを感じた。

体が普段よりもよく動く。

柄にもなく自分が喜んでいる事に、クナイは驚きを隠せなかった。

(主君から名をもらえるとは思わなかった。リアム様は気づいておられないだろうが、このご恩には報いなければ)

暗部に身を置くクナイは、闇に生まれた人間の運命を背負っている。

死ぬ時は痕跡を残さず、この世界に存在していた一切の情報を消さなければならない。

二千年も昔――暗部同士の戦いで命を落としていった親兄弟たちも、死んだ際は痕跡の一切を消していた。

だから、手元に家族の形見など残っていない。

残っていたとしても、それは残してはならない品だ。

名前も同じである。

対外的なやり取りをする際に仮名を名乗りはするし、頭領ともなれば名を名乗る。

だが、他の者たちには名を名乗ることは許されない。

例外があるとすれば、それは雇い主である主人が名をくれた場合のみ。

暗部としてこの世に存在した証拠――人の記憶からも自分を消さなければならない。

それに寂しさを持つ同族も少なくない。

クナイもその一人だ。

そんなクナイにとって、リアムから名を頂くというのは誰かの記憶に自分が存在するという証《あかし》でもある。

(——今回の件が終われば、私は頭領に処分されてしまうだろう。だが、それでもいい。きっと私は、リアム様の記憶の中に僅かでも残れるのだから)

今回の事件、クナイは自分の責任であると感じている。

一族の中でも優秀であるクナイは、ククリからリアムの護衛を任されていた。

それなのに、主人が召喚術に巻き込まれてしまったというのは失態だ。

ククリたち一族にとって、リアムとは恩があるだけの存在ではない。

一族が長年追い求めてきた主君でもある。

自分たちを恐れず、道具として使いこなしてくれる——そこに侮蔑の感情はなく、暗部としての役割を求められるというのは貴重だ。

多かれ少なかれ、クナイたち暗部というのは恐れられる存在だ。

雇い主の多くも自分たちを気味悪がり、時には裏切る。

ククリたちは一度裏切られ、二千年もの間を石にされ過ごした。

きっとククリたち一族を恐れたのだろう。

散々こき使った後に、石化という地獄を味わわされた。

それは言ってしまえば、当時の雇い主である時の皇帝の弱さが原因だ。

恐れ、遠ざけ、いずれ処分したくなる。

だが、リアムにはそれがない。

リアム自身が一閃《いっせん》流という帝国最強とも言える強さを持ち、絶対の自信を持って行動しているからだ。

リアムは自分たちを恐れない。

道具として正しく使える希《まれ》な主君である。

今の帝国に、リアムと同等の器量を持った貴族がどれほどいるだろうか？　数人ならば良い方で、いないと言われてもクナイは驚かない。

そんなリアムのためだから、クナイたちは命をなげうって仕えられる。

クナイが王城の休憩室に到着すると、そこには騎士たちの姿があった。

陰に潜んで彼らの会話に聞き耳を立てるのだが——。

（随分と警備が甘い。万全の状態でも私に気づくとは思えないが、これはあまりにも酷《ひど》いな）

部屋にいるのは老人と若者ばかりで、ろくに戦えそうにない者たちばかりだった。

若者が老人に愚痴をこぼしている。

「異世界の勇者か知りませんけど、あれだけのご馳走《ちそう》を前に『俺の口に合わない』って言うんですよ。あの野郎、殴り倒してやりたいですよ」

若者は晩餐会《ばんさんかい》でのリアムの態度に腹を立てているようだ。

クナイは自然と武器に手を伸ばし、今にも若者の頸動脈《けいどうみゃく》を斬り裂いてやりたい気持ちを何とか堪《こら》える。

老人はそんな若者に笑って諭そうとする。

「魔王を倒してくれる人だぞ。この程度で怒って機嫌を損ねる方が駄目だろ」

「わかっていますよ！　けど、女王陛下があんなに下手に出ているのに、男の方も、女の方も全然状況を理解していないじゃないですか」

自分たちの主君であるエノラがせっかく歓待しているというのに、それを勇者たちが少しも理解していないと思っているようだった。

クナイは二人が不満に思うのを仕方がないと冷静に判断する。

しかし、クナイの忠誠心が愚痴をこぼす若い騎士に僅かに苛立《いらだ》ちを覚えさせる。

(我らが主君であるリアム様をさらっておいて、なんたる物言い。――何も知らぬ愚か者共だとしても、あまりに無礼すぎる)

任務さえなければ殺していたと思いながら、クナイは休憩室の様子からアール王国の状況を察する。

(さて、王国の内情だが――想像以上に末期だな)

クナイはある程度の会話を盗み聞きすると、他の部屋へと移動する。

◇　◆　◇　◆　◇

翌日。

早朝から俺は、カナミと一緒に武器庫に案内された。

わざわざ女王のエノラが、俺たちのために勇者の武具について説明してくれるらしい。

――ただ、武器庫という割に武具は少なかった。

槍《やり》、弓、矢――それらの数が十分にあるとは言えない様子を見て、本当に末期なのだと理解させられる。

エノラは騎士たちに金庫の中に保管してある武具を持ってこさせた。

「お二人とも、これがアール王国最高の技術で作られた武具でございます」

俺たちの前に運ばれたのは、剣と全身鎧《よろい》である。

白銀色の剣と鎧には、金で装飾が施されていた。

カナミはのんきな顔で武具を見ている。

「凄《すご》くキラキラして綺麗《きれい》ね」

無邪気な子供のようなカナミの反応に、エノラは苦笑していた。

「見た目だけではありませんよ。ルーン文字を刻み込み、魔法の加護を得ている国宝級の武具ですから」

ただ、俺は用意された武具を見て意外に思っていた。

その鎧はミスリルで作られていたからだ。

「ミスリルか」

俺の一言を聞いて、エノラは安堵《あんど》した顔をして武具の説明をする。

「はい。貴重なミスリルで作られた武具になります。この大陸でも三つしかない武具だったのですが、現在は目の前にある一式で最後となります」

苦々しい表情を見るに、魔王軍との戦争で失われたのだろう。

俺は無遠慮にミスリルの鎧に触れる。

周囲の騎士たちが、苦々しい表情をしていたが無視した。

エノラもハラハラした表情をしているが、気にする必要はない。

——武具は使ってこそ意味があるのだから。

兜《かぶと》を両手に持って品定めをする俺は、やはり想像通りだったので小さくため息を吐《つ》く。

「ミスリルの純度と加工技術は感心するが、ルーン文字が稚拙だな。魔力を宿しているというだけで、大した効果がない」

文明レベルを考慮すると、ミスリルの純度と加工の技術は頭一つ分ほど抜けている。

ただし、ルーン文字は召喚術と同様に雑すぎる。

俺の評価を聞いて、カナミは不満そうな顔をしていた。きっと「また場の空気を悪くして」とか思っているのだろう。

カナミは俺に喋《しゃべ》らせまいと、エノラに話を振る。

「国宝って言っていたけど、本当に私たちが使ってもいいの?」

エノラは両手で王権の象徴である杖《つえ》を大事に握りしめていた。

「普通の武具では魔王にかすり傷すら与えられないと伝承にありました。この武具でなければ、魔王は倒せないでしょう」

カナミが魔王との戦いを意識したのか、緊張した面持ちで武具を見つめていた。

「――それで、これは誰が使うの？　やっぱりリアムさん？」

カナミが俺の名前を口にすると、全員の視線が集まってくる。

俺はミスリルの兜を騎士に放り投げた。国宝を投げつけられた騎士は、酷く慌てた様子で受け止めてから安堵のため息を吐いていた。

すぐにキッと俺を睨《にら》み付けてくるのだが、これから戦場で使う武具が床に落ちたくらいで何だというのか？

というか、俺にはこいつらの武具を使うつもりがない。

「俺には必要ない」

いらないと言うと、エノラが困った顔をしていた。

「え、あの――」

俺に対して強く物を言えないエノラを見かねたのか、カナミが文句を言ってくる。

「今の話を聞いていたの？　この武器がないと魔王を倒せないのよ」

生真面目なカナミにため息が出てくる。

お人好《ひとよ》しの良い子ちゃん過ぎて嫌になってくる。

——まるで、昔の自分を見ているような気がした。

「それよりも計画はどうなっている？　さっさと魔王と戦うのか？　それとも魔王を倒すために必要なアイテムでも集めるのか？」

魔王を倒すために苦難の旅が待っている、などは創作物では定番の展開だろう。

せっかくの未開惑星だから、観光気分で旅をするのも悪くない。

エノラは少し困った顔をしながらも、俺たちに現状を伝えてくる。

「アイテム——道具でしょうか？　必要な道具と言えば、このミスリルの武具ですから、わざわざ集める必要はありません。それに、今は四天王の一人である獅子《しし》将軍が率いる野蛮な亜人種たちの軍団がこの王都に迫っています」

四天王とは、新田《にった》君が聞いたら喜びそうな役職だな。

それよりも、俺は亜人種を「野蛮」と言う際に嫌悪感を出していたエノラが気になった。

顔を背けて鼻で笑ってやる。

「野蛮な亜人種たち、ね。随分と嫌っているみたいだな」

俺の言動が引き金になり、エノラは先程までよりも大きな声で亜人種について語り始める。

「あ、当たり前です！　魔王が誕生——復活する前から、彼らは我が国の領土に攻め込み、民を苦しめ、狼藉《ろうぜき》の限りを尽くす者たちですよ。野蛮と言って間違いありません！」

エノラの感情的な態度に、カナミは驚いた様子だった。

エノラは止まらない。

「多くの民が、奴《やつ》らに殺《あや》められました。奴らは食糧を奪うために、何の罪もない村や町を襲うのです。生き残った民たちも、食糧を奪われ飢えに苦しみ——このような行為が、許されていいはずがありません！」

そして、エノラの話を鵜呑《うの》みにしてしまう。

「——酷い」

亜人種たちに対して、カナミは怒りを抱いたらしい。

俺はカナミの姿が——何とも滑稽に見えていた。

エノラは興奮して大声を出したことを恥じた様子で、俺たちに謝罪してくる。

「申し訳ありません。少し興奮してしまいました。私は仕事に戻りますが、お二人はこのまま好きな武具をお選び下さい。この部屋にある物ならば、好きに使って頂いて構いません」

侍女と護衛を連れて武器庫を後にするエノラを見送ってから、カナミが俺に不満顔を向けてくる。

「リアムさん、今の態度も最低だよ。この国の人たちを怒らせたいの？」

追い詰められて弱り切っているエノラや、アール王国の連中を憐《あわ》れんでいるのだろうか？

何と純粋な子供だろうか——笑えてくる。

「お前は本当に愚かで御しやすい理想の勇者様だな」

「どういう意味よ！」

俺の物言いに腹を立てるカナミに、顔を近付けて意味ありげに笑みを作って教えてやる。

「やつらが真実ばかり口にしていると本気で信じているのか？」

俺が言っていることを理解できない様子のカナミは、あたふたしながら一歩下がる。

「だ、だって、困っているから私たちを召喚したのよね？」

「――お前は本当にお人好しが過ぎるな。世の中、善人ばかりとでも思っているのか？」

虫唾《むしず》が走る考えだと思っていると、カナミが俯《うつむ》きながら答える。

「いい人はいるよ。それに、全員を疑う方が馬鹿よ。――そんな生き方を私はしたくない」

今の会話で俺は確信した。

「お前とは話が合わないな。俺は好きにさせてもらうから、お前は真面目に魔王と戦う準備でもしていろ」

「リアムさんは戦わないつもりなの？」

女子供も戦っている状況で、お前一人が逃げるのか？　とでも言いたそうだった。

俺はカナミに助言をしておく。――助言した理由は何となく。本来ならば、この手の善人面する真面目ちゃんとは話したくもないのだが、どうしても世話を焼きたくなってくる。

――あの子と名前が同じせいだろうか？

「俺は好きにすると言った。それよりも、戦う準備をするなら急げよ。魔王軍とやらは近くまで来ているぞ」

「え？」

助言を済ませた俺は、カナミを置いて武器庫を後にした。

◇　◆　◇　◆　◇

リアムが去った後。

香菜美《かなみ》はふつふつと怒りがこみ上げてくる。

「何なのよ、もう！」

自分がアール王国の人々のために戦おうとしているのに、リアムはやる気がないようだ。

腹を立てている香菜美を見ているのは、武具の装着を手伝う侍女と護衛の騎士たちだ。

視線を感じて、香菜美は恥ずかしそうに苦笑する。

「えっと、あの――」

すると、一人の若い――香菜美よりも幼い騎士が、感動したように言う。

「カナミ様の態度は立派です！　僕は感動しました」

「そ、そうかな？」

「はい！　人を疑うような生き方はしたくない――僕も、そのように生きたいと思います」

「それは――うん、ありがとう」

年下の男の子の言葉に、香菜美は嬉《うれ》しくなってくる。

騎士は気持ちが高ぶったのか、まだお喋りは止まらない。

「カナミ様のお言葉として、仲間たちにも伝えますね」

仲間に広めようとする騎士に、香菜美は慌てて止める。

「待って、違うの！　これは――お父さんの言葉なの」

「お父上の？」

「うん。お父さんが昔言っていたんだよ。人を疑ってばかりいては疲れるから、それなら自分は信じたい、って――私はお父さんみたいな生き方をしたいんだ」

大事な人の言葉。

誇らしさと一緒に、罪悪感が香菜美の胸を締め付けてくる。

そんな素晴らしい人を最後に裏切り、苦しめたのは自分じゃないか、と。

◇　◆　◇　◆　◇

武器庫から部屋に戻り、ベッドの上でくつろいでいるとクナイが音もなく戻ってきた。

顔を向けると、既にクナイが片膝をついて頭を垂れていた。

「リアム様、ご報告いたします」

返事の代わりに欠伸《あくび》をしてから視線を向けると、クナイは了承を得たと判断して調べた情報を伝えてくる。

「魔王軍の軍団ですが、三日もあれば王都に到着するかと」

「想定よりも早いな。女王様が必死になるわけだ。それで、他には？」

「この国が追い詰められているのは事実でした。王都や周辺から集まった女子供に老人まで駆り出して、戦争の準備を進めています」

「俺たちが手を貸しても手遅れだな。――エノラは勇者を召喚するタイミングを間違えた」

クナイの話を聞いた俺は、アール王国が既に手遅れであると判断する。

働き盛りの男たちが少ない。少なすぎる。

魔王軍に勝利したとしても、この国に未来があるとは思えなかった。

他国の状況次第だが、魔王がいなくなったら同じ人間に滅ぼされて終わるのではないか？

もしくは、他の国が滅んでいるのでアール王国だけ生き残るか――そうなったとしても、国の再建は大変だろう。

勇者を召喚するならば、もっと余力がある段階でするべきだった。

もっとも、俺はエノラの判断を責めるつもりはない。

俺が同じ立場なら、僅かでも抵抗できると思っている間は勇者などという博打《ばくち》には手を出そうとは思わないからだ。

ただし、ここまで追い込まれた状況を作ったのは最低だ。

エノラの様子を見るに、本来跡を継ぐはずだった奴らも戦争で失ったのだろう。

急遽《きゅうきょ》、女王に祭り上げられたエノラは災難としか言いようがない。

ろくに跡取りとして教育を受けたようには見えないし、晩餐会《ばんさんかい》でもそのようなことを言っていたからな。

アール王国で誰が悪いかと言えば――強いて言うならば、この状況を想定せず、跡取りとして教育を受けた奴らを戦場に出した先王か？

せめて、先王が勇者を召喚していれば状況は今よりもマシだったろうに。

無能な先代を持つと苦労するのは、俺も身をもって知っている。

エノラにはちょっとだけ同情したくなるが、俺をこの星に召喚した無礼を許すつもりはない。

◇　◆　◇　◆　◇

アール王国の王都は高い城壁に守られていた。

城塞都市である王都の周囲には、魔王軍が陣取っている。

彼らは多種多様な種族の集まりで、全て人間以外の種族で構成されていた。

その多くが、かつて人間たちに迫害され、故郷を追いやられた亜人種たちだった。

そんな魔王軍の天幕の中。

獣耳と尻尾を持つ狼《おおかみ》族の戦士が、魔王軍四天王の一人である獅子将軍の前に立っていた。

周囲には、他の亜人種たちの代表も揃《そろ》っている。

狼族の戦士は、人の姿に耳や尻尾が生えた姿をしている。

だが、彼の前にいる獅子将軍【ノゴ】は、より獣に近い種族だ。

ライオンがそのまま二足歩行になったような毛深い姿で、背丈は二メートル半ばもある。

周囲には獅子族の女性たちが侍《はべ》り、ハーレム状態で狼族の戦士を出迎えていた。

ノゴは女性から杯に酒を注がれながら、狼族の戦士に話を振る。

「それで、王都はいつ攻略できる？」

狼族の戦士【グラス】は、戦士でもあるがこの軍の軍師も務めていた。

ノゴの知恵袋として活躍しているのだが、それでも知略に長《た》けているとは言い難い。

何しろ獣人たちの戦いは、いつもシンプルだ。

圧倒的な力で人間たちを叩《たた》く。

罠《わな》があれば対処する。

その程度だ。

だが、この方法でアール王国を追い詰め、今や王都に攻め込もうとしていた。

「我が戦士たちなら三日もあれば攻略するでしょう。高い壁に囲まれていようとも、我らの前には無意味です」

壁を上ることを苦にしない亜人種たちもいる。

彼らが夜にでも忍び込んでしまえば、内側から門を開けるのは容易《たやす》い。

亜人種たちは人間よりも体が大きく力も強いため、一対一ならまず負けない。

一人一人が強力な戦士である。

そんな亜人種たちだが、これまでは人間たちに追い込まれていた。

その理由は、他種族と手を取り合ってまとまることができなかったからだ。

しかし、魔王誕生や獅子《しし》将軍ノゴの登場で、亜人種たちがまとまり、今はこうしてアール王国を追い詰めていた。

ノゴが大きな口を開けて笑うと、周囲もそれに合わせて笑い出す。

皆が勝利を確信していた。

「これで魔王様に良い報告ができるな！　よし、前祝いに酒を振る舞え！」

天幕の中にいた亜人種たちが雄叫《おたけ》びを上げた。

◇　◆　◇　◆　◇

天幕の中では酒盛りが続いていたが、グラスは早めに切り上げて外へと出る。

外で待っていた娘が、グラスに気づいて駆け寄ってきた。

娘に気づいたグラスは、名前を呼んで歩き出す。

「【チノ】、我々の野営地に戻るぞ」

「はい、父上！」

チノと呼ばれた娘だが、まだ年若く幼さが残った顔立ちをしていた。

獣耳も尻尾も銀色で、瞳は黄色。

小柄で胸は小さく、可愛《かわい》らしい容姿もあってとても戦士には見えない娘だ。

そんなチノだが、生まれながらに特別で並の戦士たちをいとも容易く倒してしまう膂《りょ》力《りょく》を持っていた。

チノは嬉しそうに尻尾を横に振り回しながら、いつ戦争に参加できるのか待ち遠しそうにしている。

「父上、戦争はいつ始まるのですか？　私は初陣が待ち遠しいです。今回の戦いは人間共から我らの土地を取り返せる重要なものですからね」

今回が初陣のチノに、グラスは落ち着きがないことを指摘する。

「尻尾を無闇に振り回すな。戦士として未熟だぞ」

指摘されると、チノは尻尾の動きを止めた。

だが、今度は悲しいのか耳を垂れてしまう。

「し、失礼しました！」

感情を相手に読み取らせるなど戦士ではない。

狼族の戦士にとって、尻尾や耳のコントロールは基本中の基本である。

それができない娘を見たグラスは、チノの頭に手を置いて乱暴になでる。

「今度は耳が駄目だ」

「あうっ！」

更に落ち込むチノを見たグラスは、その様子に不安を覚える。

「これでは初陣が心配だな。やはり、お前は留守番させるべきだった」

グラスが親として心配すると、チノはムッとして顔を上げる。

「父上、私はこれでも村の戦士です。それに、一族の巫女《みこ》ですよ。そんな私が、初陣も経験していないなど一族の恥ではありませんか」

自分は村の巫女である、とチノに言われてグラスが苦々しい顔をする。

「――そうだな。お前は私の娘だが、同時に大事な村の巫女だった」

チノは両手を腰に当てて、その小さな胸を張る。

巫女であるのが自慢なのだろう。

「何しろ私は、白銀の狼ですからね」

グラスは自分たちの野営地に戻りながら、巫女だと自慢してくる娘を笑う。

「まさか、俺から白銀の子が誕生するとは思わなかった。他の村を入れても、もう何十年と現われなかったというのに」

狼族の間では言い伝えがある。

それは、白銀の毛を持つ者は霊的に優れた存在——狼族の巫女として大事に育てるべし、と。

白銀の毛を持つチノは、他の狼族の者たちと比べて霊的に優れた存在だった。

村を束ねる村長や、村々を束ねるグラスのような族長ですら、巫女を前にすれば平伏しなければならない。

ただ、やはり戦士の一族らしく、巫女だろうと戦争を経験していない者は一人前と見なされなかった。

大事な巫女を戦争に連れ出したのも、早く一人前にするのが目的だった。

「私が初陣を済ませれば、何十年と不在だった巫女が復活ですからね。そうなれば、父上も安泰ですよ」

巫女の父親ともなれば、狼族の間でグラスの地位は今よりも強固になるのは間違いない。

グラスはチノを見ながらクスリと笑う。

「巫女と言われても、霊的に優れたようには見えないけどな」

霊的に優れた素質を未《いま》だに見せないチノに、グラスは「言い伝えは迷信かもしれない」と思っていた。

チノも気にしているのか、顔を背けてしまう。

「初陣さえ済ませれば、すぐに巫女の力を発揮してご覧に入れますよ」

「頼もしいことだな」

話し込んでいる間に、二人は狼族の野営地に戻った。

グラスは自分の天幕に入ると、そのままチノを招いて話をする。

地面に腰を下ろしたグラスは、軍議を思い出しながら不満そうに愚痴をこぼす。

「それにしても、ノゴ将軍はまた馬鹿騒ぎだ。略奪した食糧をすぐに食い尽くす」

何かあればすぐに宴会を開いては、食糧を無駄にしていた。

それがグラスには悩みの種だが、チノも理解した様子がない。

「アール王国に蓄えがあるはずですから、勝てば沢山食糧が手に入りますよ」

王都は大きな都市だから、食べ物も沢山あるはずだ、と単純なチノは考えている。

グラスはそのように楽観できずにいた。

「だといいが、今は人間たちも追い詰められている。王都に食糧があるとは限らない。最悪、都市に入った我々で奪い合いになる。チノ、お前もこのことを忘れるなよ」

「は、はい」

返事はするが、あまり理解していないチノにグラスは不安になる。

獣人たちだが、まるでイナゴのように人間たちの村や町、そして都市を襲撃して食糧を奪ってきた。

その奪った食糧を無駄に消費しているため、グラスはノゴ将軍に呆《あき》れている。

何度も意見したのだが、ノゴ将軍は亜人種たちの中で最強の男だ。

強い者に従うのが亜人種たちの掟《おきて》であり、グラスがいくら忠告してもノゴが受け入れなければ意味がなかった。

「魔王様に力を与えられたノゴ将軍は強い。我々が束になっても勝てないから従うしかないが、食糧問題を放置するのは危険だ」

チノは難しいことはわからないという顔をしている。

ただ、勝てば略奪できるというのは話に聞いており、不安そうな父親に楽観的な意見を述べた。

「大丈夫ですよ、父上！　これまでも食糧は沢山あったと聞いています。王都ならば今まで以上に沢山ありますよ」

グラスはチノの意見に呆れ、最後は何とも言えない顔を向ける。

「そうだといいがな」

第五話 混迷するバンフィールド家

リアムが失踪したバンフィールド家は、大いに混乱していた。

バンフィールド家にとって、それだけリアムが重要という証《あかし》でもある。

屋敷の責任者である執事のブライアンは、頭を抱えて涙を流している。

「うぅぅ、このブライアン、リアム様が連れ去られたなど今でも信じられません。せめて無事でいてくれればよろしいのですが」

涙でハンカチを濡《ぬ》らしているブライアンの隣には、天城《あまぎ》の姿がある。

天城は独自にリアムの捜索を行っていた。

本来であればバンフィールド家の指揮を執って捜索したいのだが、以前に天城は自らの判断で領内への口出しを控えると決めた。

領内の人材が育ち、自分の役目は終わったと判断したためだ。

だが、そのせいで今はろくな権限を持っていなかった。

それでも天城がバンフィールド家で重要視されているのは、リアムという後ろ盾があるからに他ならない。

リアム不在の状況では、ろくな権限も与えられていない天城にできることは少なかった。

天城が周囲に幾つもの映像を投影し、それらの情報を処理していく。

そんな時、天城のまぶたが僅かに動いた。

「――情報が漏洩《ろうえい》しています」

不穏な台詞《せりふ》にブライアンが顔を上げた。

「何ですと!?」

「旦那様が召喚術により失踪したという情報が漏洩――いえ、意図して流していますね」

「だ、誰がそのような事を！」

リアムの失踪が外部に漏れたとなれば、それは一大事である。

ブライアンが狼狽《ろうばい》している中、天城は淡々と原因を探るのだが。

「――駄目です。情報が錯綜《さくそう》しており、原因を突き止めきれません。旦那様の権限が使用できれば、特定も可能だったのですが」

「バンフィールド家に不心得者がいようとは」

このタイミングで、不穏な動きを見せる者たちが現われたことにブライアンは顔を青ざめさせる。

バンフィールド家にとっては、リアム不在の影響は大きすぎた。

ブライアンは床に座り込み、この異常事態に騎士たちは何をしているのかと愚痴をこぼす。

「本来であれば、このような時にこそ騎士たちが領内をまとめるべきだというのに」

普段は無表情の天城も、今回ばかりはブライアンに同意して何とも言えない表情をしている。

「旦那様が不在時のマニュアルに問題があったのは事実ですが——あの二人はこんな時まで何をしているのでしょうね」

本来であれば、有能な二人が騎士団をまとめて領内の混乱を沈静化させるべきだった。

ティアとマリー。

帝国でも有数の実力者である二人ならば、リアムが不在となり浮き足だったバンフィールド家もまとめられただろう。

しかし、そうはなっていないのが現状だ。

ブライアンが床を叩《たた》き、悲痛な声を上げる。

「リアム様、早く帰ってきて下さいませ!!」

◇　◆　◇　◆　◇

屋敷の廊下で、大勢の騎士たちが二手に分かれて睨《にら》み合っていた。

一つはティアが率いる派閥の騎士たちだ。

こちらはティアと性質が似ていることもあり、騎士服を規定通りに着こなしている真面目な騎士たちが多い。

そんな大勢の騎士たちを率いるティアは、目の前に立ちはだかるマリーに濁った瞳を向けていた。

無表情のティアは、普段よりも低い声で言う。

「退《ど》けと言ったのが聞こえなかったのかしら？　化石になると耳まで遠くなるのね」

ティアの嫌みを聞いたマリーは、笑みを浮かべていた。

口元が笑っている。

だが、目元は笑っていなかった。

「ミンチ女が粋がるんじゃなくてよ。それよりも、あたくしたちの邪魔ばかりするのは、どういう了見なのかしらね？」

興奮すると似非《えせ》お嬢様言葉が消えるマリーだから、今は落ち着いている――と思ったら大間違いである。

マリーは落ち着き、冷静に――目の前の女性騎士を殺したくて仕方がない。

後ろに控えているマリー派の騎士たちは、ティア派よりも粗暴な騎士が目立つ。

騎士服は思い思いに改造しており、集団としてのまとまりがない。

ただ、その身にまとう雰囲気だけは一貫していた。

マリーの性質と同じく、荒々しい騎士たちの集まりである。

水と油のような二つの集団が、廊下でばったり出くわしてしまった。

屋敷で働く使用人たちは、普段と違って騎士たちを見ると一目散に逃げ出していく。

彼らは口々に、

「すぐに逃げろ！　巻き込まれるぞ！」

「リアム様さえおられれば」

「退避ぃぃぃ!!」

使用人たちが逃げ出すと、それを確認したティアが――ためらいなく武器を手にしてマリーへと斬りかかった。

「死ねよ、化石女！」

本気で殺しに来たティアの一撃を二刀で受け止めるマリーは、口角を上げて笑っていた。

「ここでミンチに戻してやろうかぁ！」

二人が激突したのをきっかけに、騎士たちも殺し合いを開始する。

周囲の柱や壁に傷が入り、窓ガラスが割れた。

このような争いが、リアム失踪後に頻発しているのがバンフィールド家の現状だった。

今のところ死者は出ていないが、重傷者は大勢出ている。

屋敷の広い廊下で殺し合いが始まり、血が周囲に飛び散り始めたところで――。

「あ、あ、あの――喧嘩《けんか》、駄目、です」

一体のメイドロボがか細い声で仲裁に入った。

騎士たちは戦闘を邪魔され、興奮していたこともあってメイドロボに殺意のこもった視線を向けてしまう。

その行動に、咄嗟《とっさ》にティアとマリーが後ろに下がって自分の部下たちを下がらせる。

「およしなさい！」

「止《や》めろ、この馬鹿共が！」

二人の怒気に当てられ、部下たちが一斉に動きを止めた。そのまま慌てて武器を下ろすと、メイドロボを見て全員が冷や汗を流していた。

ティアとマリーが即座に引いたのは、メイドロボが仲裁に入ったためだ。

これが見ず知らずの他人ならば、聞く耳を持たなかった。

何より、このことが戻ってきたリアムの耳に入れば、この場にいる全員が斬り殺される可能性すらある。

加えて、仲裁したメイドロボは【立山《たてやま》】だった。

「立山に救われたわね、化石共」

ティアがそう言って背中を向けてこの場を去ると、マリーも背中を向ける。

「無能なミンチ共はよく口が回るわね。立山ちゃんの顔に免じて、この場は引いてあげるから感謝していいのよ。――次は必ず殺してあげるわ」

騎士たちが去った後。

立山は周囲を見渡して、掃除に取りかかる。

「――旦那様が戻ってきたら、またこの場所にお店を出す、です。だから、掃除する、です」

ここは立山がよく露店を開く場所だった。

リアムが戻ってきた時に、いつでも店を出せるよう綺麗《きれい》にしておきたい。

掃除道具を手に持った立山は、僅かに暗い表情をする。

「――旦那様、早く、戻ってきて――欲しい、です」

◇　◆　◇　◆　◇

その頃、一人の騎士が頭を抱えていた。

クラウス・セラ・モント――つい最近、大艦隊を率いて戦争をして帝国を勝利に導いた、とされる偉大なる騎士だ。

実際はティアの采配で、クラウス自身はフォローをしていただけだ。

本人も自分の実力不足を自覚しており、過大評価に胃が痛くなりそうだった。

だが、今は本当に胃が痛い。

「リアム様はまだ戻られないのか」

(うおぉぉぉ!!　リアム様の不在で、クリスティアナ殿もマリー殿も歯止めが利かない!!　誰かこの状況をどうにかしてくれぇぇぇ!!)

無表情で小さなため息を吐《つ》きつつ、内心では焦りに焦りまくっていた。

クラウスには他人にも負けないたった一つの特技がある。

それは、ポーカーフェイス――どのような状況だろうと、感情を表情や態度に出さない事だ。

最近はこの特技を披露する機会も増え、より磨きがかかってきた。

リアムの不在を嘆きつつも、落ち着いた様子のクラウスに周囲の部下たちは熱い視線を向けている。

「この状況でも落ち着いた態度――やはり、クラウス様こそバンフィールド家の柱です！」

「それに比べて、他の派閥の連中たちは酷《ひど》いものですよ」

「やはり、クラウス様がバンフィールド家を取り仕切るべきではありませんか？」

部下たちの過大評価と熱い視線に、クラウスは吐きそうになる。

「お世辞はその辺で止めて仕事に戻りなさい」

（止めてくれ！　私は今の地位でも立派すぎて胃が痛いのに、これ以上祭り上げないでくれ！――と泣き言が言えたらどれだけ楽なことか。この状況で弱音を吐いて、部下たちを不安にさせる事は避けなければならないし）

クラウスだが、ティアとマリーが派閥争いを激化させている最中に領内の治安維持に取り組んでいた。

というか、二人が争っている間にたまった仕事をこなしているだけだ。

誰かがやらねば領内に問題が出るため、クラウスが部下たちを総動員して取り組んでいた。

損な役回りが多い上に、部下たちを巻き込んで申し訳ない気持ちもあった。

（リアム様が戻られるか、落ち着いたら部下たちにもお礼を――あ、あれ？　一番の問題児はどこだ？）

クラウスは視線で周囲を探る。

どこにも【チェンシー・セラ・トウレイ】の姿がないのを確認すると、本人がどこにいるのか部下に尋ねる。

「――チェンシーはどこだ？」

◇　◆　◇　◆　◇

屋敷の中庭に用意されたベンチには、掃除道具を持って座っている二人のメイドの姿があった。

明らかに掃除をサボっている一人と、その近くで真面目に働いている一人。

サボっているのは凜鳳《りほ》で、働いているのは風華《ふうか》だった。

凜鳳は堂々と端末を取り出して、仕事時間に自身の配信している動画のチェックをしていた。

コメント欄や再生数を見て舌打ちをする。

「――ちっ、再生回数が落ちた。コメントの数も減っているね。やっぱり、人を斬ってこその宇宙で一番の血生臭いアイドルだよ。メイド服なんて着て、掃除している場合じゃないね」

そんな凜鳳を見た風華は、大きなため息を吐く。

「お前、さっさと掃除をしろよ。セリーナの婆《ばあ》さんに叱られるぞ」

「はぁ？　あいつが怖いの？　本当に気が小さいよね。昔から強がるばかりで、ビビりなんだから」

呆《あき》れる凜鳳だが、ビビりと言われた風華の雰囲気が一変する。

「――もう一回言ってみろ」

風華が激怒して箒《ほうき》を構えようとすれば、凜鳳も側《そば》に置いていた箒を手に取る。

形は箒だが、掃除能力は高性能な代物だ。

箒の姿をしている精密機械だ。

「何回でも言ってやるよ。――臆病者」

凜鳳は笑みを浮かべながら挑発し、風華の方は真顔になった。

「てめぇ――殺す」

「できない事は言わない方がいいよ。っていうか――僕が殺しちゃおうか？」

睨み合いを開始する二人だったが、同じ場所に顔を向けた。

その場からすぐに飛び退《の》くと、二人が立っていた場所に斬撃が飛んで地面をえぐる。

土煙が舞い上がった。

凜鳳と風華が争いを止めると、斬撃が飛んできた方向に視線を向ける。

「僕に喧嘩を売る馬鹿がいるとは思わなかったよ」

「殺す。絶対殺してやる」

現われた女性に対して、凜鳳は笑みを浮かべながら殺意を向けていた。

風華は激怒し、目を血走らせて――現われた敵を睨《にら》む。

二人に斬撃を飛ばしたのは、微笑《ほほえ》みながら現われたチェンシーだ。

「あら、これを避けてしまうのね」

チャイナドレスを改造した騎士服を着用しているチェンシーだが、今日は様子がおかしい。

特に両の手だ。

凜鳳は不快感から目を細め、変わり果てた両手を見ている。

「わざわざ改造したの？」

チェンシーの手は地面に触れる程に伸びていた。爪は刃のように伸び、手首には金属色が見えている。

サイバネティック・オーガニズム――サイボーグ。

自らを機械化していた。

風華が鼻をヒクヒクさせ、チェンシーの匂いに眉をひそめる。

「機械の臭いが濃いな。お前、腕だけじゃなくて他も機械にしただろ？」

チェンシーは微笑みを浮かべるばかりで答えない。

数秒後に口を開いたかと思えば——口の中から銃口が現われる。

二人が咄嗟に避けると、今度は地面がレーザーで焼かれた。

「ちっ！」

舌打ちをした凜鳳は、チェンシーに接近すると箒を振り下ろした。

凜鳳の一撃を受け止めるチェンシーだが、その姿は既に人間ではなかった。

口は大きく開き、関節は伸び、背中からは武器が取り付けられたアームが出現している。

化け物のような姿に変貌するが、凜鳳は動じなかった。

「どうせ頭は生身だよね？　叩《たた》き潰しちゃおうか。——正当防衛なら、殺したって兄弟子も文句は言わないはずだし」

凜鳳の考えに風華も賛同する。

「そいつはいいな！　これで思いっきり暴れられるぜ。なぁ、お前——俺のストレス解消に付き合えよ！」

人ではない姿を前に、一閃《いっせん》流の剣士たちは興奮していた。

それはチェンシーも同じだった。

強い相手——あのリアムの妹弟子たちを前に、自分が手に入れた力を試したくてウズウズしているようだ。

「リアムを殺すために手に入れた力だけど、丁度いいからお前たちで試させてね」

風華がチェンシーの言葉を笑い飛ばす。

「さっさと死ねよ、一閃！」

先に一閃を放った風華に、凜鳳は不満顔だ。

「横取りすんなよ！　ほら、一閃！」

凜鳳と風華が箒で一閃を放つと、それを見てチェンシーが笑っていた。

「箒だと一閃も鈍るのかしら？　それとも、お前たちがリアムよりも弱いのかしらね？」

――チェンシーは一閃を避けていた。

風華が驚き唖然《あぜん》とする中、凜鳳が忌々しそうにチェンシーを睨む。

「刀じゃないと本気が出せないね。それより、お前――先読みをしたな」

風華は箒を投げ捨て、先程よりも真剣な表情になっていた。

「脳みそまで弄《いじ》くり回したのかよ。弱い奴《やつ》って大変だな」

超能力、第六感――それらを得るために、チェンシーは唯一残った生身である脳にすら改造を施していた。

二人の態度にチェンシーが目を見開くと、瞳の中のレンズが拡大と縮小を繰り返す。

「強くなるって最高よ。これでリアムをいつでも殺せるわ」

リアムを殺すために肉体を捨てたチェンシーを見て、凜鳳が口角を上げて笑う。

「雑魚が。兄弟子に勝てると思っているの？」

風華は髪を逆立てていた。

「その程度で一閃流に勝てると思っていたのかよ？――機械になったくらいで調子に乗る

な、殺すぞ」

肉体を捨てて機械となったチェンシーが、二人に襲いかかる。

「生きが良くて何よりだわ。さぁ――私を楽しませて!!」

◇　◆　◇　◆　◇

以前にバンフィールド家を支える十二家を名乗っていた貴族たちがいた。

復活を遂げたバンフィールド家の寄子になる事で、支援を引き出した貴族たちだ。

バンフィールド家からの支援により領内を発展させた貴族たちだが、数十年という時間が流れると一部が増長しだした。

自分たちこそがバンフィールド家を支えている、と。

実際、寄親のバンフィールド家を支える立場にはあった。

寄親、寄子――この関係は、辺境など帝国の威光が十分に届かない場所にて、周辺で一番発展している貴族が、その他の貴族たちの面倒を見るというシステムだ。

巨大なアルグランド帝国だが、領地全てを把握するのは困難だ。

バンフィールド家のような大貴族は、周辺の貴族たちをまとめる立場にもあった。

そして、寄子はいざという時に寄親を助ける義務がある。

戦争への参加を求められれば参戦する義務があるし、協力を求められたなら応える必要がある。

しかし、これまでリアムは寄子たちを頼らなかった。

力がなさ過ぎて頼れなかったという側面もあるが、全てバンフィールド家単体で乗り切ってしまった。

バンフィールド家の強さを物語っているが、今回に限っては裏目に出てしまった。

かつて十二家を名乗っていた貴族の一人、ノーデン男爵が惑星ハイドラに降り立った。

葉巻のような嗜好品《しこうひん》を口に咥《くわ》え、ストライプ柄のスーツを着用している男だ。

小柄で手足は細いのに、お腹《なか》が大きく膨らんだ体型をしている。

太々《ふてぶて》しい態度をしているノーデン男爵家の当主――【バオリー・セラ・ノーデン】は、煙を吹かしながらバンフィールド家の屋敷に足を踏み入れた。

「久しぶりに来てみたが、随分と騒がしいな」

バオリーの後ろには、政庁の官僚たちの姿がある。

「お恥ずかしい限りです」

へりくだった態度を取る官僚たちに、バオリーは気分を良くしている。

「わしらが後ろ盾になっていれば、このような事態も避けられていた。リアムもやはり狭量な子供に過ぎなかったわけだ」

大人しく自分たちを後ろ盾にしていれば良かった、と偉そうに言う。

こんなバオリーだが、リアムと面会する時はペコペコ頭を下げていた。

どうにかして支援を引き出そうと、いつもリアムに頼り切っていた人物である。

後ろ盾になるなどと言ってはいるが、それだけの実力も無い人物だ。

そんなバオリーだが、寄子の寄子であるクローバー準男爵家――配下の嫡男がリアムに喧嘩《けんか》を売ってしまい、責任を取らされ縁を切られていた。

バンフィールド家の支援を得られず、困窮していた人物だ。

それを知りながら、官僚たちも頷《うなず》く。

「全くその通りです。ですが、これからは違いますよ。新しいバンフィールド家の当主様を支えて頂きたいと思っております」

バオリーと官僚が振り返ると、そこには騎士たちに囲まれた子供の姿があった。

騎士たちはバンフィールド家の騎士――と言っても、先代や先々代に仕えていた譜代の家臣たちである。

旧バンフィールド家の騎士たちで、リアムには仕えていなかった者ばかりだ。

そんな彼らが守っているのは、リアムの父であるクリフの子だった。

名前は【アイザック・セラ・バンフィールド】。

年齢は七十歳だが、見た目は十五歳前後の容姿をしている。

手入れの行き届いた艶のある長い黒髪と、キラキラ輝く青い瞳を持つ美少年。

見た目は良いのだが、生意気そうな態度をしている。

アイザックは幼年学校を卒業しているが、士官学校や大学にはまだ進んでいなかった。

少し前まで首都星でクリフと贅沢《ぜいたく》な暮らしを送っていたアイザックだが、生まれて初めてバンフィールド領を訪れたのには理由がある。

――次のバンフィールド公爵になるためだ。

リアムから領地と爵位を引き継ぐため、送り込まれたのがアイザックだった。

アイザックはリアムが建設させた屋敷を見るなり、文句を言い始める。

「何だ、このつまらない屋敷は？　芸術性の欠片《かけら》もない地味すぎる屋敷じゃないか。こんな慎《つつ》ましいだけが取り柄の屋敷なんて、僕は住まないぞ」

リアムの屋敷を貶《けな》すアイザックだが、周囲はそれを咎《とが》めようとしなかった。

露骨にご機嫌を取るのはバオリーだった。

「その通りでございます。こんな貧乏くさい屋敷は、アイザック様に相応《ふさわ》しくありません。相続後、すぐに解体して新しい屋敷を用意させましょう」

まるで、アイザックこそが次のバンフィールド公爵になると決まったような態度だ。

それもそのはずで、バオリーはアイザックをバンフィールド家の当主にする計画に加担していた。

（リアム！　わしを虚仮にした報いを受けさせてやる。お前がいない間に、この小僧をバンフィールド家の当主に据えて、ノーデン男爵家の当主であるわしが実権を握らせてもらう）

かつては寄子という立場に過ぎなかったノーデン男爵家だが、アイザックを担ぎ上げてバンフィールド家の実権を握ろうとしていた。

官僚たちもバオリーの野心を知りながら、この計画に参加させている。

そんな彼らだが、今はアイザックのご機嫌取りをしていた。

「アイザック様が当主になられれば、バンフィールド家はもっと繁栄するでしょう。リアムは統治というものを理解していません。今までは偶然うまくいっていただけです。そもそも、帝国貴族が人形たちを使うなど、恥ずかしすぎますよ」

ここぞとばかりに日頃の不満を口にする官僚たち。

リアムを廃し、アイザックを当主にして私腹を肥やしたいという者たちだ。

そして、アイザックを守るために派遣された騎士が口を開く。

癖のある金髪ロン毛の優男の名前は【キース・セラ・レフカー】。

青い口紅を使用しており、中性的でどこか妖しげな雰囲気をまとわせている。

背が高く細身で、腰に提げている武器は実体剣だった。

細身で長い片刃の剣——サーベルだった。

右手の指で自分の髪を遊ばせていた。

「リアムは当主として品性に欠けていましたからね。これでようやく、バンフィールド家に相応しい当主が誕生されて、我々譜代の家臣たちも安心できます」

譜代の家臣と言ってはいるが、リアムの代では首都星に逃げ出していた。

ただ、それでもキースという男の実力は本物である。

何しろ先々代、先代の頃は筆頭騎士の立場であった。

剣の腕も確かであり、首都星で暮らすクリフたちにとっては頼れる護衛でもあった。

そんなキースをアイザックの護衛としてハイドラに派遣したのは、膨れ上がったバンフィールド家の富をクリフたちが手に入れるためだ。

バオリーがキースを見て笑みを浮かべていた。

「それにしても、クリフ様がキース殿を手放すとは思いませんでしたよ。あなたは、かつてのバンフィールド家で一番の騎士でしたからね」

一番と言われてキースも悪い気はしないようで、ご機嫌そうにしている。

「昔の話ですよ。今では余所者《よそもの》たちがのさばっていますけどね」

余所者たちとは、リアムの代で仕官した騎士たちを指している。

アイザックは今の騎士団も気に入らないらしい。

「長年仕えた騎士がいない騎士団など、寄せ集めではないか。リアムは本当に人望がないな」

譜代の家臣に逃げられたリアムは、情けない男であるというのがアイザックの認識らしい。

キースが恭しくお辞儀をする。

「今後はアイザック様のために、私が筆頭騎士としてバンフィールド家の騎士団をまとめましょう」

「騎士団のことは任せる」

アイザックが屋敷の中に入っていくと、キースたち騎士も続く。

ただ、バオリーと官僚たちはその場に残った。

先程と違って忌々しそうな顔を騎士たちに向けている。

「――何が筆頭騎士だ。家を捨てて首都星に逃げた卑怯者共《ひきょうもの》が」

バオリーが本音をこぼすと、官僚たちも不満を口にする。

「捨てた途端にバンフィールド家が発展しましたからね。口には出しませんが、きっと口惜しかったのでしょう」

「逃げずに残っていれば、今頃はバンフィールド家の筆頭騎士だったでしょうからね」

キースたち譜代の家臣たちからすれば、見捨てた途端にバンフィールド家が発展したのは苦々しい気持ちだっただろう。

残っていれば、重要な役職に身を置いて莫大《ばくだい》な報酬も得られたはずだ。

今回の一件、キースたちにしてみれば騎士団に戻れるチャンスである。

しかも、アイザックに従っていれば重要なポジションは約束されたも同然だ。

立派になったバンフィールド家の騎士団を率いる――騎士にとっては憧れなのだろう。

この話を持ちかけると、キースたちは飛び付いてきた。

バオリーがニヤリと笑う。

「卑怯者たちだろうと、実力は本物だからな。バンフィールド家の五月蠅《うるさ》い連中を黙らせるためにも、実力のある騎士は必要だ。――精々、利用させてもらうさ」

バオリーたちだけでは、バンフィールド家の優秀な騎士たちを相手に分が悪い。

キースのような実力者がいるのは心強いのも事実だ。

こうして、利害関係の一致する者たちが集まり、バンフィールド家を乗っ取ろうとしたのである。

◇　◆　◇　◆　◇

ブライアンは驚きすぎて声も出なかった。

政庁の官僚たちが乗り込んできたかと思えば、リアムが縁を切ったはずのノーデン男爵であるバオリーまで存在していたからだ。

そして何よりも。

「クリフ様の署名もあります。リアム様がお亡くなりになった今、次のバンフィールド公爵はアイザック様であると」

応接間に用意された椅子に座るアイザックは、機嫌が悪いのか眉間に皺《しわ》を作っている。

ブライアンが口をパクパクさせていると、隣に立っていたセリーナが口を出す。

「リアム様の死亡は確認されていないはずです」

官僚はセリーナの指摘を笑って誤魔化す。

「これは失礼しました。ただ、この非常時をいつまでも長引かせるのは得策ではないでしょう？　今後は政庁主導で領内の統治を進めさせていただきます」

リアムが不在となってから、急に事が進みすぎていた。

セリーナは不信感を持つ。

（首都星に逃げた馬鹿共が、財産欲しさに機敏に動くじゃないか。普段からこれくらい活動的であって欲しいが――それにしても、動きが良すぎるね）

リアムが失踪したら、首都星にいるクリフたちが騒ぐのは想定していた。

しかし、予想よりも早く行動しており、セリーナたちも後手に回っている。

アイザックが太々しい態度で命令してくる。

「父上とお爺《じい》さまの命令に逆らうのか？　おい、こいつをすぐに処刑しろ」

アイザックが処刑の準備をしろと言うと、セリーナは口調を変える。

「これでも元は帝国の宮殿勤めでね。死にたくないから色々とコネを使わせてもらうが、そうなったら坊やに責任が取れるのかい？」

坊や呼ばわりされてムッとするアイザックに、穏やかな口調でキースが割って入る。

「アイザック様、処刑はお考え直しを。首都星でもめ事が起きれば、クリフ様たちにご迷惑をかけることになってしまいます」

「――命拾いしたな」

アイザックが顔を背けると、セリーナは頭を振る。

（リアム様には遠く及ばないね）

アイザックの器量を知り、このままリアムが戻らなければバンフィールド家の未来は暗いだろうと予想する。

今まで黙っていたブライアンが、ようやく立ち直った。

「──キース殿、何をしにいらっしゃったのですかな？　貴殿はバンフィールド家を捨てて、首都星に逃げたのですぞ」

かつてバンフィールド家を捨てた騎士に対して、ブライアンは激しい怒りを抱いていた。

まだ幼かったリアムを捨てて、首都星に逃げたのがキースである。

キースは不敵な笑みを浮かべていた。

「ブライアン、あまりいじめないで下さい。悪いとは思っていますよ。だからこそ、こうして戻ってきたのです。今後は私に任せて、余生を過ごすと良いでしょう」

「い、今頃になって！」

手を握りしめるブライアンだったが、セリーナが押し止《とど》める。

「ブライアン」

「──すみません」

キースは拳を上げられないブライアンを見て、あざ笑っていた。

「賢明な判断です。一般人が騎士に勝とうなんて無理な話ですからね。大人しくしたがっていた方が身のためですよ」

ブライアンは手を握りしめ、そしてキースから顔を背けた。

「リアム様さえいて下されば」

◇　◆　◇　◆　◇

バンフィールド家の屋敷に乗り込んできたアイザックたちを見守る存在がいた。

――案内人だ。

「いい。実にいい！　リアムよりもよっぽど才能のある悪党じゃないか！　アイザック、君こそが私の求めていた存在だよ」

命を命とも思わない帝国貴族らしいアイザックに、案内人の好感度は上がっていく。

アイザックがバンフィールド家を継げば、案内人が待ち望んだ展開が待っていると思えた。

領内は衰退し、人々が絶望する環境が整う。

ただ、これには一つ問題があった。

「――しかし、アイザック〝君〟の情報をあの女騎士たちが知ったら面倒になるな。アイザック君が排除されてしまう」

案内人は君付けする程に、アイザックを気に入っていた。

そんなアイザックの護衛のキースだが、実力はあっても残念なことにティアやマリーと比べると格が落ちる。

二人の内、どちらか一人でもこの状況を知って殴り込んできたら、アイザックを守り切れないだろう。

「アイザック君が作り出す暗い未来を守るためにも、ここは私が頑張らねば！」

案内人は奮起した。

◇　◆　◇　◆　◇

案内人がティアとマリーを探すと、意外にも二人は一緒だった。

二人の様子を見た案内人は、何とも言えない気分にさせられる。

「これは酷《ひど》い。私も酷い光景は好きだが、この二人はベクトルが違うな」

案内人が見せられた光景というのは、この非常時にどちらが主導権を握るかで揉《も》めている二人の姿だった。

ティアとマリーが、互いに髪を振り乱して武器を持って殺し合っている。

「さっさと消えろ、化石女！」

「お前が死ね、ミンチ女！」

互いの武器は激しくぶつかり合った影響でひび割れている。

二人は体中にかすり傷を作った状態だったが、持っていた武器を投げ捨てると今度は素手で殺し合いを始めていた。

マリーがドロップキックをお見舞いすると、胸を蹴られたティアが壁まで吹き飛ぶ。

壁にめり込んだティアに向かって、マリーが止《とど》めを刺そうとする。

しかし、今度はティアが壁を蹴って勢いを付けてマリーに接近すると、頭突きを噛《か》まして吹き飛ばしていた。

何とも酷い光景に、流石《さすが》の案内人も「これは違う。私が求めている暗い未来じゃない」と頭を振る。

だが、こんな二人でも危険人物に変わりはない。

案内人は殺し合いを続ける二人を見ながら、アゴをなでつつ思案した。

そして、ある考えにたどり着く。

「あまり使いたくない手だが、うまく行けばリアムに大打撃を与えられるだろう。それでは、お前たちにはしばらく踊ってもらうとしようか。――いや、傀儡《かいらい》となってもらう、が正しいかな？」

案内人が両手を広げると、エルフ関連で手に入れた負のエネルギーが体から溢《あふ》れてくる。

そして、案内人の両隣に――案内人と同じ姿をした者が二人出現した。

案内人は自らの複製を用意すると、殺し合いを続ける二人に向かわせる。

「あの二人にはバンフィールド領で暴れ回ってもらう。お前たちは二人の欲望を刺激し、うまくコントロールしなさい」

複製された案内人たちがこくりと頷《うなず》くと、ティアとマリーの背中に回る。

案内人の存在を感知できない二人は、いとも容易《たやす》く後ろを取られてしまった。

ただ、勘は良いのだろう。

「何だ？」

「後ろに気配だと？」

ティアもマリーも背後に気配を感じて振り返ったが、既に手遅れだった。

案内人が高笑いをする。

「手遅れだ。お前たちは私の複製たちと繋《つな》がった。――さぁ、欲望をさらけ出せ！」

背後に回った複製たちが、両手を広げるとティアとマリーの様子に変化が起きる。

複製された案内人の指先から伸びた糸が、二人の体を縛っていく。

「これでお前たちは私から逃れられない」

二人とも苦しみ出すと、複製たちが笑っていた。

「リアムの一番になりたい？　大いに結構！　お前が一番だと証明すればいいじゃないか！」

「さぁ、大いに暴れろ。お前が欲しいものは何だ？　さぁ、さぁ!!」

複製たちに欲望を増幅されたティアとマリーは、フラフラと立ち上がると意識が朦朧《もうろう》としている様子だった。

二人はおぼつかない足取りで、互いに背を向けて歩き出した。

ティアはブツブツと。

「私が——リアム様の一番に——そう、私こそが」

マリーはケラケラと笑いながら。

「そうだ。ロゼッタ様も一緒に——あの方と一緒に——」

二人の様子を見た案内人は、気分良く笑っていた。

「そうだ。リアムの一番になりたければ、他は全て破壊しろ。そうすれば、残った一人がリアムの一番だ。——邪魔者は全て消すといい」

案内人の言葉に逆らえず、二人はただ命令に従い動き出す。

去って行く二人の背後には、複製された案内人の姿がある。

——二人は案内人により傀儡とされてしまった。

案内人は二人の様子を見て、満足そうに微笑《ほほえ》む。

「さて、これで邪魔者はいなくなったな。後は、アイザック君に任せていれば、黙っていてもバンフィールド家は衰退するだろう。リアムが戻ってきた時に、どんな顔をするのか今から楽しみだよ」

高笑いをしながら案内人は天井に吸い込まれるように消えていくのだった。

◇　◆　◇　◆　◇

ティアが目を覚ますと、自室のベッドに横になっていた。

上半身を起こして顔に手を当てると、随分と汗をかいていた。

「私はどうして部屋にいる？　さっきまでは確か――」

思い出そうとすると、激しい頭痛に邪魔されてしまう。

そんな時だった。

『ティア様、緊急事態です！』

副官の一人であるクローディアという女性騎士が、許可も取らずに通信回線を開いてきた。

非常時の手段なので、危機的状況にあると判断したティアが用件を尋ねる。

「何が起きたの？」

『首都星より、リアム様の実弟が送り込まれました。奴《やつ》らは、バンフィールド家を取り戻すつもりです』

クローディアがアイザックたちについて報告をすると、ティアは即座に取り押さえようと考えるが――欲望が邪魔をする。

（早く事態を収拾しないと――いいえ、待って。この状況は利用できるわね）

首都星から派遣されたアイザックたちにより、混乱するバンフィールド家。

リアムが戻ってくると信じているティアにとって、アイザックの存在などどうでもいい。

ただし利用価値はある、と考えが浮かんだ。

「――クローディア、すぐに仲間を集めて。それから軍にも声をかけて艦隊を用意するわ」

『は？　いや、しかし』

「このまま首都星の連中にバンフィールド家をいいようにされては面倒だわ。今すぐ、領内をまとめて馬鹿共を追い出すわよ」

ティアの考えに疑問を持つクローディアだが、信頼している上官の言葉なので信じることにしたようだ。

『何かお考えがあるのですね？　それでしたら、すぐに軍を集結させます』

「お願いね。――私は用事を済ませてから宇宙に上がるわ」

『はっ！』

通信が終わると、ティアはベッドから出てクスクスと笑い始める。

「はじめからこうすれば良かったわ。――さて、大事な品を回収するとしますか」

◇　◆　◇　◆　◇

屋敷の中に厳重に保管されている品がある。

それは試験管に入った液体だ。

幾つものセキュリティーを突破して金庫の中に入ったティアは、その品を手に入れると高揚感に包まれる。

頬を桜色に染めて、試験管に頬擦りしていた。

「これさえあれば私は正当性を手に入れられる。アイザックなんて必要ないわ。私がリアム様の子を身ごもれば、全て解決するのだから」

厳重に保管されていたのは、リアムの遺伝子だった。

「リアム様の子を身ごもれる――こんなに幸せなことはないわ！」

欲望が暴走しているティアは、この状況を盾にリアムの子を身ごもるつもりでいた。

当然だが、非常時だからとこんなことが許されるはずがない。

リアムも認めないだろうが――欲望の暴走したティアには、判断力が欠如していた。

リアムの遺伝子を手に入れて高揚するティアを見ているのは、複製された案内人だ。

案内人はティアを見てドン引きしている。

「私が暴走するように導いたが――これは酷い。もう一人の方がマシだったな」

案内人の複製にもドン引きされるティアだった。

◇　◆　◇　◆　◇

その頃。

「ダーリン、どこに行ったの？　早く会いたいわ」

自室に引きこもっているロゼッタは、ベッドの上で涙を流していた。

リアムが失踪してから随分とやつれてしまっている。

食欲もわかず、リアムが戻らないことを嘆いてばかりいた。

そんなロゼッタの身の回りの世話をするのは、修行中の【シエル・セラ・エクスナー】だった。

銀髪ロングのシエルは、エクスナー家の特徴である顔横の三つ編みをしている。

屋敷では珍しく、リアムに疑念を持っている女性だ。

リアムが失踪したと聞いた際は少し喜んだが、悲しむロゼッタの姿を見ていると心が痛んでしまう。

（ロゼッタ様を悲しませて――本当にリアムって嫌な奴だわ。それからもう一つ問題があるのよね）

シエルはロゼッタとは別の問題を抱えていた。

それは兄である【クルト・セラ・エクスナー】である。

どうやら、クルトはリアムに話があるようだ。

しかし、リアムが行方不明となり、連絡がつかなくなるとシエルにメッセージが届くようになった。

シエルは通知を切った端末の画面を開き、クルトからのメッセージを見て頬を引きつらせる。

『五分前：シエル、リアムと連絡がつかないんだけど？　今は忙しいのかな？』

『四分前：シエル、リアムが忙しいなら、後で連絡をしてもらうように伝えて』

『三分前：シエル、ちゃんとメッセージを見てる？　リアムに話があるんだよ。余裕ができてからでいいから、連絡して欲しいと伝えてくれないかな？』

『二分前：シエル、メッセージの既読がつかないんだけど？　仕事中？　休憩時間はあるよね？』

『一分前：シエル？　どうして返事をくれないの？』

　一分おきに届くメッセージに、シエルは恐怖を覚えた。

（私は何も見ていない。後で非常時だったと言い訳すれば、お兄様だって許してくれるはずよね？――許してくれるかな？　不安になってくるわ）

　シエルは端末をポケットにしまい込み、クルトからのメッセージを見なかったことにする。

　そもそも、クルトに「リアムがいなくなった」とは言えない。

　修行中の身だろうと、シエルはバンフィールド家のメイドである。

　守秘義務が存在する。

　――本来であれば、修行先の家よりも実家を優先するのが貴族だ。

　しかし、今回の場合は黙っていた方がいいだろうと判断した。

　リアムの失踪を知れば、クルトが大騒ぎをすると理解していたからだ。

それに、今のバンフィールド家は危険な状況にある。

（怪しい連中が続々と集まって来ているのよね。バンフィールド家ってお金持ちで財産も多いから、その奪い合いも起きているし）

当主不在で跡取りを指名していないバンフィールド家は、他の貴族たちからすればおいしい獲物である。

後ろ盾になれれば、バンフィールド家の富、名声、そして軍事力は思いのままだ。

同じクレオ派閥に所属する貴族たちでさえ、信用できない状況だ。

そんな状況でシエルが逃げ出さないのは、ベッドの上でリアムの映像を見て涙を流しているロゼッタを放置できないためだ。

シエルがロゼッタを慰めようとすると、ドアを蹴破って一人の女性騎士が入ってきた。

そのあり得ない行動を、シエルが責める。

「な、何をしているんですか！」

抗議するシエルに対して、侵入者――マリーは無視してロゼッタに近付いた。

目が血走って興奮していた。

「ロゼッタ様！　一大事でございますわ！　このバンフィールド家を乗っ取ろうと、姑息《こそく》な連中が集まっていますの！」

屋敷の様子を知らされたロゼッタは、マリーにすがりつく。

「ど、どうして!?　ダーリンは死んでないわ。ただ、召喚されただけよ。そうよね、マリー？」

リアムは生きていると訴えるロゼッタに、マリーは諭すように言う。

「敵には関係ないのです。リアム様がいないと都合がいい者たちもいるのですよ」

リアムがいない間に、バンフィールド家の力が奪われようとしている。

「このままでは、ロゼッタ様のお立場が危ういですわ。正式な婚約者であるロゼッタ様を傷物にしようとする愚か者たちもいるでしょうから」

リアムを憎む連中も多く、彼らは何をするかわからない。

マリーはロゼッタの安全を確保するために、急いで駆けつけたようだ。

危機的状況にあると知ったシエルは、マリーに尋ねる。

「マリー様、その方たちを追い出せないのですか？」

「無理ですわね」

あっさりと答えるマリーに、シエルは違和感を抱いた。

いつもなら「皆殺しにしてやる！」なんて言い出しそうなのに、何故《なぜ》か今日に限って大人しい。

（ロゼッタ様の安全を第一に考えているのかな？　普段なら暴れ回っていそうなのに）

マリーはロゼッタを急《せ》かす。

「さぁ、早くこの場から逃げましょう。悔しいですが、我々には彼らと戦う力がありませんわ。今は逃げ延び、再起を図るのです」

「で、でも、わたくしではバンフィールド家をまとめられないわ。だって、バンフィールド家の騎士も軍隊も、ダーリンにしか従わないだろうし――それに、ダーリンから関わるなと言われたの」

領内の事に関わるな、とリアムに言われてしまった。

ロゼッタが領内で発言力が低いのはこのためだ。

多くの者たちがバンフィールド家の財力や権力を狙う中、ロゼッタが行動できないのはリアムにも責任がある。

しかし、マリーには秘策があるらしい。

「ご安心下さいまし。あたくしには志を同じくする仲間たちがいますわ。別の惑星に騎士も軍も集めています。そこでリアム様の正統な血筋を誕生させるのです！」

「血筋？　あ、あのね、マリー、わたくしはまだ――」

リアムの子供を宿していないと言いたそうなロゼッタに、マリーは秘策を披露する。

「こんなこともあろうかと！　このマリー、リアム様の遺伝子をしっかり確保してありますわ！」

取り出したのは、箱に収められた試験管だった。

シエルはそれがなんなのか即座に理解するが、ロゼッタは首をかしげている。

（こ、この女、やりやがった。いえ、これからやるつもりね!?）

興奮しているマリーの目は本気だった。

ロゼッタは気がついていないが、シエルはマリーの考えに気がついた。

(リアムの遺伝子で、ロゼッタ様を妊娠させるつもり!?　勝手に跡取りを作るとか駄目でしょ!!)

そして、マリーは言う。

「さぁ、ロゼッタ様――共にバンフィールド家の正統な血筋を繋《つな》げていきましょう。他の者たちに、バンフィールド家を奪われてはなりませんわよ！」

この台詞《せりふ》を聞いたシエルは、マリーの思惑にも気づいてしまった。

(こ、こいつ、この状況で自分も子供を身ごもるつもりなの!?)

この非常時を利用して、自らもリアムの子を宿すつもりなのだ。

弱り切ったロゼッタは、リアムが戻ってきた時のために騎士や軍隊が要ると考えているようだ。

「――そうね。ダーリンに従う騎士や軍人たちを集めて。もしもの時には、戻ってきたダーリンの力にしないと」

リアムのために動くロゼッタ。

そして、私利私欲に走ったマリー。

シエルは、マリーにドン引きしていた。

(どうするの？　これってどうすればいいのよ!?)

本来なら兄のクルトに相談したかったが、一分おきにメッセージを送信してくる精神状態では期待できそうにない。

もはや、誰にも頼れず――ロゼッタを見捨てられないので、ついて行くことにした。

◇　◆　◇　◆　◇

マリーを操る複製された案内人は、望んだ方向に物事が進んでいくのに浮かない表情をしていた。

「確かに私は欲望を後押しした。後押ししたが――ここまで暴走するとかおかしいだろ」

マリーの暴走を見て、複製された案内人は困惑していた。

背中を少し押しただけだと思ったら、相手が空まで飛んでいったような感覚だ。

「正直、自分を複製してまで操る必要性がないよな？　これなら、欲望を刺激する程度で終わらせれば良かった。無駄にエネルギーを浪費してしまった」

複製された案内人は、深いため息を吐《つ》く。

「あ～あ、これならもう一人の方にすればよかった。こっちよりはマシだろうからな」

何とも言えない気分にさせられた複製された案内人は、ティアの方を選んだ自分を羨んでいた。

◇　◆　◇　◆　◇

「リアム様の血を引く子がいれば、全ては丸く収まるわ。何しろ正統な後継者だもの」

液体の入った試験管にキスをしたティアは、その後すぐに大事そうに懐にしまい込む。

そして、集まった騎士たちを前に表情を改めた。

場所はバンフィールド家の元総旗艦ヴァールのブリッジである。

三千メートルを超える全長の宇宙戦艦だ。

副官のクローディアがティアに近付いてくる。

「ティア様、準備が整いました」

「よろしい。それでは、出発しましょうか」

ティアが集めたのは、リアムに恩義を感じている忠誠心の高い騎士たちだ。

そんな彼らが持ち場を離れて、ティアの呼びかけに応えて集結していた。

軍の一部も集結しており、かなりの規模の艦隊となっている。

だが、バンフィールド家の全軍が集結したわけではない。

クローディアが苦々しい顔で報告してくる。

「ティア様、マリー・セラ・マリアンですが、ロゼッタ様を確保して一部の騎士と艦隊を率いて第三惑星に入りました。領内の治安維持部隊をかき集めています」

ティアの前には、バンフィールド家の領地を表した簡易版の地図が立体的に表示されている。

その映像を見ながら、ティアは舌打ちをした。

「第三惑星も拠点としては十分な機能を備えていたわね。それにしても、思っていたよりも集結しているわね」

「ロゼッタ様を確保されたのが痛手でした。ロゼッタ様がいるならば、とマリーの艦隊に集結する部隊が多いようです」

「ロゼッタ様の人気を甘く見ていたわ。——それより、精鋭艦隊はどうなっているの？」

精鋭艦隊とは、長年リアムと共に戦い続けてきた艦隊である。

バンフィールド家の中でも精鋭中の精鋭であり、ティアがどうしても確保したかった味方だった。

しかし、クローディアが申し訳なさそうにするので、勧誘が失敗したのを知る。

「声はかけたのですが、自分たちはリアム様の命令にのみ従うと言って話を聞こうともしません。ロイヤルガードも同様です」

ロイヤルガードはリアム専属の護衛騎士団であり、一般の騎士団とは別枠となっている。

彼らもティアやマリーの協力要請を拒否してきた。

ティアは落胆したように小さなため息を吐くが、それでも悪くないと思っていた。

「逆を言えば、マリーに与《くみ》することもないわけね。——いいわ。敵に回らないだけいいと考えましょう。それよりも、私たちも拠点を確保するわよ」

クローディアが頷《うなず》く。

「既に第二惑星に連絡を入れ、こちら側の者たちを向かわせています」

「手際が良くて助かるわ」

第二惑星もリアムが開発して発展した惑星だ。

拠点にするには十分な規模となっている。

――リアムが発展させた領地が、家臣団の分裂により引き裂かれていく。

第二惑星に出発する艦隊だが、クローディアには心残りがあるらしい。

「本当に本星を放置してよろしいのですか？　我々ならば、リアム様の本星に忍び込んだゴミ共をすぐに消し去れましたが？」

アイザックたちを今すぐにでも追い出せる。

自分たちにはそれだけの力がある――だが、それをするとこの状況を利用できなくなってしまう。

「リアム様の本星で戦争などできないわ。それに、リアム様のお屋敷を血で染めるなんて不敬だと思わない？」

(私が身ごもるまでの時間を確保しないとね。今すぐは難しいけども、少し状況が落ち着いたらすぐにでも――)

白々しい嘘《うそ》を吐く。

ティアからすれば、バオリーやアイザックなど敵ではない。

護衛の元筆頭騎士とやらも脅威ではなかった。

しかし、この状況を利用してリアムの子を——という欲望には勝てなかった。

ティアが両手を広げる。

「我々にできるのは、リアム様が戻られた時のために戦力をかき集めること！　不心得者共を蹴散らす軍を用意するわよ」

（リアム様の子を宿せる！　これに勝る幸せなど、この宇宙には存在しない！）

ティアは、リアムが戻ってきたら「仕方なかったんです！　お家の一大事だったんです！」という言い訳をするつもりだった。

お家の一大事——そう、これは暴走したティアとマリーが起こした、お家の一大事だ。

本来なら事前に対処できたのに、わざと何もしないどころか大げさにしてしまった。

「全軍進め！　リアム様の領地は、全て我らで確保する！」

ティアの命令で、数千の艦隊が動き出す。

それを見守る複製された案内人だが——。

「——私が裏で操っているとは言え、ここまでするとは正直思わなかったぞ。というか、私自身もドン引きだよ」

第六話　ロイヤルガード

バンフィールド領の第三惑星を目指している艦隊がいた。

ロゼッタを確保したマリーが指揮する艦隊は、本星を抜け出した時点で一千隻に満たない規模だった。

しかし、第三惑星へと航行中に、続々と艦隊が集結してくる。

集結するのは、バンフィールド軍でも治安維持を行う艦隊だ。

パトロールや安全の確保のため、小規模の艦隊が幾つも領内を巡回していた。

そんな小規模な艦隊を吸収したマリーの艦隊は、第三惑星に到着する前に三千隻という規模にまで膨れ上がっていた。

マリーにとってはこれでも想定よりも少ない規模だ。

そんなマリーだが、七百メートル級の宇宙戦艦のブリッジにて勧誘を行っていた。

「あなたたちがリアム様の命令のみに従うのは知っているのよ。けれど、この場にはロゼッタ様もおられるわ。あなたたちは、あたくしに付くべきだと思わない？」

勧誘を行っている相手は二名。

一人は精鋭艦隊を率いる大将で、もう一人はロイヤルガードを率いる女性騎士だ。

モニター画面に二人の顔が並んでいるのだが、どちらも不満そうな顔をしている。

大将はマリーの勧誘を蹴ってしまう。

『我々に命令できるのはリアム様のみである。ロゼッタ様の安否も重要ではあるが、勝手な判断で動くことはできない』

マリーの頬は僅かに引きつっていた。

「それでは、あのミンチ――クリスティアナに与することもないのかしら？」

『そうだ』

マリーは精鋭艦隊を引き抜けなかったのは悔しいが、同時に敵に回らなかったことに安心する。

長年、リアムを支えてきた艦隊は、戦うとなると厄介極まりない。

（本当に堅物ばかりで嫌になるわね。堅物と言えば――）

次に視線を向ける相手は、長い赤髪を三つ編みにした女性騎士だ。

黒縁の眼鏡をかけたインテリ風の女性騎士は、薄ら笑いを浮かべている。

騎士服は黒で統一され、紫のマントを左肩にかける騎士団――ロイヤルガードを率いる女性騎士だった。

バンフィールド家を守る特殊な騎士団で、軍に所属しながら命令系統が別になっていた。

彼女たちに命令できるのはリアムのみ。

マリーはロゼッタの安全を盤石にするためにも、ロイヤルガードを引き入れたかった。

「ロイヤルガードは仕事をしたらどうなのかしら？　ロゼッタ様の身の安全を守るのは任

務の内ではなくて？」

リアムの婚約者であるロゼッタも護衛対象だ。

それはロイヤルガードも理解しているようだが、マリーに与するつもりはないらしい。

『ロゼッタ様を連れ去った不届き者の言葉とは思えないわね。まぁ、今の本星の状況を見れば、ロゼッタ様の不在は好都合と言えますが』

ざっくばらんに状況を語るロイヤルガードに、話を聞いていた大将は僅かに眉をひそめていた。

だが、ロイヤルガードは気にしていない。

マリーに対してモニター越しに凄《すご》んでくる。

『――勘違いをするなよ、マリー・セラ・マリアン。我々が守るのはバンフィールド家ではない。リアム様とその血族が護衛対象である』

それを聞いて、マリーはシートの肘置きを右手で握り潰した。

「ロゼッタ様の命を守る価値はないと？　ロイヤルガードとしてはあるまじき発言よね？　吐いた唾は飲めねーぞ、ごらぁ!!」

ロゼッタを軽く扱ったのが許せず、勧誘している立場で怒鳴りつけてしまった。

ロイヤルガードは、そんなマリーを見て笑っている。

『ロゼッタ様は婚約を済ませただけであり、現時点では護衛をするようリアム様から命令を受けていないのよ。あぁ、それとね――ロゼッタ様に何かあれば、ロイヤルガードは敵に回ると覚えておきなさい』

「くそがっ！」

マリーが暴言を吐くと同時に、相手側から通信が切断されてしまった。

副官の無精髭《ひげ》を生やした男性騎士が、マリーの横で肩をすくめている。

「あちらさんは、ゴタゴタに巻き込まれたくないみたいだな」

肩で息をするマリーだったが、深呼吸をしてから冷静さを取り戻す。

「敵に回らなければ問題ないわ。それにしても、リアム様の率いる艦隊は堅物ばかりね」

「真面目すぎて肩が凝るよな」

「──すぐに第三惑星に行きますわよ。第三惑星に駐屯している軍を吸収するわ」

マリーの話を聞いて、副官はアゴをなでつつニヤニヤしていた。

「最初は心配したが、これならミンチ共と張り合えるくらいの規模にはなるな」

本星から引き抜けた艦隊は多くなかったが、それでもティアたちと張り合える艦隊規模を確保できそうだった。

マリーは髪を手で払いのけつつ、ふわりとマントのようにひらめかせる。

「リアム様が戻られた際に、ロゼッタ様とあたくしたちの艦隊がいればバンフィールド家の再建は可能よ。本星に入り込んだ連中は、その後にひねり潰してやればいいわ」

「──俺としては、奴《やつ》らをさっさと追い出した方がいいと思うんだが？」

アイザックたちを早急に追い出すべきと言う副官に、マリーは顔を背けつつ素っ気なく理由を話す。

「リアム様が失踪されたのは事実よ。首都星の血縁者共の主張も帝国の法律的には無視できないわ」

「まぁ、言われるとそうなんだが」

副官はどこか納得していない様子だったが、マリーは強引に事を進める。

胸に潜ませた試験管の膨らみに手を添えたマリーは、今後の予定を思案する。

(こんな機会を見逃せるものですか。馬鹿共なんて後からいくらでもぶち殺せますが、リアム様の子を宿すにはこの機会しかないのですから)

マリーは自分の欲望を実現するため行動していた。

そんな様子を見せられたのは、複製された案内人だ。

マリーの後方で、壁を背に床に座っている。

「うん、別にいいんだ。この女の欲望を暴走させたのは私自身だし、こいつらに戦力が集まるようにしたのは私だ。だけどこう——もっと抵抗があってもいいと思うのだが？　正義感というべきか、義務とか責任感と欲望の間でせめぎ合う感じとか一切ないのは何でだ？」

マリーを傀儡《かいらい》とするため裏で操っているのだが、その必要性がほとんどない。

複製された案内人は手持ち無沙汰になっていた。

◇　◆　◇　◆　◇

マリーとの通話を終了したロイヤルガードは、精鋭艦隊を率いる大将と会談していた。

大将がロイヤルガードを前に小さなため息を吐《つ》いている。

「ロゼッタ様の件は本当によかったのか？」

大将が言いたいのは「ロゼッタ様の護衛を派遣せずによかったのか？」だ。

ロイヤルガードは大将の言いたいことを察しつつ返答する。

「マリーならば、ロゼッタ様を命がけで守りますよ。それに、今の本星にロゼッタ様を置くのは得策ではありません」

大将が腕を組みつつ天井を見上げる。

「——あの二人からの誘いは断ったが、このままではバンフィールド家の軍隊が二つに割れて争いが起きるぞ」

リアムが失踪しただけで、バンフィールド家は大きく二つに割れようとしていた。

その原因が、これまでバンフィールド家を支えてきたティアとマリーだから笑えない。

ロイヤルガードは、少し思案してから——打開策を提示する。

「それでしたら、我々も独自に動きましょう」

先程まで、自分たちはリアム様の命令のみに従うと言っていたロイヤルガードの言葉に、
大将はギョッとする。

ロイヤルガードの顔を見ると、真剣な顔をしていた。

「冗談ではないようだが、本気なのか？」

「このままアイザックたちの好き勝手にされては、いずれ我々は解散――バンフィールド家から追い出されるでしょうからね。今更、アイザックを主君として仰げますか？」

悪い意味で帝国貴族らしいアイザックの振る舞いは、大将とロイヤルガードの耳にも届いていた。

実際に調査をした結果、アイザックに期待できないと二人は判断している。

ロイヤルガードの提案に、精鋭艦隊を率いる大将が興味を示す。

「独自に動くとしても、誰の判断に従うのかね？　ロイヤルガードが我々を率いるとは言わないでくれよ。君たちだろうと、私の部下たちは従うとは言わないぞ」

堅物ばかりが集まったような精鋭艦隊は、リアムの命令にしか従わない。

ロイヤルガードがいくら有能だろうとも、その指揮下に入れと言われれば抵抗する者達《たち》ばかりだ。

「まさか。我々はあくまでもリアム様の護衛ですからね。陣頭に立って我々を導いてくれる騎士にお任せしますよ」

他の者に任せようとするロイヤルガードに、不審に思った大将が首をかしげる。

だが、すぐに誰のことを言っているのか察した。

「――クラウス殿か」

ロイヤルガードが一度頷《うなず》くと、真剣な面持ちで大将に相談する。

「彼はリアム様の信任厚い騎士であり、現在もバンフィールド家を守るために奔走しています。彼――クラウス殿も今は一人でも協力者が欲しいでしょうからね」

「確かに彼ならば部下たちも納得するだろう。だが、君たちはいいのか？　ロイヤルガードはリアム様にのみ従う騎士団だろう？」

誰か他の者の下に付くのをよしとするのか？　そんな問い掛けに、ロイヤルガードは苦笑しつつ肩をすくめる。

「非常時ですからね。それに、混乱したままではリアム様の捜索にも影響が出てしまいますから」

「――わかった。すぐに部下たちを説得しよう」

大将の協力を得られたロイヤルガードは、ソファーから立ち上がると微笑《ほほえ》む。

「それでは、私はクラウス殿と話をしてきましょう」

◇　◆　◇　◆　◇

クラウスは執務室で頭を抱えたかった。

周囲には部下たちがいるので、狼狽《うろた》えている姿が見せられないため無表情を貫いている。

しかし、クラウスの目の前には――黒い騎士服を身にまとう集団が、騎士礼をして立っていた。

「全ロイヤルガード、これより貴殿の指揮下に入ります。精鋭艦隊との協力も取り付けておりますので、ご自由に我らをお使い下さい」

真顔でそう言ったロイヤルガードの騎士団長が、その後に首をかしげて破顔する。

「よろしくお願いしますね、クラウス殿」

「――あぁ」

(どうして私のところにロイヤルガードが来るんだぁぁぁ!!)

いきなり指揮下に入りたいと言い出すロイヤルガードを前に、クラウスは内心で混乱していた。

意味不明なのは、リアムの命令にしか従わない集団が自分の指揮下に入りたいと言い出したからだ。

(私は彼らに何も言っていないのに!)

しかも、いきなり乗り込んできての発言である。

理解しろと言われても困るというのが、クラウスの本音である。

そんなクラウスの本音に気づかない周囲の部下たちは、ロイヤルガードの登場に浮き足立っていた。

「ロイヤルガードがクラウス様を頼った!?」

「流石《さすが》はクラウス様だ!」

「精鋭艦隊がこちら側についたなら、もう怖いものなしだろ！」

クラウスは自分の評価が上がっていく光景を見ているしかなかった。

ロイヤルガードたちを前に、命令――ではなく協力を願い出る。

「君たちに命令できるのはリアム様のみ。そうであれば、私が行うのは協力のお願いだ。現状、人手が足りていない。貴殿らにも協力をお願いする」

下手に出たクラウスに対して、ロイヤルガードたちは僅かに驚いていた。

団長が微笑を浮かべる。

「クラウス殿のご厚意をありがたく受け取りましょう。流石はリアム様が信任される騎士ですね。少し――妬《や》いております」

リアムの信任を得ているクラウスに、ロイヤルガードが嫉妬していた。

クラウスは考えることを放棄すると、とにかく目の前の仕事に取り組むことにする。

「それでは、すぐに君たちに任せたい仕事がある」

（あぁ、もう何も考えたくない。とにかく、目の前の仕事に打ち込もう）

第七話 ＞ 大誤算

案内人は、バンフィールド家の本星で立ち尽くしていた。

ティアとマリーの欲望を刺激した後、案内人はアイザックたちの支援をしていた。

今回の件、普段のように全力を出しているとは言い難い。

何しろ、頑張ったのはリアムを他の惑星に送り、複製を用意して都合良く動く傀儡を用意しただけだ。

「――嘘《うそ》だろ」

だが、それだけでバンフィールド家が大混乱に陥っている。

リアムが召喚され行方不明になったのが露見し、領民たちが混乱していた。

街では大騒ぎになっている。

普段綺麗《きれい》な街並みにはゴミが散らかり、大勢の領民たちが昼間から話し合っていた。

「おい、あの噂《うわさ》を聞いたか！」

「リアム様の話だろ？　俺は知り合いが政庁で働いているから聞いたけど本当だった」

「何でリアム様が失踪するんだよ！」

「俺が知るかよ！」

男性たちが大声でリアムの失踪について語り合い、時に罵声まで聞こえてくる。

女性たちも動揺しているのか、集まって話し合っていた。

「召喚されたって噂で聞いたわ」

「リアム様を召喚？　魔法には詳しくないけど、それって可能なの？」

「無理よ。絶対に無理。バンフィールド家お抱えの魔法使いたちがいるのよ」

「だったらどうして？」

「それは知らないけど――」

案内人は信じられないという様子で街中を歩いていた。

そして、一際高い建物――政庁に到着すると、その前で領民たちが集まってデモをしている様子を見かけた。

「政庁は正しい情報を開示しろ！」

「リアム様の安否を教えろ！」

「おい、今の誰だ？　リアム様が死ぬわけないだろ！」

普段のお祭りのようなデモとは違い、今回ばかりは本気のデモ活動だった。

時に参加者たちが男女関係なく殴り合いの喧嘩《けんか》をしているが、案内人にはむしろ喜ばしい光景だった。

「何ということだ。ただ、リアムを追い出してあの二人をけしかけただけなのに」

案内人にとっては、労力以上の見返りを得た気分だった。

しかも、領民たちに不安が広がっている。

「おい、軍が持ち場を離れているらしいぞ！」

「どうして？」

「クリスティアナ様と、マリー様が決起したんだよ！」

「この非常時に、あの人たちは何してくれるの？」

リアム不在時に決起するという暴挙に出た二人に、領民たちも困惑していた。

バンフィールド領内では人気の高い騎士だっただけに、失望感が広がっている。

――負の感情が渦巻いている。

案内人はそれらを吸い込むと、まるで大自然の中で澄んだ空気を吸い込んだような表情を見せていた。

「す、素晴らしい感情じゃないか。この星で、こんなにもうまい負の感情を吸い込んだのはいつ以来だ？」

それに、ティアとマリーに隠れているが、バンフィールド家にはまだ多くの問題があった。

何故《なぜ》かリアムの妹弟子たちと殺し合っているチェンシーもいるし、官僚たちの一部が利益を得るため動いている。

軍だって同じだ。

かつては生真面目な軍人たちの集まりだったバンフィールド家も、拡張を続けた今では不良軍人たちも増えていた。

この機に野心をむき出しに活動を始める者たちも多かった。

案内人にとっては予定外の嬉《うれ》しい知らせである。

更に、バンフィールド家の屋敷ではアイザックやバオリーたちが好き勝手に振る舞っている。

傲慢な子供であるアイザックだが、バオリーたち大人の手にかかってはいいように操られてもいた。

また、バオリーが知り合いの貴族たちに声をかけている。

バオリー同様に悪い貴族たちであり、バンフィールド領に来て甘い汁を吸おうとしていた。

――悪い貴族たちが、リアムの領地を食い荒らすために集まっている。

まるでドミノ倒しのように、次々に影響が波及して悪い方へと転がっていく。

リアムがいないバンフィールド家は、案内人の想像以上に混乱していた。

「来ている！　私の時代が来ている！」

リアム一人がいなくなっただけで、ここまで状況が悪化するとは案内人も想定外だ。

案内人は手を握りしめ、喜びに震えていた。

「よし！　このまま、リアムの持つ宝を奪い盗《と》り、奴《やつ》が戻ってきた時には絶望を味わわせてやる。そうなると、一番のお宝は――錬金箱か？　さて、錬金箱はどこにあるのか？」

錬金箱――それは、ゴミからでも黄金を作り出せる夢のような道具だ。

錬金箱を持つために、リアムは経済的な束縛から解放されている。

リアムの大事な財源――バンフィールド家の躍進を支えてきた原動力だ。

これを奪えば、リアムの行動は大いに制限される。

リアムの手により大いに発展したバンフィールド領も、不在時を狙って忍び込んできた悪い連中に財を奪い尽くされるだろう。

リアムが戻ってきても、以前のバンフィールド家の力は残っていないはずだ。

案内人はリアムの不幸に嬉しくなってスキップをする。

そのまま、錬金箱のある場所へと向かう。

「こんなに調子がいいのは久しぶりだな！　リアムが戻ってきた時、絶望する顔を見るのが今から楽しみだ」

◇　◆　◇　◆　◇

屋敷の地下には、アヴィド専用の格納庫が用意されていた。

たった一機の機動騎士を整備するにしては、過剰な設備が用意されていた。

アヴィドを囲むように幾つものリングが用意され、常に最高の状態を維持するため整備も頻繁に行われている。

リングは異常を検出するための装置で、回転しながら上下に動いていた。

そんな地下施設にやって来るのは、リアムが大事にしている刀を抱きしめたエレンだった。

刀と一緒に毛布を抱きしめ、本人はグズグズと泣いている。

「どこに行っちゃったの、師匠」

リアムが失踪したことで、エレンは一閃《いっせん》流の修行を見てもらえなくなっていた。

同門の凜鳳《りほ》や風華《ふうか》は、連日のようにチェンシーと殺し合っていて暇ではない。

誰も一閃流を教えてくれず、しかも大好きな師匠が失踪して寂しかったのだろう。

リアムを感じられる場所を探していたら、アヴィドのコックピットにたどり着いた。

マシンハートを得たアヴィドは自らの意思で動けるため、カメラアイを動かして近付いてくるエレンに向ける。

本来であれば、リアムの許可が無ければアヴィドは整備士だろうとコックピットには乗せない。

正直、リアム以外に乗り込まれるのは好きではないのだが——泣いているエレンを見て、アヴィドはコックピットハッチを開いた。

エレンは開いたハッチを見て、涙を拭ってからコックピットに入り込む。

エレンが乗り込んだのを確認してから、アヴィドはゆっくりとハッチを閉じる。

コックピット内に入り込んだエレンは、シートに座ると刀を抱きしめ毛布にくるまった。

「師匠、戻ってきて下さい。エレンは寂しいです」

リアムを思って泣き出すエレンのために、アヴィドはコックピット内に落ち着ける音楽を流す。

泣き疲れたエレンが眠ると、アヴィドは格納庫で静かにリアムの帰りを待つことに。

だが、格納庫に招かれざる者が現われる。

――案内人だ。

「おやおや、こんなところに錬金箱を隠すとは思っていませんでした。きっと、誰も信じられないのでしょうね。お気に入りのロボットに隠すとは、相変わらずの人間不信のようで何よりです」

近付いてくる案内人に敵意を感じ取ったアヴィドは、格納庫内の防衛装置にアクセスして起動させる。

壁からガトリングガンやレーザー兵器が姿を見せると、それらはアヴィドが感知した案内人に狙いを定めた。

「私を感じ取れるのですか？　マシンハートを宿したロボットというのは、存外に厄介な存在ですね」

案内人がアヴィドに感心していると、銃口から火が噴く。

一斉に実弾とレーザーが案内人に降り注いだ。

しかし、そのどれもが今の案内人には届かなかった。

「無駄なんですよぉぉぉ！　この程度の攻撃に、力を取り戻した私がやられると思ったかぁぁぁ!!」

今までリアムに苦しめられてきた案内人だが、決して弱い存在ではない。

しかも、今はバンフィールド家に渦巻く不安という負の感情を吸収し、全盛期に迫る力を取り戻していた。

案内人が手を伸ばすと、実弾もレーザーも軌道を変えて違う方向へ着弾する。

アヴィドが防衛設備では無駄だと判断し、強引にロックを解除した。

腕を動かし、固定していたボルトやらアームを引き千切る。

「私と戦うつもりですか?」

案内人が浮かび上がってコックピット前に来ると、アヴィドは両手を動かして押し潰そうとする。

だが、案内人は両手を広げてアヴィドの両手を防いだ。

巨大なアヴィドが、細身の――しかも人間サイズの案内人にパワー負けをして握りつぶせなかった。

「リアムの乗っていない鉄屑《てつくず》などに、私が負けるものか! さて、錬金箱をもらったら、お前も破壊しましょうか。リアムが戻ってきたら、さぞ悲しむでしょうね」

不気味な笑い声を上げながら、案内人はパワーを上げていく。

アヴィドのコックピットハッチに右手を向けると、サイコキネシスで見えない何かに掴《つか》まれたハッチがひしゃげて強引に開かれた。

「この程度で私が止められると――思う――え？」

開いたコックピットハッチから見えたのは――浮かんだ黄金に輝く小刀だった。

切っ先が案内人の方を向いている。

「え、いや、どうして!?」

目の前にある小刀が、自分にとって毒であると察した案内人の思考が停止する。

どうしてこんな物がアヴィドのコックピットにあるのか？

その答えは、コックピットの中で眠っているエレンだった。

大事そうに抱えているのは、不思議な力を宿したリアムの愛刀である。

剣士としては未熟ではあるが、エレンも一閃流を学ぶ者――敵意を感じたのか、眠りながらも反応を示してしまった。

エレンの気持ちを愛刀が増幅し、敵へと切っ先を向けている。

案内人は冷や汗が吹きだしてくるが、逃げる前にエレンが呟《つぶや》く。

「――師匠」

エレンの寝言に小刀が反応したのか、今度はその数を次々増やしていく。

それらが案内人に狙いを定めている。

「や、止《や》めろ。こ、ここ、小娘、止めなさい」

焦り出す案内人だったが、眠っているエレンには何も聞こえない。

小刀の一つがもの凄《すご》い速度で案内人のこめかみに突き刺さると、そのまま仰《あお》向けに倒れた。

次々に小刀が案内人の体に突き刺さると、体が黒くボロボロになって崩れてしまう。

残ったのは帽子だけだが、手足が生えると惨めに走って逃げ出していく。

「せ、せっかく復活したのに！　お、覚えていろ！」

逃げ去っていく案内人の姿を見ていたアヴィドは、コックピットで眠っているエレンに助けられたのを実感する。

そして、一つ決意をする。

——自分はもっと強くならねばならない、と。

アヴィドの表面には、まるで血管のように輝く線が浮き上がり、内部の構造を変化させていく。

ひしゃげたコックピットハッチが元の形を取り戻し、自己修復と——強くなるために自己進化を開始した。

◇　◆　◇　◆　◇

「悪意を！　一心不乱の悪意をこの領地に集めてやる！」

帽子だけの存在になった案内人は、リアムの領内にあった悪意を集めていた。

そして、リアム不在を帝国中に知らせ、悪意を持った貴族——そして海賊たちを集めることにした。

「お前が築いた全てを破壊してやる！　ふははは！　戻ってくる頃には、お前の領地は焼け野原だぁぁぁ!!」

エレンに体を消されて、苛立《いらだ》って破れかぶれの行動に出ていた。

案内人はこんな状況で思い付く。

「そうだ、カルヴァンだ！　あいつにも支援してやろう。あいつのことだ、きっとこの好機を見逃すはずがない。あいつにも協力してもらうとしよう」

リアムの領地を不幸にするため、案内人はカルヴァンを支援することにした。

◇　◆　◇　◆　◇

「俺は運が良い」

ベッドの上でそう呟けば、傍らに控えていたクナイが頷《うなず》いていた。

「その通りかと。しかし、急にどうされたのですか？」

普段は口数少なく俺の護衛をしている暗部だが、今回に限っては暇なので会話を強要している。

話し相手がおらず暇だったのと、俺はこいつらの雇い主――この程度の命令くらい許されて然《しか》るべきである。

「いや、何だか幸運が舞い込んできた感覚があった」

妙な気配を感じ取ったのだが、悪意などの類いではなかった。

きっと今回も何か幸運が舞い込む――そんな気配だ。

クナイには理解できないのか、首をかしげている。

「そのような感覚がおありなのですか?」

「当たり前だ。俺には幸運の神がついている。それはそうと、どんな具合だ?」

クナイは魔王軍に忍び込み、集めた情報を俺に報告してくる。

「敵軍は夜明けを前に戦士たちを都市内部に送り込み、門を開けるつもりです。容易《たやす》くこの都市は落ちるでしょう」

「耐えられないか?」

「子供や老人をかき集めた軍隊です。対して、敵は歴戦の戦士たちですから」

「歴戦の戦士ね」

俺たちから見れば、どちらにも歴戦の戦士とやらがいるようには見えない。

それでも、この星の基準ならば十分に強い戦士なのだろうが。

「王都は魔王軍に蹂躙《じゅうりん》されるでしょう」

「勇者様がいても負けは変わらないか?」

「カナミという娘一人で、戦況を覆せるとは思えません。――リアム様が参加されるのならば、話は別ですが」

この国の存亡に興味はないが、俺の世話をする人間がいないのは困る。

ただ、戦争が開始されるまで時間はまだある。

「お前はしばらく休め。その後に俺が休む。夜明け前に俺を起こせよ」

「いえ、私のことは気にせずお休み下さい。私は休まずとも問題ありません」

肉体を強化し、特殊な訓練を受けたクナイには数日休まず活動しても問題ないだけの体力があるらしい。

だが、俺は命令を変更するつもりはない。

「適度な休憩は仕事の効率を上げる。俺がお前に求めるのは最高の仕事と結果だ。黙って俺の命令に従っていればいい」

これ以上の反論は許さないと睨《にら》めば、クナイは首をすくめてしまう。

「――はっ」

クナイが影の中に消えたのを見て、俺はベッドの上で周囲の気配を探って警戒する。

「さて、これからどうなるか楽しみだ」

◇　◆　◇　◆　◇

香菜美《かなみ》はエノラに連れられ、城下へと来ていた。

周囲から逃げてきた人々が道を埋め尽くし、泥に汚れた姿を見せている。

エノラはそんな人々の手を取って励ましていた。

「大丈夫。我々は必ず勝利しますよ」

「エノラ様」

老人や子供が多く、生きている成人男性の多くが手足を失っていた。

香菜美はこの現実を前に、魔王軍に対して怒りがこみ上げてきた。

同時に恐怖から体が震えてくる。

戦争というのは知っているが、実感など今までにしたことがない。

テレビ、写真、ネット——情報でしか、悲惨な現実を知らず、どこか他人事《ひとごと》だった。

「酷《ひど》い」

その言葉を聞いたエノラが、静かに頷いた。

「ええ、酷いです。いったい、私たちが何をしたというのでしょうか。魔王は、どこまでも我々を苦しめます。そんな魔王と戦うために、私たちはカナミ様たちを召喚したのです」

香菜美は召喚され、最初こそ不満もあった。

口ではリアムを責めていたが、怒りがなかったわけではない。

しかし、今は違う。

それに、香菜美は地球に戻ったところで、酷い暮らしが待っているだけだ。

それなら、人に求められるこの場所にいたいと思えた。

一度召喚されると、二度と戻れないと聞いた時には少しだけ悲しかった。

ただ、目の前にある現実を見て、自分が何かできるならと考えるようになっていた。

「カナミ様、私たちと一緒に戦っていただけますか？」

エノラの問い掛けに、香菜美は城下の景色を見て頷く。

「――戦う。でも、私に戦う力が本当にあるの？」

「あります」

エノラが次に香菜美を連れていったのは、騎士や兵士たちの訓練場だった。

そこでは十五歳くらいの若い子たちが武器を持って初老の男性たちから指導を受けている。

二十代から四十代の男性の姿はほとんどない。

代わりに女性の姿が目立っていた。

香菜美は自分たちくらいの若者が、武器を手に取り戦おうとしている姿に驚いた。

「誰か、勇者様のお相手を」

エノラが声をかけると、全員が女王の存在に気がつき整列をする。

そして、初老の男性が前に出てくると、エノラの希望通りに香菜美を前に構える。

ただ、その手に持っている剣は本物だった。

「え、真剣で戦うの!?」

驚く香菜美に、初老の男は低い声で語りかけてきた。

「この程度で驚いては、実戦では戦えません」

斬りかかってきた男を見て、香菜美は目を見開き――腰に提げていた剣を抜いた。

周囲から見れば、落ち着いた動きに見えただろう。

しかし、香菜美は内心で焦っていた。

(嘘《うそ》でしょ!? 周囲の動きがとても遅く見える)

全ての動きがスローに見えて、まるで自分をからかっているのではないか？ と思えた。

初老の男の一撃を防ぐために剣で弾《はじ》いただけだが、相手の持っていた剣が折れてしまう。

戦いが終わると、いつの間にか周囲の動きが普段通りに戻っていた。

香菜美の動きに周囲が驚く中、希望を見出《みいだ》したエノラが饒舌《じょうぜつ》に説明する。

「召喚された勇者様には不思議な力が宿ります。常人よりも強い力が宿り、戦えば敵の動きが緩やかに見えると伝えられています」

「ゆ、勇者様って本当に凄いのね。本当に相手の動きがゆっくりに見えたわ」

「えぇ、その力があれば、きっと魔王を倒せましょう」

喜ぶエノラたちを見ながら、香菜美は思った。

(こんなの強すぎるわ。敵の動きがスローに見えるなら、私にだって戦える)

手に入れた力に興奮していた。

(この力があれば、戦争にも生き残れるよね？)

戦いへの不安が僅かに和らいでいた。

既に敵が王都に迫っている中、香菜美は遠くに見える城壁を見上げる。

（――私が戦ってこの人たちを救うんだ）

地球では何者でもなかった自分に、大いなる使命が与えられた。

香菜美はこの世界ならば、自分は存在してもいいのではないか？　そんな風に思えた。

（ここなら、お父さんを裏切った私が存在しても許されるのかな？）

◇　◆　◇　◆　◇

窓の外を眺めれば、夜なのに明るかった。

都市を守る城壁に松明《たいまつ》がいくつも並べられ、今も王国軍が魔王軍と戦っている。

「獣人たちが優勢です。この国の兵は弱すぎます」

側《そば》にいたクナイの報告に、俺は僅かに微笑《ほほえ》んでいた。

「一つの国が滅びる光景を生で見るのも悪くない」

ある意味で、これも贅沢《ぜいたく》だろう。

外ではアール王国の軍隊が必死に戦っているが、俺はベッドの上でノンビリと高みの見物をしていた。

「それで？　カナミはどうしている？」

「――あの女は、恐れ多くもリアム様の態度が気に入らないとのたまい、挙げ句には自分が敵を追い返すと息巻いておりました。すぐに死ぬでしょう」

どうやらクナイはカナミを嫌っているらしい。

これでは、情報が正しいのか怪しくなってくる。

「勇者の力を手に入れたと聞いたが？　弱くはないのだろう？」

召喚された際に凄《すご》い力を手に入れたと聞いたが、どうやらそれでも敵を押し返すには足りないようだ。

「確かに戦う力を得てはいましたが、準備期間の短さが問題です。短期間で、あの娘が戦えるようになるとは思えません。強かろうとも、戦えない者は戦場で死にます」

俺は小さくため息を吐《つ》く。

力を与えられたからといって、誰しもがいきなり戦争に参加して戦えるとは限らない。

つまり、カナミが手にしたのはその程度の力ということだ。

「つくづくアール王国は決断が遅かったな。もっと余力のある内に勇者を召喚しておけば、勇者をじっくり育てられただろうに」

力だけを持った人間を、急に戦場に放り込んでも役に立たない。

あの女王様には同情しているが、カナミの件は問題ありだ。

クナイが俺に次の予定が迫っていると知らせてくる。

「リアム様、そろそろ頃合いかと」

「なら行くか。獣人たちの姿も見ておきたいからな」

「獣人たちに興味があるのですか？」

「あぁ、あるよ」

新田《にった》君がよく言っていたからな――「ケモ耳万歳！」って。

獣人というのは異世界ファンタジーでは定番らしく、綺麗《きれい》で可愛《かわい》い子たちが揃《そろ》っているそうだ。

実に興味深い。

立ち上がった俺は背伸びをしながら、クナイを連れて部屋の外へと出た。

◇　◆　◇　◆　◇

夜。

エノラに叩《たた》き起こされた香菜美は、暗い部屋の中で蠟燭《ろうそく》の明かりを頼りに武具を身につけていた。

周囲にいる侍女たちが手伝ってくれるが、怯《おび》えているのか全員の手が震えていた。

「こんな夜に攻め込んできたの？」

いきなりの敵襲に香菜美は驚いていた。

エノラも驚いているのは、これが普通ではないからだ。

「本来の戦ではあり得ません。本来、夜というのは同士討ちも増えますからね。ただ、獣人たちには余り関係ないのでしょう」

香菜美は実戦を前に手が震えていた。

(怖い。強くなったはずなのに、とても怖い)

そんな香菜美の手を握るエノラが、自らの願いを託してくる。

「カナミ様、どうか私たちをお守り下さい。非道なる獣人たちから、無垢《むく》な民たちをお守り下さい」

香菜美はエノラを見て、想像していた女王とは違うと感じていた。

高貴なお姫様や女王様は、もっと横柄で上から目線だと思っていたからだ。

エノラはイメージとは正反対の優しい女性だった。

そんなエノラの力になりたくて、香菜美は笑顔を見せる。

「任せてよ」

(この人はいつも民のことを考えている。そうか、これが王族って人たちなんだ)

◇　◆　◇　◆　◇

アール王国の城壁では、激しい戦いが起きていた。

夜に攻め込まれた王国側が、獣人たちを相手に戦っていた。

襲いかかってきたのは、壁を上ってきた獣人たちである。

屈強な戦士たちが壁を上り、兵士たちに囲まれている。

獣人の一人が兵士の頭を握りつぶしていた。

「弱い、弱い！　お前たち人間などに、我らが負けるものか！」

兵士たちが次々に倒されていく。

そんな戦場に現われたのは、剣を持った香菜美《かなみ》だった。

周囲に転がる兵士の死体を見て、香菜美は怒りが湧き起こってくる。

「――あんたたちは許さないからね！」

急に現われた香菜美を見た獣人たちが、ゲラゲラと笑い出す。

「女が出て来たぞ！　もう、兵士の残りはごく僅かということだ。この戦争は我らの――あ、あれ？」

笑っていた獣人の腹部に深い傷が入り、血が噴き出ていた。

それを手で押さえながらうずくまる。

血の付いた剣を握りしめる香菜美は、うずくまる敵を見て震えていた。

手には敵を斬った際の感触が残っていた。

（こ、これが戦争なの）

周囲の獣人たちが、香菜美の動きを見て目の色を変えた。

「その女を殺せ！」

「すぐに殺せ！　でないと我らは――」

香菜美に襲いかかる獣人たち。

すると香菜美は、襲いかかってくる獣人たちの攻撃を軽やかに避けてしまう。

全ての攻撃が見えている香菜美にとって、彼らの攻撃を避けるのは難しくもない。

驚く獣人たちだが、香菜美はそんな彼らの腕や足を斬りつけて転倒させた。

僅か一瞬の出来事だった。

「はぁ――はぁ――」

香菜美は僅か数秒の間に息を切らしていた。

精神的な疲労が大半で、既に疲れを覚えていた。

だが、目の前の敵は倒した。

もうこれで安心――と思ったところで、周囲の兵士たちが槍《やり》を持って獣人たちを突き刺し始めた。

「死ね、死ね！」

「息子の仇《かたき》だ！」

「勇者様万歳！」

獣人たちに止《とど》めを刺しながら、香菜美を褒め称《たた》える兵士たち。

気がつけば、壁をよじ登ってきた敵の獣人たちはほとんどが死んでいた。

数人が逃げ出したが、アール王国の勝利だった。

「勝った！　我々の勝利だ！」

その光景を見て、香菜美は信じられなかった。

（もう、敵は戦う力なんて残っていなかったのに）

手足を深く斬られ、獣人たちは抵抗できなくなっていた。

そこに止めをためらいなく刺していく兵士たちが恐ろしかった。

香菜美がその場に崩れ落ちると、夜が明ける。

◇　◆　◇　◆　◇

逃げてきた獣人たちを前に、獅子《しし》将軍ノゴは大きな戦斧《せんぷ》を振り下ろそうとしていた。

「ま、待ってくれ。勇者が――」

言い訳をする仲間に対して、ノゴは冷たく言い放つ。

「戦場から逃げた者を仲間とは認めない」

失敗した獣人を皆の前で斬り伏せると、ノゴは返り血を浴びた顔を上げた。

「勇者だろうと関係ない。こうなれば、城門を破って都市の中に入る。皆、全てを食らえ！」

戦斧を掲げると、獣人たちが一斉に歓声を上げる。

その様子を見ていたグラスは、小さく舌打ちをしていた。

「力押しか。これではまた仲間が大勢死ぬな」

ノゴは確かに強いのだが、戦い方に関しては雑だった。

目の前の敵を自らの力で叩き潰すことに興奮するらしいが、冷静なグラスからすれば被害を増やす行為は勘弁して欲しかった。

グラスの側にいたチノが、瞳を輝かせている。

「父上！　ついに戦が始まるのですね」

無邪気な娘を見て、グラスは頭に手を乗せた。

ピンと立った耳が、嬉《うれ》しそうにペタリと垂れる。

グラスは娘に助言をする。それは、娘の身を案じて送る言葉だった。

「何としても生き残れ。強い戦士は生き残るものだ」

「必ず敵を倒し、父上のように強いと周囲に認めさせます」

「いいからお前は――」

チノを叱りつけようとした瞬間だった。

騒いでいた獣人たちが一斉に黙ってしまう。

城門の中から放たれる威圧感の前に、誰もが声を出せずにいた。

先程まで無邪気に振る舞っていたチノまでもが、今は震えながら尻尾を丸めている。

「ち、父上、この感じ――も、もしや、噂《うわさ》に聞く魔王様でしょうか？」

グラスがノゴへと視線を向ければ、どうやら違うようだ。

急に現われた威圧感を前にして、ノゴも警戒していたからだ。

ノゴは全軍に命令する。

「全軍、構えろ！」

ノゴの号令で、各部族が一斉に動き出して整列して武器を構えた。

城門から放たれる威圧感に、どの獣人たちも先程までの楽勝ムードはどこにもない。

ノゴは近くにいた部族に、首を動かして行けと命じる。

命令を受け、頷《うなず》いてから突撃する獣人たち。

突撃した獣人たちに、城壁から矢が放たれることはなかった。

そして、獣人たちが壁に迫ったその瞬間に――城門が開いた。

まるで、獣人たちを招き入れようとしていた。

突撃した獣人たちも困惑していたが、城門が開いたなら中に入り込むだけ――と駆け込んだと思ったら、全員が一瞬にして消え去った。

「何だ!?」

グラスも敵のあり得ない行動に驚愕《きょうがく》して目を見開く。

味方が消えた？　そう思ったが、すぐに城門の辺りから血の臭いが漂ってくる。

よく見れば、突撃した獣人たちの肉片が城門に、その周辺に飛び散っていた。

一部は自分たちの陣まで届いており、何が起きたのか理解できない。

見えるのはアール王国の街並みと――そこに立つ一人の男だった。

細い剣を肩に担ぎ、ニヤニヤとこちらを見ている。

そして、右手を掲げて指を曲げて「かかってこい」というジェスチャーをしていた。

挑発されたと思ったノゴが、激高してたてがみを逆立てる。

「許さぬ。このノゴを挑発するだと？――全軍、突撃せよ！」

獣人たちが突撃していく中、グラスだけは都市の中に入るとまずいと直感が告げていた。

いや、大勢の獣人が気づいてはいるだろう。

しかし、ノゴの命令に逆らえば殺されるため、本能に逆らって突撃していくのだ。

「くっ！」

混乱するグラスは指示を出すのが遅れてしまう。

そのため、他の部族から出遅れた形になった。

チノが自分たちの部族が取り残されている事に気づき、グラスに進言してくる。

「父上、突撃の命令です！　早く突撃しましょう！」

チノに言われるが、それでもグラスは城門の向こうに見える男が怖くて仕方なかった。

だが、命令は絶対だ。

逆らえば部族ごと――残してきた家族までもノゴたちに滅ぼされてしまう。

グラスは苦々しい顔で命令を出す。

「――我らも突撃する」

狼《おおかみ》族が遠吠《とおぼ》えを行い、突撃する味方の流れに従う。

ただ、グラスは冷や汗が止まらなかった。

第八話 一番の悪党

王都城門前にある広場。

そこに立つリアムを囲むのは、兵士たちだった。

弓を持った兵士たちが、迫り来る獣人たちを前にして震えていた。

少し離れた場所からその様子を見守る香菜美とエノラは、リアムが何を考えているのかわからず不気味に思っていた。

「あいつ、いきなり参加して城門を開けろとか命令してさ！　何を考えているのよ！」

香菜美は戦争に詳しくないが、城門は守らなければならないことは理解していた。

エノラも城門を開けるなど論外だと思っていたから、リアムの要望に応えるつもりはなかった。

だが、エノラたちの意思に反して、城門はリアムの命令により開いてしまった。

エノラは信じられないという顔をしている。

「私は命令を出していません。いったい誰が城門を開けたのですか！」

周囲にいる騎士や兵士たちも困惑していた。

「か、確認に向かわせていますが、誰一人戻ってこないのです」

一体何が起きているのか？

広場に侵入した獣人たちは、リアムに近付いた瞬間に吹き飛んでしまった。

まるで水が入った風船が弾《はじ》けたように、血肉が飛び散った。

香菜美は、リアムが持っている武器に興味を示す。

「あいつ、刀なんて持っているわ。刀なんてあったかな？」

武器庫にはなかった刀を見て、香菜美は不思議そうにしている。

エノラは、リアムの持つ武器を知らないらしい。

「あの武器を知っているのですか、カナミ様？」

「知っているというか――わ、私の国にあった昔の武器かな？」

この国で刀など見ていないのに、リアムは何故《なぜ》か所持していた。

何がどうなっているのか？　混乱する香菜美だったが、獣人たちは待ってくれない。

開け放たれた城門から、獣人たちが大声を上げながら突撃してきた。

エノラはそんな獣人たちを見て、手を組んで祈りを捧《ささ》げる。

「神様、どうか我らをお守り下さい」

香菜美が武器を手に取ってリアムの援護をしようとすると、城門を通り抜けた獣人たちが弾け飛んでいく。

まるで見えない壁でもあるかのように、次々に弾け飛んでいた。

理解できない光景に立ち止まった獣人たちだが、突撃してくる仲間に背中を押されて前に出てくる。

そのまま城門に入り、次々に弾け飛んでいた。

後ろから突撃してくる仲間に押し込まれ、止まれずにいるのは香菜美《かなみ》から見ても憐《あわ》れだった。

城門が真っ赤に染まっていく光景が広がる中、リアムは大きな声で笑っていた。

「弱い。弱すぎる。斬る前に弾け飛んでいくぞ！」

刀を持っているだけなのに、まるで自分が斬っているかのような物言いだ。

香菜美はリアムの動きを注視するが、斬っているようには見えなかった。

いったいどれだけの獣人たちが弾け飛んだだろうか？

周囲がその異常な光景に震え上がっていると、獣人たちも異変に気がついてようやく動きを止めた。

獣人たちが城門から離れていくと、今度はリアムが城門を通って外へと出る。

香菜美とエノラは、城壁へと上がってリアムが何をするのか見届けることにした。

◇　◆　◇　◆　◇

――弱すぎて剣圧で獣人たちが弾け飛ぶ。

いったい何百という敵が弾け飛んだだろうか？

「さて、魔王軍を名乗る雑魚を率いるのは誰だ？」

強い力を振るう瞬間というのは興奮する。

圧倒的な力で弱者をねじ伏せる時が、俺が強者である事の証明をしてくれるからだ。

俺は奪われる側ではなく、奪う側。

そして、悪党だ。

外に出ると、多くの獣人たちが都市を囲んでいた。

大きな斧《おの》を持つライオンのような獣人が、俺の前に出てくる。

他の獣人の態度で、すぐにこいつがボスだと気づいた。

俺は目の前に来たライオンを見上げながら問う。

「お前が魔王か？」

俺の質問に対して、ライオンは斧を構えて斬りかかってきた。

「人間風情が！」

あまりの遅さに欠伸《あくび》が出て来そうだ。

そいつの攻撃をわざとらしくギリギリで避けてやりながら、質問を続ける。

「お前が魔王かと聞いているんだ。ちゃんと答えろよ」

斧を振り下ろした際に膝を蹴り、体勢を崩したライオンのたてがみを摑《つか》んで地面に叩《たた》き付けてから押さえ込む。

ライオンは目を見開いて驚いている。

「なっ！　ど、どうしてそんな細い腕で、この俺様を押さえつけられる⁉」

「骨や筋肉の密度が違うからな。それよりもお前が魔王か？」

「――違う」

何とか俺から逃げだそうともがいているが、ライオンは足掻《あが》くだけだ。

それにしても、こいつは獣人と言っても獣に近い姿だ。

獣が二足歩行した姿だが――コイツを見ても、新田《にった》君は「こいつじゃない」って落ち込みそうだな。

猫耳はあるのだが、多分毛深すぎて新田君の趣味ではないだろう。

俺がライオンをいじめていると、獣人たちが弓を構えて俺を目がけて矢を射る。

それを叩き落としてやると、獣人たちには矢が途中で消えたように見えたのだろう。

驚いた声を出していた。

そして、俺を攻撃した獣人たちが、地面に発生した影に引きずり込まれていく。

――クナイだ。

仕事熱心で大変結構。

俺を攻撃しておいて、生き残れるわけがない。

影に引きずり込まれた獣人たちは、クナイにより処理されてから地上に放り出されていた。

その光景に仲間の獣人たちが怯《おび》えている。

俺がライオンを解放してやると、斧を手に取ってまたも斬りかかってくる。

少しは俺の話を聞くべきだろうに。

仕方がないので、またも避けながら会話をする。

「魔王はどこだ？　俺から出向いてやるから案内しろ」

「魔王様はお前ら人間とは違い、とても尊いお方だ！　お前らが面会するなど、不敬である！」

──この俺に対して不敬だと？　俺が魔王よりも尊い存在であると知らないらしい。

俺は一気にライオンへの興味が失《う》せてしまう。

「あ、そう。なら死ね」

一閃《いっせん》を放ってしまうと、弾け飛ぶためわざわざ首を斬り落としてやった。

わざと鞘《さや》から刀を抜いて、ゆっくりと斬ってやった。

それを見た獣人たちが怒りをあらわにして向かってくるので──。

「騒ぐな」

──威圧すると、敵の動きが止まった。

刀を獣人たちに見えるように振れば、何十という獣人の戦士たちの首が飛ぶ。

今度はこいつらにも、俺が何をしているのか見えただろう。

俺を前に黙り込んだので、ようやく話を聞いてくれるらしい。

「お前らが選ぶ道は二つだ。俺に従うか、逆らって死ぬか。──好きな方を選べ」

獣人たちが力の差をようやく理解したのか、互いに顔を見合わせている。

圧倒的な力の前に、屈強な戦士たちが膝を屈する——なんと楽しい光景だろう。

俺みたいな悪人を勇者として召喚した女王を恨め。

大勢が俺に恭順する姿勢を見せる中、飛び出してくる獣人がいた。

それは人が犬の耳と尻尾を持ったような姿の獣人である。

獣の割合が低く、一見すると少女がコスプレをした姿にも見える。

新田君が見ればサムズアップしそうな子だった。

「わらひは！　にょうがみほくの——」

そんな少女だが、俺の前に飛び出してきたのはいいが、口がうまく回らず何を言っているのか理解できなかった。

おまけに、ピンと立つはずの三角の耳が、今はペタリと垂れている。

震え、そしてふさふさの尻尾を丸めていた。

内股で尻尾を挟み込み、膝が笑っているじゃないか。

明らかに怯えている。

——ちなみに、俺は犬派だ。

前世では犬を飼っており、その際に叱ったことがあるのだが——同じように震えながら尻尾を丸めていた。

目の前の少女の姿は、かつて犬を飼っていた懐かしい頃を思い出させてくる。

「わ、わらひ——わらひはっ！」

怯えながら何かを必死に訴えてくる姿に、俺は我慢できなくなった。

「お前、犬か？　犬なら許してやるが？」

犬の獣人なら見逃してやろう、と言うと少女は目つきを鋭くする。

「ひぬにゃなにゃい！」

――くっ！　今度も何を言っているのか理解できない！

俺を怖がっていて、舌がうまく動いていない。

そんなところが可愛《かわい》くて仕方がなかった。

犬の獣人だと思ったら、急に可愛く見えて仕方がない。

小さな獣人の少女を前に、俺は落ち着かせることにした。

刀を鞘にしまい込む。

「落ち着け。ほら、深呼吸だ」

「す～は～」

敵の俺に深呼吸しろと言われて実行する姿は、本当に馬鹿可愛い。

前世を思い出した俺は、久しぶりに犬を飼いたくなった。

でも、本物の犬を飼うのはためらわれる。

問題は寿命だ。今の俺からすると、犬とはすぐに死んでしまう生き物だ。

多少は寿命を延ばせるが、すぐに別れが来てしまう。

短期間で別れが来るなど、悲しくて仕方がない。

でも、目の前にいる少女ならばどうだろうか？

教育カプセルで肉体を強化してやれば、寿命だって延びるはず――ありだな。

ようやく喋《しゃべ》れるようになった少女が、俺に対して自己紹介をしてくる。

「私はチノ！　我が一族最強の戦士であるグラスの娘！」

「そっか。それで――お前は犬なの？」

戦士とかどうでもいいので、犬かどうかだけ答えて欲しかった。

チノは顔を赤くして怒っている。

「ば、馬鹿にするな！　私たちはおおか――」

どうやら犬とは違うようなので残念に思っていると、大声が聞こえてきた。

「犬です！」

その方向を見ると、目の前のチノという少女と近い姿の獣人たちが立っていた。

どうやらチノとは同じ部族の仲間らしい。

チノは仲間の大声に、目を見開いて驚いている。

「父上ぇぇぇ!!　我らは誇り高きおおか――」

「犬だ。チノ、我らは犬だ」

「えぇ!?」

チノは納得していないようだが、俺は気になって男に尋ねる。

「お前は誰だ？」

「チノの父親でグラスと申します。貴方様《あなたさま》のお名前をお聞かせ下さい」

膝をつくグラスを見て気分がいいので教えてやることにした。

「リアムだ。リアム・セラ・バンフィールド――今日からお前らの主人だ。俺を崇《あが》めろ。俺を称《たた》えろ。お前らは俺に従え！　逆らうつもりなら前に出ろ。一人残らず殺してやる」

俺の命令に対して、獣人たちが一斉に頭を垂れる。

怯えて俯《うつむ》いている獣人ばかり――実に気分がいい。

ただ、チノだけは納得できていない顔をしていた。

「あ、あの、私は狼《おおかみ》です。犬じゃないです」

――どっちだよ？

俺が問い掛けるような視線をグラスに向けると、本人は笑顔で肩をすくめていた。

「チノは狼に憧れが強い子でして。昔から自分は狼であると言い張るのですよ。まったく、困った娘です」

「何と！」

それを聞いて、俺は益々《ますます》チノが欲しくなった。

「こいつ可愛いな」

自分を狼だと思っているワンコとか――新田君曰《いわ》く「萌《も》え要素の塊」だったかな？　とにかく、可愛くて仕方がない存在だ。

チノを見ていると、グラスが俺に提案してくる。

「リアム様、我ら一族の服従の証《あかし》として、娘であるチノを贈らせていただきます」

「いいのか？　おい、いいのか？　お前の娘だろう？」

そんな簡単に決めるのか!?　内心驚いていると、グラスは平然としていた。

「構いません」

――う～ん、やはり文明レベルが低いと子供の扱いも雑だな。

いや、星間国家もあまり変わらないか。

人間の命を軽く扱っているのは帝国も同じである。

グラスは娘を見ながら言う。

「それに、もう独り立ちする年齢ですので」

少女かと思っていたが、どうやらこの星では成人している年齢らしい。

ただ、チノは納得しないようだ。

「父上！　お待ち下さい、私は嫌です！」

嫌がるチノに対して、グラスは冷たい態度を取る。

「黙って従え。一族の命運がかかっている」

グラスに睨《にら》まれたチノがシュンと落ち込む姿が、実に犬っぽかった。

俺の中で好感度が急上昇している。

昔飼っていた犬も、怒るとチノのようにシュンとしていた。

この一件だけでも、この星に召喚されて良かったと思えてくる。

ブライアンたちから逃げられ、可愛いペットまで手に入るとか最高じゃないか。

「よし、お前の娘は可愛がってやる。それから、今日からお前らのボスは俺だ。――逆らったら滅ぼしてやるから覚悟しておけ」

こうして獣人たちを手懐けた俺は、意気揚々と王都へ戻った。

◇　◆　◇　◆　◇

王城。

謁見の間で、玉座に座るリアムは獣人の幹部たちと話をしていた。

「魔王の部下？」

「はい。獅子《しし》将軍ノゴを含めて四人。四天王と名乗る将軍たちがいます」

「そういうのは面倒だからパス。魔王を倒して終わりにするわ」

自分たちに相談することなく、リアムは魔王討伐の話を進めていた。

話を聞いていた香菜美《かなみ》は、リアムの言動に怒りがこみ上げてくる。

「あ、あんた、さっきから何なのよ！　四天王に苦しめられている人たちがいるのに、助けようと思わないの!?」

現在も四天王に苦しめられている人々がいるのに、リアムは興味がないようだ。

「それがどうした？　頭を潰すのは戦いの基本だ。素人のお前が口を出すな」

「し、素人ですって!?」

素人と言われることに腹を立てるが、香菜美を見るリアムの目は冷たい。

「戦いで敵を殺せない奴《やつ》が、一人前に口を出すな。どうせためらったんだろ？　お前みたいな奴は役に立たないから、この城に残っていればいい。安心しろ。魔王は俺が暇潰しに倒してやる」

暇潰し――リアムにとって、獣人たちとの戦いも遊びでしかなかった。

あれだけ酷《ひど》い戦いが起こっていたのに、それをリアムは暇潰しと言い切ってしまう。

香菜美が手を握りしめる。

俯き、奥歯を嚙《か》みしめてから、声を絞り出す。

「大勢死んだのよ」

倒れた人たちの事を思い出す。

その中には、香菜美の言葉に感銘を受けた騎士もいた。

少し前に話をした彼が、死体となっている現実が香菜美は悲しかった。

だが、リアムは心底興味がないという顔をしている。

「それがどうした？　こいつらの戦争だ。俺の責任じゃない。むしろ感謝しろ。俺がいるおかげで全滅は免れたぞ」

リアムの態度に香菜美は大声を出してしまう。

「あんたも勇者でしょ！」

「だから助けてやっただろう？　おっと、お礼がまだだったな。エノラ、さっさと俺のために祝勝会を開け」

どこまでも傲慢な態度を取るリアムに、エノラが前に出た。

「――勇者様、この度の戦は間違いなく勇者様たちのおかげで勝利しました。ですが、獣人たちを城に招き入れ、従えるなど聞いていません」

「言っていないから当然だ。それに、お前の許可など必要ない」

「我々は長年獣人たちに苦しめられてきたのです。このままでは、我々も民も納得できません」

アール王国は、随分と獣人たちに苦しめられていた。

それを聞いた香菜美は、エノラの憎しみや悲しみを前には何も言えない。

しかし――。

「誰がお前らに納得させると言った？　お前らはただ納得すればいい。誰に向かって口を利いている？」

――リアムはそれすら聞き入れない。

一人の若い騎士が、義憤から剣を抜いてリアムに向けてしまった。

「こちらが大人しくしていれば、女王陛下に対して何という口の利き方だ！　獣たちを城に招き入れるばかりか、そのような物言い――もうお前には頼らない！　外にいる獣人たちも皆殺しにしてやる！」

その言葉に周囲の騎士や大臣たちも賛同し、リアムに対して不満をぶつけ始めた。

「何が勇者だ！」

「カナミ様一人で十分！」

「奴を捕らえろ！」

謁見の間に居並ぶ者たちが興奮し、リアムを捕らえようとしていた。

彼らの怒りが本物だと知る香菜美は、リアムを擁護するべきか悩み――諦めた。

（こんなの、私じゃ止められない）

獣人たちの虐殺など認めたくないが、家族を殺された人たちに「殺しはいけない」と偽善的な言葉をかけることもできない。

香菜美が説得したところで、周りが止まらないと察していたからだ。

リアムがゆっくりと立ち上がると――剣を抜いて騒いだ騎士に一瞬で近付いて、その首を素手で斬り落とした。

騒がしかった謁見の間が、リアムの行動一つで静まりかえる。

何が起きたか理解した全員が、手に付いた血を気にしているリアムに恐怖する。

（嘘《うそ》!?　あ、あいつ、いつ動いたの？）

香菜美には、リアムの動きがまったく見えなかった。

リアムは周囲に対して言い放つ。

「勘違いをするな。お前らは勝者ではなく、ただの敗者だ。勝ったのは俺だ。お前らは、ただ生き残っただけなんだよ。そして、獣人共は俺に恭順した。つまり、俺の所有物だ。人様の所有物に手を出すゴミは死ね」

自分一人の勝利であると言い出したリアムに、周囲は絶句した。

納得できないエノラが抗議をする。

「そ、そんな！　我らがどれだけの血を流したと思っているのですか！　たった一人で勝利したなど、傲慢にも程があります！」

リアムの態度に我慢できなくなった香菜美も、一緒になって抗議する。

「あんた、性格悪すぎるよ！　この人たちが、どれだけ必死に――な、何よ？」

必死に訴える香菜美とエノラを見て、リアムがクスクスと笑っていた。

そして、お腹《なか》を押さえ、笑い声が大きくなっていく。

「血を流した？　必死？　当たり前のことを努力したとのたまうお前らが、滑稽すぎておかしいのさ」

香菜美はリアムという人間が信じられなかった。

そして、リアムは女王エノラに――説教をはじめる。

「統治者が努力しました？　血を流しました？　馬鹿なのか？――そんなのは当然だ。評価にすら値しない」

エノラがリアムの雰囲気に押されて、後ろへ一歩引き下がった。

リアムは逃がさないと言わんばかりに、エノラに近付いて距離を詰めた。

「お前みたいな奴を見ていると苛々《いらいら》する。民に媚《こび》を売る暇があったら、お前はお前の仕事をしろ。民を心配している場合か？」

「媚――ですって？　あ、貴方《あなた》に何がわかるというのですか！　ここまで耐えてくれた民たちに、私はできることを――」

「それしかできないだけだろ？　ま、怖いから仕方ないよな。民が暴動を起こして、都市内部から崩壊するのは避けたいだろうからな」

「っ!?」

エノラはリアムに図星を突かれると、顔を青ざめさせる。

その姿を見た香菜美は察してしまった。

「エノラ様？」

エノラは香菜美から顔を背けた。

その様子を見たリアムは、エノラに興味を失ったようだ。

「敗者は大人しく勝者に従えばいい。少なくとも、俺に従っていれば勝ち馬に乗れるから安心するんだな」

第九話　お家争い

帝国の首都星では、カルヴァンが会議を行っていた。

議題はリアムの失踪により、混乱するバンフィールド家について。

あのリアムが失踪したと知り、カルヴァン派の貴族たちは興奮を隠しきれずにいた。

――その様子を物陰から観察しているのは、帽子姿になった案内人だ。

「君たちの出番だ！　今なら私の助力付きで、リアムの領地を叩《たた》き放題だぞ！」

なりふり構わぬ案内人が裏で扇動すると、貴族たちは目の色を変えていた。

煽《あお》られた貴族たちは、熱に浮かされたように過激な発言をする。

「カルヴァン殿下、これはチャンスです。リアムの領地を全力で叩くべきです！　今なら奴に勝てますぞ！」

興奮する貴族たちを前にして、カルヴァンは冷静な態度を崩さなかった。

「軽率な行動を取る連中を支援しよう。だが――私たちは動かない」

「動かないのですか？　どうして？」

皆が驚いた顔をし、案内人も「What!?」と驚きの声を出した。

せっかくのチャンスに、カルヴァンは自ら動くつもりがないらしい。

案内人の力が弱まっているのか、カルヴァンを操れなかった。

カルヴァンは冷静に報告書に目を通している。

「リアム君が召喚魔法で行方不明など考えにくい。バンフィールド家がこの程度で右往左往するなら、我々は最初から苦労などしていないよ。――今回の一件は罠《わな》の可能性が高いだろうね」

バンフィールド家が、召喚魔法の対策を講じていないはずがない！　というカルヴァンの言葉に、派閥の貴族たちの熱も落ち着きを取り戻していく。

「た、確かに罠の可能性もありますが、ここまでするでしょうか？　実際に、バンフィールド家は荒れています。ここは全軍で叩くべきでは？」

確かにチャンスであるとカルヴァンも理解はしているようだが、本人は今回の件に関わるつもりがないらしい。

「私たち自らが罠に飛び込む必要はないよ。それにこの話が本当ならば、我々が手を下さなくともバンフィールド家の力は衰えるのだからね」

カルヴァンの言葉に貴族たちが顔を見合わせる。

「リアムが無事に戻ってきたとしても、今回の騒動の沈静化には何年もかかるな」

「下手をすれば数十年。いや、もっと続く火種だ」

「我々が無理に介入せずともよい。むしろ、この機会に我々は力を蓄えるべきでは？」

カルヴァンの言葉に貴族たちが賛同し、今回の件に関わるのを止《や》めてしまう。

案内人はこの結果に腹を立てる。

「やれよ！　ビッグチャンスだろうが！　何故《なぜ》ここで尻込みするんだ！　この私が支援しているんだぞ！」

カルヴァンたちが思い通りに動かず、帽子に小さな手足が生えた姿で机を叩く案内人だった。

◇　◆　◇　◆　◇

『我々は、バンフィールド家の正統な後継者である！　リアム様の意志を継ぎ、このクリスティアナが指揮を執る！――従わなかったら殺す』

『ロゼッタ様を守護する我らがバンフィールド家の後継者ですわ！　このマリー・セラ・マリアンは、ここに宣言します――逆らったらぶっ殺しますわよ！』

バンフィールド家の本星。

リアムの屋敷で冷や汗が止まらないのは、クラウスだった。

何故かロイヤルガードと精鋭艦隊を指揮下に置き、混乱するバンフィールド家を取り仕切る立場になっている。

自分が並程度の騎士であると自覚するクラウスにとって、この状況は異常事態だ。

そんな中でも騎士という立場に誠実に向き合い、目の前の仕事に取り組んできた。

それなのに。

「リアム様の腹心である二人が裏切っただとぉぉぉ!!」

ティアもマリーも、リアムの騎士団の中心的な存在だ。

実際に優秀なのはクラウスも知っているし、何だかんだと言いつつリアムが二人を頼りにしているのは側《そば》にいればわかる。

そんな二人が、リアムの不在時に決起してしまった。

双方、リアムの不在を預かるのは自分たちであると主張しており、ティアはリアムの艦隊を勝手に動かしていた。

マリーなど、ロゼッタを連れ去って治安維持や辺境警備の艦隊を集めている。

「対立していたのは知っていたが、まさか決起までするとは思わなかった。この非常時に何てことをしてくれるのか。――オマケに」

現在のバンフィールド家だが、多くの客人たちが押し寄せてきている。

その多くが、リアム不在という隙を突いて甘い汁を吸おうとする連中だった。

『バンフィールド家の跡取りが不在とお聞きしました。私は先々代とは血縁関係にあり、このような非常時に手を貸したいと思いはせ参じました』

『バンフィールド家の後継者には、かつて分家だったアストリード家が相応《ふさわ》しい。私にはクレオ派閥の重鎮たちが後押しをしてくれている。私を当主代理にしろ』

『リアム様の子供を身籠もっています！　この子こそ、次のバンフィールド家の当主ですわ！』

毎日のように、このような輩《やから》が朝から晩まで押し寄せてくる。

明らかにバンフィールド家の財産や権力を狙っている者たちだ。

そんな輩の相手をするのは、雑務をこなしているクラウスだけだった。

その上、この機に乗じて領内に入り込む宇宙海賊たちの相手もさせられている。

胃の痛い日々を過ごしていたクラウスだが、更に味方であるはずの騎士——部下たちまでもが胃痛の種である。

「クラウス様、裏切り者のあいつらをぶっ殺しますか？」

「あの二人を殺せば、クラウス様が騎士団の筆頭ですね！」

「ロイヤルガードと精鋭艦隊が味方に付いた今、クラウス様の敵なんていませんよ！」

血の気の多い連中が、クラウスを担ぎ上げてティアとマリーに戦いを挑もうとしている。

クラウスは胃の痛みに耐えながら命令を下す。

「現状維持だ！　リアム様がお戻りになるまで、我々が本星をお守りする」

この機会を利用して成り上がろうとする野心がないクラウスは、とにかく現状維持を心がけていた。

部下たちは現状維持に専念するクラウスに対して不満を抱いていた。

「クラウス様がそう言うなら従いますけどね」

「でも、今の状況を利用すれば、筆頭騎士の地位は約束されたようなものなのに」

「そもそも、今のバンフィールド家を支えているのはクラウス様ですよ。クラウス様は、もっと評価されるべきではありませんか？」

部下たちの不満は、クラウス本人よりもクラウスの周囲に向いていた。

クラウスは部下たちの反応に危機感を覚える。

（い、いかん、このままでは先に部下たちが暴発して、本当に戦争を始めてしまいそうだ⁉　リアム様、早く戻ってきて下さい‼）

◇　◆　◇　◆　◇

キース率いるアイザックの護衛である騎士たちは、バンフィールド家の屋敷を我が物顔で使用していた。

かつては譜代の家臣だった者たちは、自分たちこそがバンフィールド家の騎士と信じて疑っていなかった。

屋敷内に用意された幹部クラスが使用できるラウンジに居座ると、勝手に高級酒を開けて楽しんでいる。

また、彼らに取り入ろうとする者たちも集まり、飲み食いを楽しんでいた。

官僚たちばかりではない。

屋敷で働いていたメイドや使用人たちに加えて、中には軍人たちの姿もある。

急拡大を続けてきたバンフィールド家には、野心に溢《あふ》れる者たちが大勢入り込んでいた証《あかし》でもあった。

騒いでいる者たちの中には、カルヴァン派の工作員の姿もある。

外国の工作員も参加しており、彼らはこの機にバンフィールド家の領内をかき乱そうと暗躍していた。

キースはそのことを知っていた。

知りながら、工作員たちを放置している。

理由は単純に自分たちに協力してくれるから。

彼らの協力があれば、バンフィールド家の騎士団に筆頭騎士として返り咲けると信じていた。

グラスに入った高級酒の香りを楽しむキースは、バンフィールド家の状況に満足そうにしていた。

「百年の間に随分と発展したようで何より」

キースの周囲には、ドレスやメイド服姿の美女たちが侍《はべ》っている。

酒と女を楽しむキースは、実力はともかく人品に関して言えば最低である。

まだ幼いリアムを残してバンフィールド家を捨てた男でもあるし、言ってしまえば裏切り者に近い。

そんな彼の部下である騎士たちも、当然のように粗暴な者たちばかりだ。

屋敷を荒らし回り、財宝を見つけるとラウンジに持ち込み仲間内で分け合っていた。

「見てくれよ、この剣！　業物だぜ」

「格納庫に新型の機動騎士を見つけたんだ。あれは俺の専用機にするからな！」

「俺も専用機が欲しいから探してくるかな？」

騎士というよりも賊にしか見えない彼らだが、仲間の一人がとんでもない事をしでかしてしまう。

ラウンジに戻ってきたその騎士は、一体のメイドロボを引きずっていた。

バンフィールド家の屋敷で働く量産型のメイドロボだ。

既に衣服が破け、騎士により関節が折られて破壊されている。

ラウンジに戻ってくるなり、メイドロボの頭を摑《つか》んでキースたちの前に投げた。

暴行を受けて不自然な挙動をするメイドロボが必死に逃げようとしている。

その姿を見て、騎士たちは大笑いをしていた。

「屋敷に人形を置くなんて、リアムの野郎は本当に変態だな！」

「貴族としてのプライドがないのさ。海賊退治で粋がっているだけのガキだ」

「そんなリアムのおかげで贅沢《ぜいたく》ができるんだから、ちっとくらい感謝したらどうだ？」

感謝したらと言いながら、馬鹿にしたように笑う騎士たち。

だが、一人の騎士が疑問に思う。

「だけどよ、リアムが戻ってきたら面倒にならないか？」

自分たちが好き勝手にできるのも、リアムが不在であればこそだ。

そんな部下の言葉に、キースが答えてやる。

「その心配はないさ。首都星のカルヴァン殿下が、アイザック様が当主になるよう後押しして下さる」

「本当ですか、キースさん？」

「カルヴァン殿下にとってリアムは敵だからな。アイザック様が当主になる方が、あの方にとっても利益になるから間違いないよ」

戻ってきたところで、リアムに居場所などない。

キースはそう言いながら、カルヴァン派の工作員に目配せをした。

彼は笑みを浮かべながら頷《うなず》いており、アイザックが当主になれるならカルヴァンが後押ししてくれるのは間違いない。

不安が払拭された騎士が、量産型メイドを踏みつける。

「だったら、リアムの人形は壊しても問題ないよな？　こいつらがウロチョロしているのは、見ていて気分が悪いからよ」

足を上げて踏みつけようとする騎士だったが、そのタイミングでラウンジに声が響いた。

「何をしているのですか！」

――ブライアンだ。

憤慨した様子で現われるブライアンを見たキースは、ヤレヤレという態度で立ち上がる。

「怒ると体に障りますよ、ご老体」

馬鹿にした態度を見せるキースに、ブライアンは顔を赤くして抗議する。

「朝からラウンジで騒ぎ、屋敷を破壊するとは何事ですか！　それに、リアム様の所有する者たちにまで手を出すとは――早く解放しなさい！」

ブライアンは、ボロボロになった量産型メイドを見て僅かに怯《おび》えていた。

その様子が面白かったキースは、ブライアンを小馬鹿にする。

「人形一体くらいで怖がる必要があるのかな？　こんな物、どれも同じだろうに」

キースは量産型メイドロボを蹴って、ブライアンの足下に転がした。

「立山《たてやま》!?――な、何ということか」

ブライアンが血の気の引いた顔をしていたので、キースは勘違いをする。

（一流の騎士である私を前に怯えているのか？　まぁ、私の前に立ったことは褒めてやってもいいが――無礼であるな）

騎士という存在に誇りを持つキースにとって、一般人が騎士に逆らうという行為は腹立たしい。

それは、執事であるブライアンでも同じだ。

「あまり私を怒らせるなよ、ブライアン。私の意見一つで、お前程度はいつでも処分できるのだからな。バンフィールド家に今後も仕えたいなら、私への態度は改めるべきだよ」

尊大な態度を取るキースに対して、ブライアンの目つきが鋭くなった。

「このブライアン、リアム様を裏切るくらいなら屋敷など出ていきます」

「忠義者だね。私には理解できない考えだ」

「そうでしょうね。そうやって、貴方《あなた》たちはバンフィールド家を捨てたのですから」

「クリフ様をお守りするためにここを離れていただけだ。それにしても、新参者たちが随分と幅を利かせているみたいだね。これは教育が必要かな？」

キースは自分たちこそ譜代の家臣であると自負し、ほとんどが新参であるリアムの騎士たちを下に見ていた。

ブライアンは言い返さずに、立山を回収するとラウンジを出ていく。

「立山、すぐに修理をしましょう。大丈夫。必ず良くなります」

メイドロボに声をかけるブライアンを見て、キースやその部下たちは馬鹿にして大声で笑っていた。

去り際、ブライアンはかつての同僚に向かって忠告をする。

「リアム様は情け深いお方ですが、同時に恐ろしいお方でもあります。――覚悟をしておくのですね」

ブライアンの忠告を聞いたキースが、両手を上げて降参のポーズを見せる。

「それは怖い。――だが、ここにいないリアムを恐れると思うのかい？　あいつが戻ってくる頃には、バンフィールド家の全てはアイザック様のものだよ」

乗り込んできた騎士たち、そして裏切り者たちが笑っていた。

◇　◆　◇　◆　◇

——その日、バンフィールド家の屋敷に激震が走った。

「嘘《うそ》でしょ!?」

「ほ、本当だよ。騎士の人がいじめているのを見たわ」

「こ、壊されたんだって。まずいよ。私たちも処罰されちゃうよ」

朝からメイドたちが青い顔をしていた。

侍女長であるセリーナが来ると、三人のメイドたちが慌てて姿勢を正す。

「騒がしいですよ。こんな時でも自分に与えられた仕事をこなすのが、当家の侍女です」

セリーナに叱られたメイドたちだが、怯えた顔をしていた。

「じ、侍女長、その、あの——リアム様の側付《そばつ》きが、乗り込んできた騎士たちに壊されたと聞きました。あ、あの、我々も——」

ガクガクと震えている。

怯えているのはセリーナに対してではなく、リアムだった。

リアムの側付き——表立ってメイドロボたちを人形と言えないため、彼女たちはそう呼んでいる。

そして、セリーナは彼女たちが怯えている理由を理解し、落ち着かせる。

「その場にお前たちがいないのに、処罰されるわけがないでしょう。それでも処罰するのなら、リアム様は責任者の私を裁くはずです。理解しましたね？　さぁ、さっさと仕事に戻りなさい」

「は、はい！」

三人がその場を去って行くのを見て、セリーナは腕輪型の端末を操作して周囲に映像を投影する。

そこには、自分の部下たちの出勤率が表示されている。

体調不良、有給、それらで出勤できない者たちを除外すると、数百人が持ち場を離れているようだ。

立山の破壊騒ぎで、アイザックになびいた者たちの半数が仕事に復帰している。

怯えていたメイドたちと同様に、自分たちが恐ろしいことをしていると悟ったのだろう。

「——思っていたよりも悪くない数字だね」

もっと裏切ると考えていたが、思っていたよりも自分の部下たちは優秀だった。

セリーナは教育する立場でもあるため、教え子たちが優秀に育ってくれたことに達成感を覚える。

しかし、それは全員ではない。

「だけど、頭の悪い子たちもいるようだね。いや、小賢《こざか》しいのか？」

現状でも仕事に戻らず、アイザックにすり寄るメイドたちがいる。

立山を破壊した者をリアムが許すはずがないのに。——これで目が覚めないなら、セリーナは救ってやる理由もないと諦めた。

◇　◆　◇　◆　◇

アール王国の王城。

ベッドに横になる俺は、クナイとお喋《しゃべ》りをしていた。

横になっている俺の側で、クナイはベッドの上で正座をしている。

「リアム様、暗殺者を放った者が判明しました。大臣と、将軍が複数名関わっています」

「そうか。処分しろ」

素っ気ない返事をすると、任務を与えられたクナイは僅かに喜んでいるように見える。

こいつはワーカホリックなのだろうか？

「はっ！――それから、あのカナミという娘はどういたしましょう？　リアム様に対して不敬極まりない娘です。一緒に処分しますか？」

クナイの実力ならばカナミに負けはしないだろうが、俺は処分しようとは思えなかった。

「あいつはいいや。からかうと面白そうだから、そのまま放置しろ」

「よ、よろしいのですか？」

クナイが戸惑っているのは、普段の俺なら容赦しないからだろう。

しかし、どういうわけか殺す気が起きない。

もっとからかってやりたいと思ってしまうから不思議だ。

「気分だよ。処分するよりも、からかいたいと思ってしまうだけだ。だが、俺を殺そうとした連中は全員殺せ」

獣人たちを城に入れたという理由で、この国の大臣や将軍たちが俺に殺意を抱いた。

俺が逆の立場でも腹を立てるだろうが、それとこれとは話が別である。

俺に対して暗殺者を仕向けてくるなら、それなりの対処をするだけだ。

殺そうとするなら、殺されたって文句はないだろうからな。

クナイは暗殺者たち関連の話題を俺に聞かせてくる。

「暗殺者たちの雇い主たちですが、どうやら勇者を召喚する前から暗殺の方法を考えていたようです」

「召喚しておいて殺す準備もしていたのか？　ま、普通だな。俺でも同じ事を――しないな。普通にないわ」

追い詰められ、助けを求めるために勇者を呼ぶ必要があるとする。

そのような状況で、暗殺など悪手だ。

魔王を殺せないから勇者を召喚するのに、自分たちで殺せると思っているのが馬鹿である。

本当に殺せるのなら、魔王から先に暗殺しろと言いたい。

やっぱ、追い詰められる国って駄目だわ。

この国が滅びかけたのも、相応の駄目な理由がちゃんとあったようだ。

俺はこの国について愚痴る。

「女王が無能なら、その周りも無能揃《ぞろ》いか」

「リアム様の言う通りかと」

クナイは俺の発言全てを肯定してくるな。

――ティアやマリーのようにはならないで欲しいと思いつつ、俺がいない間にあいつらが大人しくしているか心配になってきた。

あいつら、暴れていないだろうな？

まぁ、今は気にしてもしょうがないか。

今はこの国の問題をからかう方が楽しい。

「それにしても、あの女王様には――」

お喋りをしていると、部屋のドアがノックされた。

「カナミか？　あいつ、俺に何の用だ？」

ドアが開く前から、誰が来たのか予想がついていた。

クナイが開けてやると、カナミが眉間に皺《しわ》を寄せていた。

「あんたのせいよ！」

「あ？」

いきなり酷《ひど》い物言いだ。

せめて主語をハッキリさせて欲しい。

どうして俺のせいなのか、をね。

まぁ、理由は想像が付くのだが。

「俺はエスパーじゃないから、もっと詳しく話して欲しいな」

ニヤニヤしながらからかっています、という雰囲気を出してやる。

カナミが俺の態度に更に苛立《いらだ》ちを増していくのだが、それが面白かった。

「エノラ様の事よ！　あの子、私たちと年齢がそんなに変わらないのに、女王様にされているのよ。それなのに、あんな酷いことを言うなんて——あんた、それでも勇者なの？

エノラ様が落ち込んだじゃない！」

——こいつは何を言っている？　あの女王様が可哀想《かわいそう》？

もしかして、あの女王様が個人的に善良だから同情したのか？

あ、こいつ駄目だわ。本当に駄目な子だわ。

「彼女は統治者だ」

「だから何よ？　女の子なのよ」

何も理解していない発言に、俺は自然とため息が漏れた。

「統治者に年齢も性別も関係ない。その立場にいるなら、しっかりと義務を果たすことが求められるだけだ」

「でも！」

「お前は本当に馬鹿だな」

「ば、馬鹿ですって!?」

憤慨しているカナミが面白いので、柄にもなく色々と教えてやることにした。

どうしてだろうか？　見ていると放っておけない。

かつての――娘と同じ名前だからか？

同一人物ということはないだろう。

違う世界、そして時代――もしも、俺が前世の娘とこの場で再会するなら、それは奇跡を超えた何かだ。

確率はほぼゼロで、起こりえない現象だ。

それでも実現すれば――それは運命。定められた出来事だ。

でも、俺と娘の間にそんなものは存在しない。

血も繋《つな》がらなければ、心も繋がっていなかったのだから。

そんな子に自分なりに愛情を注いできたのが前世の俺だ。

何の意味も無かったけどな。

――だから俺は子供が嫌いだ。

「お前は死んでいった民たちに言えるのか？　女王様は頑張りました。優しくて、とてもいい人ですって――それを聞いて、家族を失った民がどう思うか知っているか？」

「そ、それは、納得できないかもしれないけど、きっと――」

「お前本当に何も理解していないな」

極端な話をするなら、統治者に必要なのは能力だ。

貴族制ならなおさらだが――人間性など、二の次、三の次だ。

つまり、あの女王様は、個人としては善良で素晴らしい人間かもしれないが、統治者として失格だ。

例えば逆に、糞野郎《くそ》が王様だろうと、民を豊かにすれば名君扱いを受けるのが世の中だ。

何しろ、俺のような最悪の糞野郎だろうと名君扱いを受けている。

自分たちを豊かにする存在こそが、民にとって素晴らしい名君だろう。

もしも能力ではなく人間性だけを重視する奴《やつ》らがいたとすれば、それは愚かしいことだ。

人柄の良い無能を祭り上げた結果、自分たちが貧しくなり飢えるのだから。

カナミが俯《うつむ》いているのを見れば、理解できるだけの頭はあるようだ。

ま、俺自身は統治者としては失格だと自覚している。

俺の人間性は下の下だが、それを理解してうまくやっている。

民を騙《だま》し、好き勝手に振る舞っても名君だと崇《あが》められている。

世の中は悪い奴に微笑《ほほえ》む。

「危機迫る状況で、頑張ったとか意味がないんだよ。頑張るのが普通で当たり前。お前は、あの女王様は当たり前のことをしているから褒めて、と言っている子供と同じだ。――結果の出せない統治者なんて、民からすればゴミ屑《くず》同然だろ？」

「で、でも！」

「家や家族を失った連中に言ってこいよ。女王様は頑張ったけど、無理だったんです、ってさ！　だから、許して下さいね、とな。お前、そんな理由を聞いて許せるの？　無能な女王様を恨むなと言えるのか？　庇《かば》うべき相手を間違っているぞ」

「――うぁ」

何も言い返せないカナミに、俺は付け加えてやる。

「あの女王様は他人を救いたいんじゃない。他人に優しくすることで自分を救いたいのさ。私は頑張った。周りもそう言っている、ってな！」

ま、人間は叩《たた》こうと思えば、いくらでも叩ける。

俺は人のことを言える立場ではないが、あの女王様の駄目なところはいくらでもあげられる。

個人的に善良であり、褒めるべきところが沢山あるのは知っている。

それでも、統治者としては失格。――最悪の女王様だ。

というか、俺自身は民のことなど気にしたこともない。

重税で苦しむ姿を見たいと思っているだけだ。

――子作りデモなど起こして、俺を辱めた領民たちには必ず復讐《ふくしゅう》してやる。

戻ったら真っ先に増税だ。

「お前の両親は、きっと愚か者だな。娘のお前を見ていればよく理解できる。いったい何を教えてきたんだろうな?」

カナミをよく言えば、他人を思いやれるいい子なのだろう。

俺も昔は、娘にそんな子に育って欲しかった。

そして、前世の俺は間違っていた――だから、前世の俺が娘に抱いた願いや希望も間違いだ。

世の中を正しく理解できていない、愚者の戯《ざ》れ言《ごと》だった。

カナミが顔を上げると、怒りが滲《にじ》み出たような表情をしていた。

「お父さんの悪口を言うな」

「あ?」

「お父さんを悪く言うのを止《や》めろ!」

「何だ? そんなにパパが好きなのか?」

「パパじゃない! お父さんは――お父さんだけは、悪く言わないでよ」

パパとお父さんを分けて呼んでいることは、何となく察していた。

つまり、こいつの生温《なまぬる》い考えは、そのお父さんの責任だな。

本当に苛々《いらいら》する。

甘い考えを持つ奴が俺以外にもいて、娘までいたなどと――最悪な気分だ。

「そうか。だが、お前のお父さんは、世間知らずで世迷《よま》い言《ごと》を教えてきた大馬鹿者だな。

お前を見ていると、それがよく理解できた。きっと、お前のお父さんが人には優しくしろと馬鹿なことを教えたんだろうな。そんな馬鹿野郎なら、今頃は痛い目を見ている頃か？

もしかして、野垂れ死んでいるとか――」

図星だったのか、カナミが怒りで握りしめた手が震えだしている。

本当に救えないお父さんを持った娘だな。

「言うな！」

カナミが腰に提げていた剣を抜きそうになったので、クナイが腹に拳を叩き込んで気絶させていた。

目が血走り、ナイフを取り出して首を斬り落とそうとしている。

ただ、気を失ったカナミを見て思うのだ。

駄目な父親の被害者だが、こいつの父親――お父さんは娘に愛されていたのだな、と。

――前世の俺とは大違いだ。

俺はクナイの腕を摑《つか》んで、カナミの首が切り落とされるのを防ぐ。

「クナイ、駄目だぞ」

「よろしいのですか!?　この者は、リアム様に剣を向けようとしたのですよ」

「いい暇潰しになった。部屋まで送ってやれ。――絶対に手を出すなよ。俺の玩具《おもちゃ》だ」

カナミを見ていると、お父さんとやらが羨ましくなってくる。

前世の俺のような愚か者だろうとも、カナミにとっては立派なお父さん――愛されていたのだから。

◇　◆　◇　◆　◇

どこか遠くを見るような目をしているリアムを見ているのは、部屋の隅で悲しそうに座り込んでいる淡い光――犬の霊だった。

娘に愛されなかった前世の自分と、香菜美《かなみ》の父親を比べて自嘲している姿に犬は悲しそうにしている。

犬は部屋をすり抜けると、そのまま香菜美の部屋に向かう。

香菜美は、与えられた部屋で膝を抱えて床に座り込んでいた。

そして、涙を流している。

「――お父さん、ごめんなさい。私は――お父さんを裏切ったけど、馬鹿にされたのが悔しくて――本当は怒る資格もないのに――」

泣いている香菜美に犬は顔を近付けるが、触れることができずに慰められない。

犬はもどかしさを感じつつも、リアムを助けるため部屋を出る。

お城の天辺《てっぺん》に来ると、今度は遠吠《とおぼ》えを行う。

空に浮かんだ救難信号を発信しているドローンに遠吠えが届いた。

ドローンを通して犬の遠吠えが、増幅されてより遠くに――リアムが必要としている存在を呼び寄せようとする。

バンフィールド家の領地を目指す一隻の巨大戦艦が存在した。

帝国軍第七兵器工場で建造されていたリアムの乗艦である超弩級《ちようどきゆう》に分類される三千メートルを超える巨大な宇宙戦艦だ。

特注で建造された最新鋭の宇宙戦艦であり、その性能は技術力の高い第七兵器工場製とあって非常に高く仕上がっている。

リアムのわがままから、希少なレアメタルがふんだんに使用された贅沢《ぜいたく》な戦艦でもあった。

そんな宇宙戦艦のブリッジでは、一人の技術者が狂喜乱舞していた。

引き渡す際の航海でデータを取っているのだが、モニターが示す数値に興奮を隠しきれずにいた。

目をキラキラと輝かせて、自らが造りだした戦艦の素晴らしさに感動して涙を流している。

「凄《すご》い。凄いわ！　理論上の数値だと馬鹿にした連中にこの数字を見せてやりたいくらいよ。見て、このデータ！　想定を超えた数値を出しているわ！　エネルギーの変換効率が尋常じゃない。それにこの出力よ！　これ以上はない戦艦が出来上がったわね。あ〜、私は自分の才能が恐ろしいわ～」

モニターに頬ずりしているニアスを見るのは、リアムの乗艦を受領してバンフィールド家に戻る軍人たちである。

彼らは精鋭艦隊から選抜され、リアムの戦艦を任されたエリート中のエリートたちだ。

つまりはバンフィールド家でも特に優秀な軍人たちである。

兵器工場のスタッフが狂喜乱舞している姿に辟易《へきえき》している彼らだが、自分たちの仕事の手は抜かない。

「この人、今の状況を理解しているのかしら？」

「人間性と才能は比例しないって見本よね」

「おい、床を転げ回っているぞ。見苦しいから誰か止めてやれよ」

見るに堪えない奇行を繰り返すのは、第七兵器工場の【ニアス・カーリン】技術少佐だった。

リアムと長い付き合いのある有能な人材なのだが、性格に色々と問題を抱えている。

しかし、そんなニアスが周囲の目も気にせず興奮するのも無理なかった。

何故《なぜ》ならば、完成した戦艦が予想を超えた性能を発揮しているからだ。

ただし、持ち主であるリアムは行方不明のまま。

そんなことは気にしないニアスは、ニコニコしながらモニターのデータを見ていた。

嬉《うれ》しそうにだらしない顔で眺めていたのだが、気になる数値を見つけたのか真剣な表情になるとキーを叩いて調べ始める。

何度も首をかしげて調べ続けると、ニアスは原因にたどり着いた。

「あら？　救難信号をキャッチしているわね。随分と遠いみたいだけど、こんな微弱な救難信号まで拾えるなんて我が子ながら凄いわ。お母さん、褒めてあげる」

モニターにキスをするニアスは、戦艦を我が子と呼び、自分を母親として語りかけていた。

周囲は何も言わなかった。関わりたくないのだろう。

だが、艦長が立ち上がるとニアスを押しのけてモニターに張り付いた。

ニアスが転んで「ふぎゃ！」とか言っているが、誰も気にしない。

艦長は救難信号が誰から発信されたものなのか調べると、急に震え出す。

「この救難信号は――おい、すぐに本星に連絡しろ！　連絡の届く全ての友軍を集めるんだ！」

艦長の狼狽《うろた》える姿に、ブリッジクルーは何かを察して慌ただしく動き始める。

◇　◆　◇　◆　◇

四天王の一人であるノゴが倒された。
魔王城の玉座に座る魔王――【ゴリウス】は、ユラユラと揺らめく炎が人の形を取った実体を持たない存在である。

鋭い目のような光が、忌々しそうに細くなっていた。

「せっかく力を分け与えてやったというのに、人間共に倒されるとは情けない」

玉座に座りながら、報告を受けることなくノゴの死を感じ取っていた。

ノゴに限らず、四天王とはゴリウスが自らの力を分け与えた存在だ。

四天王が死ねば、それはゴリウスの力が喪失することを意味する。

ゴリウスにしてみれば僅かな力を分け与えたに過ぎないが、それでも失うというのは気分のいいものではない。

「獣人などこの程度の存在か。だが、奴《やつ》らは十分に人間共に恐怖を与えてもくれた。分け与えた以上の力を得た今、失った力などどうでもいい」

ゴリウスは食事をせず、悪意や絶望、恐怖といった負の感情を取り込んでいた。

人々の恐怖が、ゴリウスを満たし、力を与えてくれる。

ノゴに与えた力など、とっくに取り戻していたが――忌々しい気分だった。

「それにしても、ノゴを撃ち破る存在が人間共の中にいるとは――」

ゴリウスは、人間たちに恐怖を与えるために獣人たちを従えていた。

増えすぎた人類から負のエネルギーをかき集める役割を、獣人たちに任せていた。

考え込むゴリウスの前には、部下たちが膝をついて頭を垂れている。

ノゴが死亡して機嫌を損ねた魔王であるゴリウスの機嫌を取ろうと、部下たちが名乗りを上げる。

「魔王様、わたくしめに機会をお与え下さい！」

「いえ、俺こそが！」

「あら、私の方がよろしいでしょう。ノゴを倒した人間は、この私が倒してご覧に入れます」

集めた部下たちが、ノゴを倒した人間を殺すと息巻いている。

ゴリウスは辟易していた。

(四天王のように力を分け与えて欲しいのか？　ふん、程度の低い連中を操ることにも飽きてきた。さっさと、この世界を支配したいものだな)

かつて、ゴリウスは何度も勇者に倒されてきた。

だが、自分が倒れて世界が平和になると人間たちは黙っていても争ってくれる。

争いが絶えないため、負の感情は蓄積する。

それを糧にゴリウスは何度も復活してきた。

復活する度に、より強力な力を得て蘇《よみがえ》ってきた。

(ついに勇者を召喚したか？　だが、今となっては勇者の存在などどうでもいい。勇者が現われようと、今の私には勝つことなどできない。私は――既に魔王を超えた存在なのだから)

今の自分はかつて勇者たちに倒された頃とは違う。

その自負が、勇者の存在を知っても慌てることがない理由だった。

(もういい。部下共を殺して自ら人間たちを恐怖に陥れて滅ぼしてやるとするか。そうすれば、負の感情が発生して更に強い力を得られる)

人間たちを滅ぼそうと思ったところで、魔王城の謁見の間に血だらけの巨人がやって来た。

両開きの大きなドアを乱暴に開け放つと、無礼だと知りながらも報告を急ぐ。

「ま、魔王様——獣人たちが裏切りました。勇者を先頭に、この魔王城に乗り込んで——きました——」

そう言って巨人は事切れてしまう。

魔王の目が細く、弓なりになった。

「ほう。この私の首を取りに来たか。せっかちな勇者だな」

◇　◆　◇　◆　◇

アール王国の王城。

謁見の間では、エノラが悩ましい表情をしていた。

その理由は、魔王城へと進軍してしまったリアムの行動である。

獣人たちから魔王の居場所を聞き出したリアムは、エノラの制止に耳を貸さず勝手に王都を出て行ってしまった。

　しかも、率いているのは獣人たちだ。

　謁見の間では、リアムの行動に不満を持った重鎮たちが会議を続けている。

「魔王城に勝手に進軍するなどあり得ない！」

「何故、我々に助けを求めないのだ!?」

「よりにもよって勇者が獣人たちを率いて戦うだと？　こんな話は前代未聞だぞ！」

　いくらリアムが強くとも、魔王を討伐する際には、きっと自分たちの助けが必要になる。

　リアム一人ではどうにもならず、最後には頭を下げてくるだろう、と。

　重鎮たちはそう考えていたようだが、リアムはアール王国の戦力を最初から当てになどしていなかった。

　獅子《しし》将軍ノゴを倒した三日後には、リアムは獣人たちを連れて魔王城に向かってしまった。

　しかも、率いている数は百人にも満たない数だ。

　リアム曰《いわ》く「大勢で行軍とか無意味」とのことだ。

　水や食糧の確保ができず、大勢の獣人を残すことになった。

　そして、エノラには更なる悩みの種がある。

　リアムの出発前に届けに来た首の入った袋である。

　届けに来たのは、リアムの従者を名乗る者。

袋の中身がなんなのか知った全員が絶句した。

勝手に暗殺を実行したのも驚きだが、騒ぎを起こさず大臣や将軍たちを殺した手腕に全員が怯《おび》えた。

その従者——クナイが言うには「お前たちは信用に値しない。全てが終わった際は、覚悟しておくことだ」と。

その際、クナイはリアムを助けるべく仲間が来ていることも告げた。

ただ、幾つか理解できない単語もあった。

エノラは杖《つえ》を握りしめながら思案する。

（わくせい？　とか、せいかん？　とか、よくわからない言葉を言っていたけど、リアム様の仲間が必ず迎えに来ると言っていたわね）

不思議な魔法を使うリアムの仲間たちが来るとなれば、国としても相応の対応が求められる。

本来なら、リアムとは友好関係を築くつもりでいた。

しかし、暗殺の一件で取り返しの付かない事態になってしまった。

「どうする？　リアムの国が動き、取り戻しに来たら戦争だぞ」

「今までに例がない。異世界から勇者を取り戻しに来るなど、絶対にあり得ない！」

「だが、奴らが我らの想像を超えていたら？」

エノラは、召喚魔法の使い手であるシタサンを横目で見た。

「シタサン、リアム様の国がこの国にやって来る可能性はあるのですか？」

問われたシタサンは、自信満々に答えている。

「女王陛下、そんなことは不可能でございます。あの召喚術は、魔王を倒せる人材を多数の世界から呼び出すもの。一方通行であり、送り返すことは不可能なのですぞ。あの従者のハッタリでございますよ」

シタサンの答えを聞いて安堵《あんど》する。

だが、同時に思うのだ。

(何と酷《ひど》い術でしょうね。連れてくるだけで、送り返せないなんて)

カナミのことを思い浮かべると、エノラは心が痛む。

エノラは確かに女王としては失格でも、個人としては善良な人間だろう。

紛糾する会議の場に、兵士が一人駆け込んできた。

「た、大変です！　魔王軍が我らの頭上に！」

リアム不在のアール王国に、魔王軍が襲来したという知らせが届いた。

◇　◆　◇　◆　◇

――魔王城。

乗り込んできたリアムにより、逆らった幹部や兵士たちが全て斬り伏せられた。

その様子を見ていた魔王ゴリウスは、勇者の持つ刀に興味を示す。

片刃の剣――サーベルとも違う形状で、ゴリウスも初めて見る代物だ。

だが問題はその材質だ。

「ミスリルではないな？　その武器の材質はオリハルコンか」

材質を言い当てられてもリアムは、ゴリウスを前に自然体だった。

緊張などした様子もなく、恰好《かっこう》自体も普段着にしか見えない。

「ほう、詳しいじゃないか」

オリハルコンの武器を用意した人間たちに、ゴリウスは感心する。

そもそもオリハルコンは希少なレアメタルであり、加工をするのも難しい代物だ。

「人間にしてはよく集めたと褒めておこう。どうやって加工したかは知らないが、追い込めば人間もいい働きをする。――だが、その程度の武器では私に傷一つ与えられん」

ミスリルよりも更に頑丈ではあるが、物理攻撃など意味のないゴリウスには脅威となり得なかった。

まだ、ミスリルの方が自分に傷を付けられるのだが、それをあえて教える必要もない。

ゴリウスの言葉に、勇者は大した反応を示さぬままだ。

だが、その直後に、ゴリウスが座っていた玉座の背もたれが切断される。

ゴリウスは一瞬の出来事に目を見開くも、すぐに目を弓なりにして炎を蠢《うごめ》かせて笑い始める。

「実体のない私を斬るのは不可能だ」

目の前の勇者は、小首をかしげて不思議そうにしていた。

先程の剣技にはゴリウスも驚いたが、物理攻撃である以上は自分には無害だ。

そして、ゴリウスには魔法も効果がなかった。

唯一効果があるのは神聖な属性を持つ魔法だが、人間に扱える程度はたかがしれている。

神聖魔法であろうとも、ゴリウスには脅威となり得ない。

だからこそ最強を自負している。

ゴリウスが炎を揺らめかせながら、玉座から立ち上がる。

「憐《あわ》れだな。人間たちが鍛えたオリハルコンの剣に、人とは思えぬ剣技。どれだけの時間をかけて、お前という人間を用意したのだろうか？――だが、全ては無意味だ」

勇者に近付きながら、ゴリウスは自らの体を大きく――炎が大きくなっていく。

そして、勇者の前に立つ頃には、黒い炎の巨人という姿になっていた。

その姿は、全長にして六メートルもあった。

黒い炎の巨人になったゴリウスは、勇者を見下ろしながら言う。

「全ては無駄――お前たちの行いの全てが無意味！　私の糧が何か教えてやろうか？」

勇者は見下されていることに腹を立てているのか、眉根を寄せていた。

「お前の話には興味がない」

ここに来て、勇者は自分の強さが通じないと知りながら強気の態度を崩さなかった。

そんな勇者にゴリウスは興味を持つ。

「くくく、強気の態度だな。だが、いつまでそんな口がきけるのか楽しみだ！」

素早く拳を勇者に振り下ろす。

だが、ゴリウスの拳は魔王城の床に穴を開けただけだった。

「ほう、これを避けるか」

勇者の身体能力に驚きつつも、ゴリウスは自身の優位性を疑わなかった。

避けられた程度、何ということはない。

実体を持たないゴリウスはともかく、勇者は人間——いずれ力尽きて、攻撃を避けられなくなるのだから。

ゴリウスは勇者に攻撃を繰り出しながら、余裕を見せるために喋《しゃべ》り始める。

「私は何度も勇者と戦ってきた！」

「そうか」

勇者は落ち着いた様子でゴリウスの攻撃を避けつつ、返事をする余裕まで見せていた。

ゴリウスは両手で一秒間に何発も——何十発も目の前の勇者に拳を放つ。

そのどれもが、勇者には見切られ避けられてしまう。

それでも、ゴリウスは話を続ける。

「何度も倒され、その度に復活する。つまり私は——不死身だ」

自身が不死身であることを明かしても、勇者は眉一つ動かさなかった。

きっと、自分を倒す方法を必死に思案しているのだろう――ゴリウスはそう考えていた。

「私を倒す方法を考えているな？　しかし、お前には無理だ。私には剣技も魔法も通用しない。私は悪意の塊だからだ！」

悪意の塊という言葉に、目の前の勇者が反応を示す。

「悪意だと？」

「そう！　私こそが悪意！　負のエネルギーがある限り、私は何度でも蘇《よみがえ》る！　いくらお前たちが私を倒そうとも、私は更に強くなり復活するのだ。剣も、魔法も、あらゆる攻撃がこの身には届かない！　たとえ倒されても蘇るのさ！　何故《なぜ》だと思う？――それは、お前たち人間がいる限り、この私が滅びることはないからだ！」

両手を組んでハンマーのように、勇者に向かって振り下ろした。

渾身《こんしん》の一撃は、魔王城の床を破壊するばかりか、天井やら柱にまでひびが入る。

既に魔王城が崩れ始めているが、ゴリウスは気にしていなかった。

今のゴリウスにとって、魔王城など無価値である。

逃げ回る勇者に向かって、拳や蹴りを放ちながら興奮したように叫ぶ。

「私は貴様ら人間がいる限り滅びぬ！」

ゴリウスの拳がリアムを捉えそうになるが、寸前で避けられてしまう。

逃げた先に蹴りを放つが、これも避けられてしまう。

「お前らさえいれば何度でも復活する！」

魔王城が瓦礫《がれき》の山に変わっていく中で、ゴリウスは天に向かって叫ぶ。

「私は悪！　悪そのものだからだ！」

ゴリウスの黒い炎が、高笑いをすると愉快そうに揺らめくのだが——その際、何千という斬撃が飛んできて一瞬だけ斬り刻まれる。

しかし、すぐに炎は繋《つな》ぎ合わさり、何事もなかったようにゴリウスは元に戻った。

勇者の驚くべき斬撃に、ゴリウスは感心する。

「この状況でも諦めぬ精神力は褒めてやろう」

これまで戦ってきた勇者の中で、目の前の存在が最強であると認める。

「貴様は強い。だが、それだけだ。オリハルコンの剣を持とうと、いくら鍛えようと人間である限り、私を超えることは不可能なのだ」

自分が負けるはずがない。

そんな自信に満ちたゴリウスを前に、勇者は俯《うつむ》き僅かに震えていた。

恐怖に震えていると思ったのだが——勇者が顔を上げると、眉間に皺《しわ》を寄せて激怒した顔をしていた。

「お前が悪だと？　お前程度の存在が、人間を舐《な》めるな！」

◇　◆　◇　◆　◇

何が悪だ。

人間の負のエネルギーを食わせてもらっている癖に、自分が主人にでもなったつもりか？

この惑星では、確かにこいつに逆らえる存在はいないだろう。

だが！――お前は人間を舐めすぎた。

「お前は人間様を舐めすぎたな。養ってもらっている分際で、分をわきまえろ」

「――何だと？」

刀を担ぎ、俺は左腕に装着したブレスレットを一瞥《いちべつ》する。

表面に僅かに点滅する光を確認した。

「俺たち人間がいる限り、何度でも復活できる――言い換えれば、お前は俺たち人間なしで生きられないという意味だろう？」

魔王が黙ると、俺は空を見上げる。

先程までの戦闘により、魔王城の天井は崩れ、今は暗雲が広がる空が見えていた。

「お前みたいなちっぽけな存在には理解できないだろうが、この世でもっとも邪悪な存在はお前じゃない――人間だ」

お前程度が悪を語るなどおこがましい。

魔王は理解できない様子だった。

「何を言っている？」

か弱い人間だけを相手にしてきたのだろう。

何にも理解していない。

この惑星の外にも人間社会があると理解せず、宇宙に目を向けられないのがこいつの限界である。

「たった一つの星も支配できずに、何が悪だ！　お前が殺してきた人間の数など、俺が殺してきた数に比べれば、端数にも届かないんだよ！」

俺がどれだけ殺してきたと思っている？

俺がどれだけ滅ぼしてきたと思っている？

数えるのが面倒になるくらい、殺してきた。

魔王など、俺から言わせれば地元でいきがっているガキ大将に過ぎない。

こいつは俺にとって、猿山の大将だ。

「お前が殺してきた人間の数は億に届くか？」

億単位という数字を出された魔王が、訝《いぶか》しんでいる。

「――殺した数など数えているものか。だが、嘘《うそ》を言うにも現実的な数字を出せ。人間がそんなにいてたまるものかよ」

何度も蘇っているくせに、その程度なのか？

「いる。いるんだよ。それこそ何千億――いや、それ以上に存在する。そして、俺は――億単位の人間を殺してきた男だ」

海賊や逆らった敵を屠《ほふ》ってきた。

戦艦一隻沈めただけで、時には万単位の人間が乗り込むこともある。

一隻沈めただけで、どれほどの人命を奪えると思う？

そして、俺は大勢に恨まれている。

目の前の魔王などよりも、よっぽど大勢の人間に恨まれ、恐れられ――憎まれている。

ならば、俺こそが悪である。

こんな小物の魔王ごときに、俺を前にして悪を名乗る資格はない！

「お前に死者の声が聞こえるか？　聞こえるなら聞けばいい――いったい俺が、どれだけ残虐な男なのか」

こいつ、ゴースト系みたいだから死者の声とか聞こえそうだな。

俺を恨んでいる人間の声を聞けば、きっと驚くはずだ。

「な、何だと!?」

魔王の目のような黄色い光が、驚愕《きょうがく》したのか丸くなっている。

刀を放り投げた俺は、右手を天に掲げた。

「お前みたいな雑魚が俺に悪を語るな！　この世で最も邪悪なのは人間様だ。――そう、この俺こそが真の悪党だ！――エレン、俺の刀を寄越《よこ》せ！」

空に向かって弟子の名前を叫んだ。

魔王は何が起きているのか理解できていないようだが、俺には感じ取れている。

俺の声に呼応するように、暗雲の一部が切り裂かれて太陽の光が降り注いだ。

魔王は驚愕している。

「な、何が起きている!? あれは何だ!!」

暗雲を切り裂き、太陽の光を浴びながらゆっくりと降下してくるのは――アヴィドだった。

両腕を組んだ状態で降下してくるアヴィドは、二つのカメラアイを俺に向ける。

その姿は実に神々しい。

両腕を解き、僅かに広げた状態にするとコックピットハッチを開いた。

そこから姿を見せるのは、俺のお気に入りの刀を抱きしめて嬉《うれ》しそうに涙を流しているエレンだった。

「師匠！」

大声で俺を呼ぶエレンは、お気に入りの刀を投げて寄越してくる。

掲げた右手に、お気に入りの刀が吸い寄せられるように降りてきた。

受け取り、柄《つか》を握りしめ、刃を鞘《さや》から引き抜いた。

「喜べ、魔王とやら。俺の一番お気に入りの刀で葬ってやる。二度と復活できないように消し去ってやるよ」

勘違い野郎は俺が斬り伏せてやる。

第十一話 ＞ 魔王討伐

魔王ゴリウスは、信じられない光景を見ていた。

空から降りてきたのは、金属の塊でできた巨人である。

そいつは空に浮かびながら自分を見下ろしているのだが、巨人の金属があり得なかった。

どこで集めてきたのか、伝説や神話に出てくる金属の塊だった。

ゴリウスから見ても、自分よりも更に上位にいる存在なのは間違いなかった。

そして、金属の巨人は確かに生きている。

自らの意思を持ち、目の前にいる勇者を主人と認めている気配を感じる。

同時に――ゴリウスに対して怒りを抱いていた。

金属の巨人の作られた瞳が、ゴリウスを見ている。

だが、その視線は――道に転がる石ころを見る類いのものだった。

自分の主人を困らせた道ばたの石ころ、と。

ゴリウスの本能がゾッとする。

空に浮かぶ金属の巨人には絶対に勝てないと、本能が警鐘を鳴らしていた。

きっと挑めば消滅させられ、二度と復活できないだろう。

復活できたとしても、勝てるイメージが思い浮かばない。

金属の巨人だけでも脅威だったのだが、更に信じられないのは目の前の勇者である。

勇者が手にした剣を見て、ゴリウスは金属の巨人の時よりも激しい恐怖心がわきおこってくる。

（あ、あり得ない。あの武器はあり得ない。あんな――あんな物が、この世に存在していいはずがない!?）

剣の中に僅かに含まれる何か――それが、ゴリウスにとっては恐ろしかった。

アレに触れてはならない、と。

それは黄金と似ているが、黄金よりも更に上。

向けられるだけで、恐怖から泣き叫びたくなる。

自分のような存在に向けるには、過剰すぎる武器である、と。

たとえるなら――「虫一匹を倒すために万の軍隊を用意するような」所業だ。

オーバーキルにも程がある。

そして、一番の問題は勇者だ。

（何なのだ、こいつは!?）

自分では悪を名乗り、人間こそが悪だとか、口では色々と言っていた癖に――その後ろに見えるのは、何百億というリアムを慕う人々の意思だ。

今まで救ってきた人々の祈りや願いが、リアムを守っている。

それらが黄金の粒子のように輝き、リアムに力を貸している。

それは神聖な力――神々しさをまとっているではないか。

神聖な力で守られ、それを本人が無自覚に操っているのも信じられない。

神聖な武器を手にしたことで、勇者の力が具現化したせいでゴリウスにも見えるようになってしまった。

ゴリウスは思った。

(こいつは人間じゃない)

今までにこんな人間を見たことがなかった。

自分とはかけ離れた――そして、遥《はる》かに格上の存在を同時に二つも確認してしまった。

恐ろしいのは、勇者を助けようとしているのは生者だけではない。

死者も、そして数多《あまた》の星々すらもリアムの後押しをしている。

神々しい光を背負った勇者が、危険な刀を抜くことで刃が黄金に輝いて見えた。

その光を見るだけでも、ゴリウスにとっては猛毒だった。

「や、止《や》めろ。止めてくれぇぇぇ!!」

勇者には光は見えていないらしいが、ゴリウスは光に当てられた表面が焼けるような感覚に襲われる。

「何が悪だ。貴様はもっと別の――」

ゴリウスが何か言おうとするが、既に勇者は興味を失っているようだ。

「もう黙れ。お前と話すことはない」

勇者が剣を振り下ろそうとする。

ゴリウスの本能が告げていた。

（この武器に屠られたら、私は二度と復活できない。そ、それならば、まだ空にいる巨人の方が――）

ゴリウスは勇者の前から逃走を決意する。

なりふり構わず空へと逃げるゴリウスに、勇者は最初にぽかーんと口を開けて啞然《あぜん》とした後に――腹を押さえて笑い出した。

「魔王が逃げるのか！――アヴィド、相手をしてやれ」

勇者の気まぐれで空へと逃げ延びたゴリウスは、金属の巨人を前に自らの炎を更に大きく燃え上がらせる。

周囲から負の感情を吸い上げていく。

そして、ゴリウスの黒い炎は、巨大なドラゴンへと変貌していく。

禍々《まがまが》しいドラゴンの姿になったゴリウスの全長は、百メートルを超えていた。

「あの勇者を相手にするくらいならば、お前に倒されて復活してやる！　たとえ、百年、二百年――いや、千年後だろうと蘇《よみがえ》って再びこの地を滅ぼしてやるのだ！」

ドラゴンに変貌したゴリウスが、大きな口を開けてアヴィドに襲いかかった。

アヴィドはエレンを守るためにハッチを閉じると、腕を組んで武器を構えない。

迫り来るドラゴンを前に、体の各所に埋め込まれた迎撃用レーザーを用意する。

細く頼りない赤い光の線が、いくつもゴリウスに迫ってくる。

「その程度の攻撃で何が――」

ゴリウスはレーザーの光を甘く見ていた。

そのため、レーザーに体を貫かれてしまう。

レーザーの照射された場所に、大きな穴が空いてしまう。

「ば、馬鹿な――」

空中でもがき苦しむゴリウスを前に、アヴィドの瞳が赤い光を放っていた。

ゴリウスの解析を終えたアヴィドは、右手を向けてくる。

そこに魔法陣が出現する。

――それは神聖魔法の魔法陣だった。

青白い光で作られた魔法陣は、複雑な文字と図形で描かれていた。

その魔法陣を見てゴリウスは悟ってしまう。

(あぁ、そうか――私は今日、ここで滅びるのか)

アヴィドの放った神聖魔法の一撃は、ゴリウスに命中すると二度と復活できないまで破壊し、滅ぼしてしまった。

◇　◆　◇　◆　◇

「終わったな」

魔王とか名乗った糞雑魚《くそざこ》だが、アヴィドに軽くあしらわれ滅んでしまった。

俺はお気に入りの刀を見て、小さくため息を吐《つ》く。

「――使う機会すらなかったか」

だが、奴《やつ》は自ら魔王と名乗ってはいたが、しょせんは雑魚である。

お気に入りの刀を使うまでもない相手だった。

つい腹が立って本気を出しそうになった自分が恥ずかしい。

それより、魔王を相手にして俺には今後の課題が浮き彫りとなった。

「斬れない存在か」

物理も魔法も効果がない敵がいるとは聞いたことがあるが、星間国家ではアヴィドがしたように機械で簡単に消滅させられる。

俺が斬れない存在を相手にする必要はない。

ないのだが、それでは駄目だ。

一閃《いっせん》流の継承者であるこの俺が、あの程度の魔王に苦戦を強いられるなどあってはならないのだから。

俺自身が対抗策を持たなければならない。

「しかし、斬れない存在を斬るにはどうすればいいのか？」

手にしている愛刀ならば、不思議な力で斬れそうな気もするが――それでは、自身の力で成し遂げたとは言えないだろう。

俺が一人で考え込んでいると、空からエレンが飛び降りてきた。

「師匠ぉぉぉ！」

エレンは泣きじゃくり、涙と鼻水で汚れた顔を俺にこすりつけてくる。

随分と心配をかけてしまったようで、しがみついて放してくれない。

俺はエレンの頭に優しく手を置いた。

「心配をかけたな。お前も一緒に迎えに来てくれるとは思わなかったぞ。それで、他には誰がいるんだ？」

「ぐすっ――天城《あまぎ》さんと、ブライアンさんと、ニアスさんと――」

天城とブライアンがいると聞いて、俺は一瞬だけ頬を引きつらせてしまう。

あの二人が来ているのか？　面倒になりそうだと思いつつ、俺はティアとマリーが来ていないのが不思議だった。

「ティアとマリーはどうした？」

「――き、来ていません」

エレンが俺から顔を背けたのが気になるが、あいつらは放置して良いだろう。

「ニアスが来ているのに、あの二人は来ないのか。まぁ、別に良いけどな。それにしても、何でニアスがいるんだ？」

俺が失踪したところで、心配しないだろうニアスがいるのに驚いた。

いや、大事なスポンサーがいなくなるのを恐れたのかな？

「まぁ、いいか」

ニアスはどうでもいいが、問題は天城とブライアンの二人である。

――絶対に俺は叱られてしまう。

そのことで気が重くなっていると、俺の影からクナイが姿を見せる。

「リアム様、頭領です」

「ん？　ククリも来たのか」

瓦礫《がれき》の中に立つ柱の陰から、仮面を着けた大男が姿を現した。

「リアム様、ご無事で何より。さて――」

ククリは武器を手に取ると、そのままクナイの方へと向かう。

何をするか想像がついたので、俺はククリを手で遮る。

「ククリ、止めろ」

「リアム様を危機にさらしたのです。――無能な部下の排除を邪魔されては困りますよ。くひひひ」

クナイを見れば、処分を受け入れるつもりなのか膝をついて首を差し出した。

――その姿を見て、しばらく一緒に過ごした日々を思い出す。

「俺が許す。それに、付き合わせてしまったのは俺だ。だから、お前も許せよ」

今回の一件は許してやれと雇用主として命令すると、ククリは持っていた武器をしまい込む。

「――それが、リアム様のご命令ならば従いましょう」

「クナイはよく働いてくれたからな。俺からも褒美を出してやる」

ククリは僅かに驚きながら、クナイに視線を向けた。

「名まで頂いたのか？――クナイよ、リアム様に感謝せよ」

「はっ！」

ククリたちの問題が片付いた事に安堵《あんど》した俺は、エレンを抱っこする。

クナイが俺に深々と頭を下げているので、軽く頷《うなず》いてやった。

俺はエレンを抱きかかえたまま、領内に問題がないかを尋ねる。

まぁ、短期間だから何事もないだろう、と思いながら。

「ククリ、何か変わった事はあったか？」

そう尋ねると、ククリは一瞬だけ間を作ってから答える。

「――はい。領内が分裂し、他にも多くの貴族たちが乗り込んで来ております。そして、領内の一部の者たちが裏切り、リアム様の後継者を擁立しました。クレオ派閥からも裏切り者が出て、海賊たちと共闘してバンフィールド家の領内で略奪を行うつもりのようです」

「――は？」

ちょっと待て？　俺がいない間に何が起きたの!?

◇　◆　◇　◆　◇

「あの阿呆《あほう》共が！」

アール王国の王都に戻ってくると、街中に機動騎士たちが降下して制圧していた。

機動騎士に加え、陸戦隊も降下して王都で睨《にら》みを利かせている。

王都の空に浮かぶ宇宙戦艦が、太陽を遮っていた。

お昼の雲一つない空なのに、王都は薄暗い。

王都の住民たちは、魔王が攻め込んできたと勘違いして絶望から神に祈りを捧《ささ》げているらしいけどな。

何千という戦艦が俺を迎えに来たから、驚いても仕方がないだろう。

俺からすれば、艦隊がわざわざ俺一人のために迎えに来ているのは気分が良かった。

王都の住民が困ろうが、どうでもいい話である。

それはいいのだが、俺は部下たちからの報告を聞いて憤っていた。

俺の後継者を名乗る馬鹿と、後見人になろうと集まる馬鹿共――その他にも、バンフィールド家の財を狙って集まる不届き者共の多さに腹を立てていた。

「俺は以前の戦争で、あいつら二人のことを見直していたんだ。あいつら、性格には問題があっても有能だな、って。だが、今回はどうだ？　裏切り者共をのさばらせたあげく、領内を二分して内乱だと？——あいつら、戻ったらどうしてくれようか」

本来なら、俺が少し離れているくらいでここまでつけ込まれることはなかった。

それなのに、味方の阿呆の子たちが騒ぎを大きくしたために、大事になっている。

というか、アイザックって誰だよ？　そいつが俺の後継者とか、絶対に認めないぞ！

「ティア、マリー、そしてアイザックは戻ってから処分する。——その前に、目の前の問題を片付けるとしようか」

戻る前のお楽しみタイムの始まりである。

王城の廊下を歩く俺の側《そば》には、ロイヤルガードたちが付き従っている。

「リアム様、この城は既に我々の手により制圧しました。ただ、あまり衛生的とは言えません。長居するべきではないかと」

俺が戻る前に、王城を制圧して出迎えの準備をしていたらしい。

金のかかる騎士団を用意してみたが、割と気が利いているじゃないか。

ただ、さっさと俺を連れ帰ろうとするのは頂けない。

この楽しみのために、わざわざ滅ぼさずアール王国を存続させていたのだから。

「遊び終えたらすぐに戻るから、しばらく付き合え」

「——はっ」

俺に何を言っても無駄だと思ったロイヤルガードが、諦めたように返事をする。

そのまま謁見の間にやって来ると、俺のために玉座を空けてあった。

俺を召喚したエノラをはじめ、アール王国の重鎮たちには手錠がはめられ整列させられている。

王国の騎士たちも同様だ。

逆らったのか、何人かはボコボコにされて柱に吊《つる》されていた。

見ていて実に気分がいい。

俺が謁見の間に到着すると、ロイヤルガードが声を張り上げる。

「リアム様のご到着だ！」

俺の到着を聞いて、迎えに来た連中が一斉に姿勢を正していた。

俺の姿を見て安堵している部下たちが多いのだが、中には俺を無視してワナワナと震えている奴らもいる。

――魔法使いたちだ。

「ふ、ふざけるな！　このような原始的な魔法陣で、あの防壁が破られるものか！　何か隠しているのだろうが！　吐け！　吐かねばあらゆる手段を使ってでも――」

「お、お許し下さい。お許しを！」

俺が雇っている魔法使いたちが、シタサンとか呼ばれていた召喚術の使い手を囲んで責め立てていた。

あまりに原始的な魔法陣が、自分たちの防壁を貫いたのが信じられないのだろう。

全員がやつれた顔をしているので、ちょっと申し訳ない。

だって、あの瞬間――俺は逃げようと思えば逃げられたのだから。

まぁ、防壁を突破されたのは事実だから許さないけどな。

ロイヤルガードたちが、俺を無視している魔法使いたちに殺気を向けている。

「――いつまで続けるつもりか？　リアム様の前で醜態を晒《さら》すな！」

興奮していた魔法使いたちが、慌てて床に座り込んで頭を下げてくる。

まぁ、土下座だ。

「リアム様!?　も、申し訳ございません。この度のことは、命をもって償います。ですから、どうか家族だけはお許し下さい！」

床に額をこすりつける魔法使いたちを見て、シタサンは何を勘違いしたのか喧嘩《けんか》を売ってしまう。

「魔法使いとは真理を理解する超越者。それが、ただの人間に頭を下げるとは何と嘆かわしいことか」

頭を振るシタサンの発言に、俺の部下たちの目の色が変わる。

俺はちょっとからかいたくなり、ロイヤルガードたちが剣の柄《つか》に手を伸ばす前に魔法使いたちに声をかける。

「おい、言われているぞ。お前たちで身の程を教えてやれ」

魔法使いたちが立ち上がった。

「――御意」

魔法使いたちが、シタサンに侮蔑した視線を向けた。

「何も知らぬ愚か者が。リアム様がどのような存在か、お前には理解することもできないらしいな」

「な、何を！」

激怒するシタサンは、木製の手錠を付けられたまま両手を魔法使いたちに向ける。

「おろかなのはお前たちだ。わしをこの程度で縛れると思うなよ！　ファイアーボール!!」

二十センチ程度の火球が出現すると、魔法使いたちに放たれた。

それを魔法使いの一人が、右手で払うようにかき消してしまう。

自慢の魔法だったのか、シタサンは目をむいて驚いていた。

「ば、馬鹿な。わしのファイアーボールが――」

すると、魔法使いが眉尻を上げる。

「ファイアーボールだと？　今の火球が、か？――本物のファイアーボールとは、これを言うのだ！」

魔法使いの一人が、右手を窓の外に向けると直径数十メートルの火球が出現した。

窓の外に出現した炎の塊に、アール王国の人間が絶叫する。

その後、ファイアーボールは遠く――人里のない場所に放たれると、着弾して数十メートルにも及ぶ火柱を上げていた。

俺は拍手をしてやる。

「凄《すご》いじゃないか」

魔法使いたちが、俺に恭しく頭を垂れた。

「勿体《もったい》なきお言葉にございます」

シタサンは、自分以上の魔法使いたち――この星では全員が賢者と呼べる者たちが、俺に頭を下げているのが信じられないようだ。

そんな賢者たちが、先程は床に額をこすりつけて許しを請う姿を見せていた。

ここに来て、ようやくアール王国の重鎮たちも状況を察したらしい。

ククリが魔法使いたちを見ている。

「リアム様、どのように処分しますか？」

魔法使いたちが震えながら俺を見ているので、小さくため息を吐《つ》くと顔を背ける。

「――次はない。戻ったらすぐに屋敷の防壁を見直せ」

「あ、ありがたき幸せ！」

俺がわざと召喚された手前、魔法使いたちの処刑はためらわれる。

今回だけは許してやると言えば、全員が何度も床に頭を打ち付けて俺に感謝していた。

――申し訳なさもあるのだが、魔法使いたちの必死な姿にちょっと引いた。

俺が玉座に腰を下ろし、脚を組むと部下たちが一斉に膝をつく。

俺を迎えに来た官僚たちが、アール王国の人間を冷たい目で見ている。

「勇者召喚と言えば聞こえはいいが、やっている事は人さらいです。リアム様、この者たちには立場を理解させるべきかと」

俺がいないことでかなり混乱したようで、官僚たちも随分と迷惑を被ったのだろう。

アール王国の連中を苦々しげに見ている。

「そうだな。こんな惑星、滅ぼしてもいいな。あの程度の魔王を騙《かた》る小悪党に負ける世界だ。どうせすぐに滅ぶ」

いっそ惑星ごと破壊してやろう！　そう言うと、立ち上がる女が二人。

女王であるエノラと――カナミだった。

「お、お待ち下さい！」

「星を滅ぼすってどういうことよ！　やり過ぎでしょ！」

ロイヤルガードが無表情で剣を抜き、今にも二人の首をはねそうになるので右手を小さく上げて下がらせる。

「武器をしまえ」

「――了解しました」

ロイヤルガードが大人しくなったので、俺はエノラをからかってやることに。

ついでに、罪を償ってもらうとしよう。

「この俺を召喚魔法でさらった。これは罪だ。償ってもらいたいが、お前らにどれだけのことができる？」

エノラが俯《うつむ》きながらも答えるのは、賠償金の支払いだった。

「金貨や銀貨で支払います。ですから、どうかご容赦下さい」

俺を前に金貨や銀貨で払うと言うのか？　何と愚かしいことだ。

「いいな！　この城を満たすほどの財宝を用意しろ。そうしたら、この星を滅ぼすのは考え直してやってもいいぞ」

城の中を財宝で満たせ、と言われてエノラは顔を青くしていた。

どれだけ無茶な要求か理解しているのだろう。

「そんな!?　む、無理です」

「俺の価値が低いと言いたいのか？　おい、お前らはどう思う？」

絶対に支払えない要求をしたのだが、俺の周囲にいる部下たちの反応は――。

「足りないくらいです」

「そもそも、罪の意識が低すぎます」

「集める前から無理などと言う。反省しているか疑問ですね」

――真顔でそんな返事をされても、俺も困るぞ。

ロイヤルガードなど、エノラに殺気を向けている。

「まだ自分たちの立場を理解していないようです。リアム様、処分は我々にお任せ下さい。一夜にして、この国を滅ぼしてご覧に入れましょう」

ここは悪党らしく笑う場面だと思っていたが、普段余り話をしない部下たちの反応が予想外すぎた。

結構本気で怒っていて、冗談に聞こえない。

「お、おう。それは後で考えるとしてだな――」

からかっているだけなのに、本気で処分してしまいそうな部下たちに困っていると謁見の間に澄んだ声が響く。

「いったい何をしているのですか？」

入室してきた人物を見て、俺は固まってしまう。

「あ、天城《あまぎ》!?」

俺は咄嗟《とっさ》に姿勢を正し、お行儀良く玉座に座る。

天城は俺の前までやって来ると、背筋を伸ばした。

――あと、泣いているブライアンが俺に駆け寄ってくる。

「リアムざまぁぁぁ!!」

「ち、近付くな！　男の涙とか気持ち悪い！」

「よくぞ。よくぞご無事でぇぇ！　このブライアン、毎日眠れない夜を過ごしましたぞぉぉぉ!!」

引き離そうとすれば、天城が俺の側までやって来る。

周囲の部下たちが、天城と俺の顔を交互に注視していた。

ロイヤルガードたちは、黙って俺たちの様子を見守っている。

天城が俺に話しかけてくる。

「旦那様」

「な、なんだ？」

部下たちの前なので尊大な態度で振る舞うが、天城が問い詰めてくる。

「召喚される際に、故意にその場を離れませんでしたね？」

「——はい」

召喚された時、天城は俺がわざとその場から逃げなかったのに気づいていた。

「やはりですか。——褒められたやり方ではありませんが、この方たちも追い詰められての行動です。また、私たちが迎えに来ると旦那様は知っていたはず。——お遊びもここまでにして下さい」

周囲が俺の言葉を待っていた。

天城の言葉に反論して、惑星を滅ぼせと命令したらこいつらはためらいなく実行するだろう。

いくら天城が反対しても、部下たちにとっては俺の命令が絶対だ。

だが、実行すると後で天城に怒られてしまう。

それを思えば、この星を無理して滅ぼす価値はない。

でも、天城に言われて取りやめるのも、悪徳領主として恥ずかしい。

くっ、俺はどうしたらいいんだ!?

悩んでいると、涙を拭き終えたブライアンが帝国法について話をする。

それは、宇宙へ出られない知的生命体に関するものだった。

「リアム様、自力で宇宙に出られぬ知的生命体への接触は、極力避けるのが帝国の法律でございますよ。我らが関わり、この星の多様性を損なうような行動をしてはなりませんぞ。今回の接触は召喚されての不測の事態ですが、穏便に済ませるのがよろしいかと」

自力で宇宙へ進出できない知的生命体への干渉は、避けるのが普通となっている。

これには幾つか理由があるのだが、干渉したことでその星独自の技術が失われるのを避ける意味合いが強い。

他にも様々な文化、風習などが消えてしまうのは、惜しいという考えだ。

ブライアンの言葉が、俺にとって助けとなった。

天城に叱られたから方針を変更すれば、俺の立場がない。

だが、ここで帝国の法律だ。

「そ、そうだな。帝国の法律なら仕方ないな！　よし、撤収！」

部下たちが俺の命令を聞き、一斉に敬礼をすると慌ただしく動き出した。

何も言わずに従う部下たち。

俺が天城に弱いと知りながらも、そのことを指摘しないだけの配慮ができる部下たちだ。

お前らのそういうところ、俺は好きだぞ。

天城が俺に頭を下げてくる。

「私の意見を聞き届けていただき、大変ありがとうございます。ですが、戻りましたら、ブライアン殿と一緒にお話をしましょう。――よろしいですね？」

戻ったら説教が待っているのだろう。

俺は頬を引きつらせながら、天城の機嫌を取る。

「怒るなよ。今回の件は謝るから」

「――怒っていません。メイドロボは怒りません」

「嘘《うそ》を言うな。その顔は、絶対に怒っている顔だ！」

「旦那様の勘違いでございます」

「いや、絶対に怒っているだろ？　天城はいつもそう言って、俺を怒ると――」

「――それでは、本当に怒ってもよろしいのですね？」

「す、すまなかった！」

天城とブライアンの責める視線に耐えきれず、俺は逃げ出すように謁見の間から出て行く。

◇　◆　◇　◆　◇

エノラは信じられない光景を目にしていた。

あれだけ傲慢だった異世界の軍勢が、一人の女性が現われたことで素直に従ったからだ。

それはまるで、女神のように見えた。

不思議な格好をしており、両肩を露出させた綺麗《きれい》なドレスを着用している。

肩には見慣れない入れ墨がしてあるが、今は何もかもが美しく見える。

エノラが女性に見惚《みと》れていると、天城と呼ばれた女性が近付いてくる。

そのままエノラの手錠を外し、そして天城はエノラの右手を両手で握ってきた。

赤い瞳がとても綺麗で、吸い込まれてしまいそうだった。

「大変申し訳ありませんでした。私から謝罪させていただきます」

「い、いえ！　あ、あの、こちらこそ。それよりも——お、お名前は天城様でよろしいのですか？」

（私は何を言っているの？　それよりも言わなければならないことがあるでしょうに!?）

天城は僅かに微笑《ほほえ》んでみせる。

「——はい。私は旦那様の天城でございます。それから、今後の復興のために、物資をご用意いたしました。好きに使って下さい」

「そ、そんなことまでして下さるのですか？」

「ご迷惑をおかけしましたから。ただ——今後は勇者の召喚をしない方がいいでしょう。魔法陣が不安定すぎます。今回のような事故が発生する可能性がありますから」

天城に言われても、エノラは素直に頷《うなず》けなかった。

自分たちとて、勇者になど頼りたくなかったのだ。

「ですが、また魔王が現われたら、我々にはどうすることもできません」

天城はエノラに優しく語りかけてくる。

「あの魔王は旦那様——リアム様が討ち滅ぼしました。二度と復活しません。そして、今後は自分たちの力で切り抜けるべきです」

エノラには、まるで天城が女神に見えてしまった。

だから、すがるような気持ちで助けを求める。

「私たちは弱いのです。お願いです。どうかお助け下さい！」

しかし、天城は頭を振る。

そして、強い口調でエノラを諭す。

「乗り越えなさい。それが、貴方《あなた》たち生命体に与えられた試練なのですから」

◇　◆　◇　◆　◇

大きな荷物を抱えて廊下を歩く俺に、駆け寄って声をかけてくる女がいた。

カナミだ。

「ま、待ってよ！」

俺は立ち止まって振り返る。

「何だ？」

「いや、その――あの人たちが、私を送り返すって言っているんだけど？」

カナミが振り返った先――後方にいたのは、俺のお抱え魔法使いたちだ。

シタサンの召喚陣を確認させたのだが、どうやら魔力の残照？　的なものでカナミを元の星に帰すことができるらしい。

カナミをこのまま放置してはろくな事にならないので、魔法使いたちに送り返すように命令しておいた。

このままカナミがこの星に残っても、いい結果にはならない。

この子にとっては、元の星に戻る方が幸せだろう。

「無料で帰してやるから安心しろ」

カナミに支払い能力などないだろうし、代金などもらうつもりもなかった。

これはただの――俺の気まぐれだ。

しかし、カナミは元の星に戻りたくないらしい。

「――私、戻りたくないの」

「愛《いと》しのパパとママが待っているぞ」

両親の話をすると、カナミが俺に怒気を放つ。

周囲にいる俺の護衛が武器を手に取るが、視線を向けて黙らせておいた。

「パパじゃない！　私を愛してくれたのはお父さんだけよ！――もう、死んじゃったけど」

ろくでもない最期を迎えているとは思ったが、まさか的中していたとは驚きだ。

複雑な家庭の事情があるのは知っていたが、俺には関係ない話だ。

だが、このまま別れても気になるのでけりを付けておくとしよう。

大きな荷物を脇に置き、階段に腰掛けてカナミと話をすることにした。

「俺はお前の家庭環境に興味がない。だが、人間には生きるべき世界がある。お前の生まれ故郷に戻れ」

きっと死んだお父さんもそれを望むだろう。

大事な娘が、血生臭い世界に留《とど》まるなど嫌なはずだから。

「戻っても、母親に売られるだけよ。なら、ここで復興を手伝うわ」

カナミはどこまでも幼かった。

今後待ち受ける問題に、何も気づいていない。

「馬鹿だな。魔王もいない今、お前はこの世界にとっての脅威だぞ。力を持った異世界人なんて、ここの連中には厄介なだけだ」

「エノラはそんなこと言わないし」

あの女王様を信じるとか、こいつは本当に見る目がないな。

あいつは善良でも、周りは違う。

「あの女王様も、周りに言われればお前を処分するさ。いや、あいつの周りが勝手に動いてお前を殺すかもしれないぞ。結局、二人にとっていい結果にはならない」

「そ、そんな」

驚いた顔をするカナミを見ていると、どうしても世話を焼きたくなる。

同時に——娘に言われた言葉を思い出す。

『お父さんなんかいらない！　私はパパの方がいい！』

同じ名前でありながら、目の前のカナミはお父さんの方がいいと言う。

カナミの甘い性格を見れば、お父さんも世間知らずだったのだろう。

だが、それでも目の前にいるカナミはお父さんを選んだ。

「——お前のお父さんは俺なんかよりも凄《すご》いな」

「え？」

俺は子供が嫌いだ——だが、今でも前世の娘を憎みきれない。

当時、パパがいいと言われて酷《ひど》くショックを受けたが、それでも可愛《かわい》い娘だからと養育費を払い続けた。

そもそも、別れた時には前世の娘は幼子だった。

母親や新しいパパに言いくるめられた可能性もある。

発した言葉の意味を理解していたか怪しい。

——と言っても、発した言葉の責任がなくなりはしないのだが。

ただ、カナミを見ていると——娘を許せなかった気持ちが、どうにも馬鹿らしくなってくる。

俺が憎むべきは、俺を捨てた女と、俺を捨てさせた男だ。

他にも沢山いるが、前世の娘をいつまでも憎む必要もないだろう。

今回、カナミと出会えたのは幸運だったのかもしれない。

カナミは俺に色々と気づかせてくれた。

――だからこそ、これは俺の礼だ。

カナミには不要かもしれないが、今後のために助言をしてやろう。

「あの女王様と友だちになったつもりだろうが、あいつは気が弱そうだからな。いずれお前を恐れて、遠ざける。ここで別れておけば、綺麗な記憶のままお別れできるぞ」

魔王を倒すために連れて来られた最終兵器が勇者だ。

魔王がいなくなれば、当然のように邪魔になる。

カナミが膝に額を押しつけて顔を隠していた。

「ははっ――私、結局どこにも行く場所がないわ」

ここにいても、帰っても居場所がないというカナミに言えることは一つだけだ。

「自分の居場所くらい自分で作れ」

カナミは俺の言葉を否定する。

「無理よ。戻れば私は普通の高校生よ。何もできないわ」

カナミの姿が、不意に前世の娘と重なるように見えた。

だが、何度も思案したように、俺たちがこの場で再会できるはずがない。

絶対に他人だろう。

似ているとは思うが、あの子はきっと本当のパパと幸せに暮らしたはずだ。

――俺が死んだ後も、あの女と男が楽しく暮らしたと思うと、胸くそ悪くなるけどな。

もう二度と関わることのない連中だから、思い出すだけ損をした気分になる。

しかし――香菜美《かなみ》は――あの子は別だ。

幸せに暮らして死んだのなら、それでいいと思っている。

俺はポケットから小さな革袋を取り出すと、それをカナミに手渡した。

「これをやる」

「え？」

受け取ったカナミが困惑しているので、中身について教えてやる。

「魔王城で手に入れた財宝だ。金貨と宝石がいくつか入っている」

すると、カナミは信じられないという顔をしていた。

「――あんた、本当に金持ちなの？　魔王城に何しに行ったのよ？　財宝を盗むなんて」

いい子ちゃんらしい考えに、笑いがこみ上げてくる。

「魔王の財産は、魔王を倒した俺の物だ。それより、お前の世界でも金や宝石は価値があるだろう？」

カナミはぎこちなく頷くが、袋を突き返してくる。

「価値はあるけど受け取れない。それに、私がこんな物を持っていても意味がないわ。売り払うにも、怪しまれるだろうからお金にできない」

高校生のカナミが、財宝を持って売りに行っても怪しまれるだろう。

換金できなければ意味がないと言い、俺に返してくる。

――呆《あき》れてしまった。

「売り払う方法くらい自分で探せ」

「だから無理だって。私は未成年で学生だし」

「お前は無理だと言い続けて、そのまま自分の人生を諦めるのか？　いいか、この俺が直々に教えてやる――他人はお前の人生に責任なんか取らないぞ。お前はそれでも、無理だと言い続けてチャンスすら手放すのか？」

カナミに財宝を売り払うのは難しいだろう。

しかし、成功させればチャンスが手に入る。

そもそも、財宝がなくても何とかなりそうな気はするけどな。

カナミは俺の言葉にショックを受けているようだ。

「――誰も責任を取らないって」

「お前はさっき言ったな？　戻っても母親に売られる、って。お前の母親は、お前の人生に責任なんか取らないぞ。このまま、黙っていいように売られるつもりか？」

カナミは俺の渡した袋を両手で握りしめ、そして胸元に当てる。

「これを換金できたら、私はやり直せるのかな？」

「お前次第だ。やり直してもいい。遊んで散財してもいい。――ただ、最後に責任を取るのはお前自身だ」

俯《うつむ》いたままのカナミの頭に、自然と手が伸びた。

頭をなでてやると、カナミが驚いて顔を上げる。頭をなでられて驚いたというよりも、何故《なぜ》か動揺しているように見えた。

俺も自分の行動に僅かに困惑しながら、きっと前世の娘を思い出した結果だと結論づけて納得する。

――あの子にもこうして、よく頭をなでていたな、と懐かしさを覚えた。

前世の娘に対して一区切りついた気分だ。

それでも照れくさい俺は、手を引っ込めて立ち上がった。

様子を見ていた魔法使いたちが、俺が話を切り上げたと思ってカナミに近付いてくる。

「さぁ、カナミ殿、そろそろ戻りましょう」

魔法使いたちに促され、カナミは召喚陣のある地下へと向かう。

その際、何度も俺の方を振り返っていた。

俺は大荷物を脇に抱えると、カナミに声をかけて背中を向ける。

「さっさと戻って人生をやり直せ」

俺が振り返らずにいると、カナミの声が聞こえる。

「あ、ありがとう！　リアムさんって、思っていたより優しいのね！」

優しいと言われた俺は、深いため息を吐《つ》いてから立ち止まった。

上半身だけ振り返ると、カナミに言う。

「——最後にもう一つだけ助言をしてやる。もっと男を見る目を養った方がいいぞ。お前は人を見る目がなさすぎる」

「な、何よ！　褒めたのに、その言い方はなくない!?」

だからお前は阿呆《あほう》なのだ。

俺がお前を助けたのは気まぐれだ。

そして俺は悪徳領主——大悪党だ。

こんな男を優しいと言うのは間違っている。

第十二話 ＞ 飼い犬

まさか、俺を迎えに来たのが依頼していた超弩級《ちょうどきゅう》戦艦になるとは思わなかった。

バンフィールド家の総旗艦を新たに建造するため、以前より第七兵器工場に依頼していた。

予算とレアメタルを惜しみなく注いで完成した超弩級戦艦だ。

性能はもちろんだが、艦内設備も高級品ばかりを使った贅沢《ぜいたく》な宇宙戦艦だ。

総旗艦とは言え、たった一隻の宇宙戦艦に莫大《ばくだい》な予算を注ぐのは俺くらいだろう。

何しろ、たった一隻に莫大な予算を割いて完成させるなど無駄だからだ。

既製品を持って来て改修した方が、性能も安定する上に安上がりだ。

ハッキリ言って無駄。

だが、無駄を好むのがいかにも悪徳領主らしい。

俺のためだけに用意された乗艦――その名は【アルゴス】。

単艦での性能は、ニアス曰《いわ》く「帝国最強」との事だ。

ニアスのお墨付きには不安があるし、最強の称号も月日と共に入れ替わるだろう。

ただ、一時でも最強の戦艦に乗っているという事実に男心を刺激される。

――しかし、現在の俺は最低な気分だった。

召喚された惑星を遠く離れた今、俺はアルゴスに用意された専用の部屋にいる。

まぁ、簡単に言えば自室だ。

そして、自室にて正座をさせられ、天城《あまぎ》とブライアンに責められている。

責められている理由は――未開惑星から連れて来たチノだ。

今は食事を終えて満足したのか、俺のベッドに横になっている。

無警戒にお腹《なか》を出し、いびきをかいて寝ていた。

エレンが耳や尻尾を興味深く触っているのに、まったく起きる気配がない。

エレンが口元に指を持っていくと、口に咥《くわ》えて吸っていた。

先程まで泣いていたエレンが、ペットを手に入れたばかりの子供のようにはしゃいでいる。

「師匠、この子可愛いですよ」

チノの反応を見て、エレンは大喜びだ。

――油断しまくりのこいつが、狼《おおかみ》とか絶対に嘘《うそ》だな。

立派な飼い犬にしか見えない。

だが、俺はエレンのように無邪気に笑っていられなかった。

「リアム様、このブライアンも今回ばかりはドン引きですぞ。未開惑星の人類をペットだからと連れ出すなど問題行為ですぞ」

ブライアンから視線をそらしていると、今度は呆れ顔の天城が視界に入る。

困った子供を見るような顔で。

「拾った場所に返しましょう」

まるで捨て犬を拾って家に戻ったら、母親に「元の場所に返してきなさい！」と怒られたような気分だ。――いや、実際にその通りなのだが、今更戻るなんて俺の沽券《こけん》に関わる。

「別にいいだろ！　それに珍しい生き物がいたら、飼ってみたくなるのが貴族だ。これは貴族としての趣味みたいなものだろ？」

チノのような獣人を飼いたいと言うと、天城は淡々とデータを基に反論してくる。

「確かに帝国では獣人の割合は低いですね。ただ、珍しいという程ではありません。わざわざ、未開惑星から連れてくる必要性がありません」

ぐうの音も出ない正論だが、ここで引くわけにはいかない。

俺の中の悪い貴族のイメージは、関わってはいけない惑星だろうと珍しい動物がいれば連れ帰るものだ。

わがままが許される――それが貴族！

素直に戻してくるとは言わない俺に、天城は本当に駄目な子を見るような目をしていた。

くっ！　そ、そんな目で見るんじゃない。

「頼む、天城。ちゃんと世話もするから、このまま見逃してくれ！」

天城もブライアンも、チノに夢中になっているエレンに視線を向けた。

ブライアンは困り顔で、天城は俺にわかる程度に呆れている。

天城が俺の今までの振る舞いについて話をする。

「そう言ってエレン様を引き取り、今回は放置して悲しませましたね」

天城に便乗して、ブライアンまでもが俺を責めてくる。

「このブライアン、もっと普通の犬を飼うべきだと提案いたします。ブライアンの意見は間違っているでしょうか、リアム様？」

「――普通の犬は飼わない。死んだら悲しくなる」

前世で飼っていた犬を思い出す。

あの子は本当に可愛《かわい》くて、そして優しくて――死んだ時は凄《すご》く悲しかった。

また、同じ思いをするのは嫌だ。

人に近いチノであれば、あの時のような悲しみを味わう心配もないだろう。

俺は強引に話を切り上げる。

「この話はここまでだ。――さて、それでは馬鹿共の討伐に向かおうか」

留守番すらできない大馬鹿共に、鉄拳制裁をくれてやる。

ブライアンがハンカチで涙を拭っている。

「リアム様が跡取り問題を放置するから、話がややこしくなったのですぞ」

「俺のせいじゃない」

ブライアンから顔を背けると、天城が普段より低い声で言う。

「後継者の任命は旦那様の責任です。せめて、筆頭騎士を任命していて下されば、ここまで混乱することもなかったのですけどね」

正論過ぎて何も言い返せない。

俺は天城の責めるような視線から逃れるために、自室を飛び出して準備に入る。

◇　◆　◇　◆　◇

バンフィールド家の領内を進む艦隊がいた。

三万隻という大艦隊が集結した理由は、バンフィールド家の領地で略奪を行うためだ。

貴族たちが宇宙海賊に扮《ふん》した集まり――中には本物の海賊たちまで加わっている。

そして、彼らの中にはリアムと同じくクレオ派閥の貴族たちも参加していた。

彼らは最近になって、クレオ派閥に参加した貴族たちだ。

勝ち馬に乗ることを目的としており、クレオやリアムに賛同していない。

むしろ、リアムに対しては嫉妬心を抱いていた。

没落したはずのバンフィールド家を復活させ、帝国の後継者争いに参加する大貴族になったリアムを妬ましく思っている連中だ。

「若造が粋がるから、こうして足をすくわれるのだ」

グラスに入った酒を飲みながら、戦艦の中に用意された宮殿内のような部屋でくつろいでいる男がいた。

限られた艦内スペースで贅沢をするためだけに、無駄に広い部屋を用意させていた。

そのせいで、戦艦は本来のカタログスペックから性能を低下させている。

性能よりも自分の都合を優先していた。

彼は典型的な悪徳貴族であり、本来ならリアムが目指すべき姿だ。

「しかし、バンフィールド家の領地で略奪し放題とは、あの方も気前がいい。リアムを追い落とすために必死なのだな」

後ろ盾もあるため、貴族たちは安心してリアムの領地に侵入した。

バンフィールド領内の情報は、既に彼らにも届いている。

家臣団の分裂に始まり、本星では跡目を奪い合うために親類たちが集まって争い続けている。

略奪するなら今が好機だった。

バンフィールド家の混乱を突き、略奪を行おうとするのは彼らだけではない。

敵対貴族に加えて、これまで散々苦しめられてきた宇宙海賊たちも同様だ。

貴族たちは宇宙海賊と手を組み、バンフィールド家の財を奪い盗《と》ろうとする者たちが我先にと押し寄せている。

「それにしても脆《もろ》すぎる。一代で成り上がった家など、しょせんはこの程度――ぶっ!?」

優雅に酒を一口飲んだところで、艦内が激しく揺れた。

道すがら見つけた三万隻の宇宙海賊団を前に、俺は緊張感を持てなかった。

アルゴスのブリッジでふんぞり返って椅子に座り、側《そば》には弟子であるエレンを置いている。

◇　◆　◇　◆　◇

師匠らしく、たまにはエレンに教育してやろうと思ったからだ。

「エレン、今から俺の流儀を教えてやる」

「はい、師匠！」

元気のいいエレンを見ていると、からかいたくなってきた。

その側にいるチノなど、興味もないのか話も聞いていない。

今は眠そうに枕を持っており、頭が船をこいでいる。

——ブリッジ内で何と緊張感のない態度だろう。

だが、こいつはペット枠だから許してやろう。

逆にエレンがこんな態度だったら、今頃は叱りつけて厳しい修行をさせていたところだ。

「俺の領地に入ってきた宇宙海賊共は全て滅ぼす。そこに例外は存在しない」

「はい、師匠！」

「いや、やっぱりあるな。俺の目に留まるほどの美女がいれば、手心を加えてもいい」

「はい、師匠！」

目を輝かせているエレンは、俺の言葉は全て正しいと思っているようだ。

――俺は先程の冗談を後悔した。

美女がいれば手心を加えてもいいとか、子供の前で何を言っているのだろうか？

最近、気が緩みすぎているので反省するべきだな。

あと、俺たちの後ろに控えている天城とブライアンの視線が冷たい。

天城など、戦闘中なのに俺を叱ってくる。

それほどまでに、今の発言はまずいと判断したのだろう。――俺も同感だ。

「旦那様、冗談は時と場所を選んで下さい。エレン様の教育に悪影響を与えるつもりですか？」

俺は笑って誤魔化すことにする。

「ははは！　と、とにかく、海賊を見つけたら殲滅《せんめつ》だ！　奴《やつ》らはこの俺に名声と財宝を運んでくる連中だから、丁寧に歓迎しろよ」

外では俺を救出に来た艦隊が、遭遇した敵艦隊に奇襲攻撃を仕掛けている。

数は圧倒的に向こうが上だが、俺を迎えに来た艦隊は精鋭中の精鋭だ。

俺たちからすれば、目の前の宇宙海賊たちは烏合《うごう》の衆だった。

オペレーターたちの淡々とした報告が聞こえてくる。

「敵艦隊、統率が乱れています」

「一部が撤退を開始しました」

「敵艦隊の陣形が乱れています」

こちらが奇襲を仕掛けただけなのに、混乱して右往左往している。

陣形が乱れ、味方同士でぶつかり合って事故も発生していた。

「狩り時だな。――殲滅しろ」

俺が命令を出すと、味方艦隊が海賊団に一斉射を開始する。

敵艦が面白いように爆発し、撃破されていった。

エレンは俺の隣で、その光景を見ている。

「す、凄いです、師匠」

あまりの光景に怯《おび》えているようだ。

一閃《いっせん》流の剣士として甘えは許されないのだが、エレンには少し早過ぎたようだ。

俺は天城に言う。

「天城、エレンを連れてブリッジから出ろ」

「はい」

天城が連れ出そうとすると、エレンが抵抗する。

「だ、大丈夫です。師匠の側にいます」

涙目で訴えてくるエレンに、俺は戦闘が始まって何事かとキョロキョロしているチノを見る。

「チノが混乱している。俺の部屋で一緒にお菓子を食べるといい」

戦闘中の非常時だろうとも、俺の部屋は特別頑丈に造らせているので安心だ。

エレンが渋々とチノの手を摑《つか》むと、天城《あまぎ》が二人を連れてブリッジを出て行く。

頃合いを見計らっていたロイヤルガードが、俺に雑事を知らせてくる。

「リアム様、海賊からの通信です。降伏したい、と」

——何と脆いことだろうか。

俺の領内に侵入した癖に、許されると思っているのが度し難い。

「拒否だ。俺の領地に入ったこいつらが悪い。それより、近場から要塞級を呼び出せ。こいつらの片付けをさせる」

普段通りに命令を出すのだが、ロイヤルガードが気になる報告をしてくる。

「リアム様、海賊共の中に貴族を名乗る連中がいます。同じクレオ派閥のバーンズだと名乗っておりますが、こちらはいかがいたしましょう？——攻撃を中断しますか？」

バーンズ？　そんな名前、何十人と知っているので、誰だかわからない。

そういえば、クレオ派閥に新たに加入した奴がいたな。

妙に馴《な》れ馴《な》れしくすり寄ってくる男で、確かバーンズと名乗っていたはずだ。

だが、そんな奴がこの場にいるわけがない。

——いたとしても関係ない。

「お前は海賊に味方をする貴族がいると思うのか？　不敬が過ぎるな」

笑顔で注意をしてやれば、全てを察したロイヤルガードが、わざとらしく肩をすくめた。

「大変失礼いたしました。誇り高き貴族の方たちが、海賊に与《くみ》するなどあり得ません。どんな罰でも受けましょう」

もちろん、この程度で罰しはしない。

俺は俺に従う者に寛容だからな。

「今後は注意するように。それから――ここにいる敵を一人も生かして帰すな」

宇宙海賊の中に貴族たちが紛れ込んでいるのは、俺にだって理解できている。

宇宙海賊に手を貸す貴族など珍しくもない。

そもそも、両者はよく似ている。

星間国家の貴族とは、お行儀の良い宇宙海賊だ。

本質は同じだから、協力し合っても不思議なことではない。

ただ、俺に喧嘩《けんか》を売ったのが気に入らないから潰すだけだ。

「俺の新造戦艦のお披露目だ。派手にやれ」

ロイヤルガードが恭しく頭を垂れると、俺たちの会話を聞いていた司令官が右手を前に出して声を張り上げる。

「旗艦を前へ出せ。突撃準備！」

◇　◆　◇　◆　◇

海賊たちと一緒に行動していた貴族たちは、自分たちの三分の一にも満たない艦隊に攻められていた。

「何で倒せん！」

「敵はバンフィールド家の精鋭です！　そ、それに、一隻だけ妙な艦艇がいます」

超弩級《ちょうどきゅう》戦艦という巨大な戦艦が、味方の艦艇を次々に撃破していた。

こちらの攻撃は一切届かない。

防御フィールドに守られ、貫けたとしても装甲に弾《はじ》かれる。

対して、敵艦は一度の攻撃で味方艦を何隻もまとめて撃破してしまう。

主砲の一撃など、数十隻を貫く威力を持っていた。

異常な性能を見せつけ、戦場で猛威を振るっていた。

貴族は死にたくない一心だった。

「降伏すると呼びかけろ！」

「先程から何度も伝えています！　で、ですが、返信は――『貴族の名を騙《かた》る不届きな宇宙海賊共はここで滅ぼしてやる』とだけで、交渉に応じてくれません」

貴族は肘掛けに拳を振り下ろした。

「リアムの犬共が！　本気で我々を葬るつもりか!?　私は貴族だぞ！　この帝国の尊き血筋なのだぞ！　この私がこんなところで死ぬはずがない。何度も呼びかけろ！」

叫んでいる間にも、味方の艦艇が次々に沈められていく。

一方的で戦争とも呼べない戦いに変化が起きたのは、リアムが交渉の呼びかけに応えた時だった。

モニターに映し出されるリアムは、太々《ふてぶて》しい顔をしている。

焦りで髪の乱れた貴族の男が、リアムを相手に笑顔を向けた。

「リ、リアム殿、お久しぶりですね。覚えておられますか？　私です。バーンズです！」

(どうしてリアムがここにいる!?　奴は行方不明だとばかり——まさか、カルヴァン殿下に騙《だま》されたのか!?)

リアムの登場に焦る貴族だが、何とか取り繕っていた。

だが、リアムの態度はどこまでも冷たい。

『海賊に知り合いなどいない。俺の領地に無断で侵入してくるなど、貴族であるはずがない。よって、お前たちはここで滅んでもらう』

貴族は一瞬だけ啞然《あぜん》とした後に、顔を赤くして憤慨する。

「私を殺せば大変なことになるぞ！　私の後ろに誰がいるか知っているのか!?」

後ろ盾がいると脅してみるが、リアムには効果がなかった。

『聞く必要はない。お前たち程度の捨て駒に、重要な情報が与えられているとは思えないからな』

自分たちを捨て駒と言い捨て、リアムは通信を切ってしまう。

交渉は失敗してしまった。

「ま、待ってくれ――」

このままでは本当に殺されてしまうと気づき、貴族がすがるような気持ちでリアムが消えたモニターに手を伸ばした。

オペレーターが叫ぶ。

「要塞級が出現！　要塞級一隻、他の艦艇は六千隻を確認しました。バンフィールド家の艦隊と思われますが――つ、次々にワープアウトして来ます!?」

この戦場に、バンフィールド家の艦隊が集結しつつあった。

貴族はモニターを見ていた。

精強なバンフィールド家の艦隊に、三万隻の艦隊が簡単にすり潰されていく。

そして、突撃して来る敵艦隊。

迫り来るのは、化け物みたいな性能を持つ超弩級戦艦だった。

精強な軍隊に蹂躙《じゅうりん》される側となった貴族は、抵抗する気力も失《う》せてしまう。

「こ、これが――か、海賊狩りのリアムか」

貴族の男が呟《つぶや》くと、光に包まれ蒸発して消えていった。

◇　◆　◇　◆　◇

バンフィールド家の第二惑星。

小惑星を要塞にした軍事基地からは、艦艇が次々に出撃していた。

その中には、ティアが乗艦している超弩級戦艦ヴァールの姿もある。

ティアはブリッジで通信を行っていた。

「こちらかの呼びかけに返答は？」

『――裏切り者の糞野郎《くそ》、と。第三百八十一パトロール艦隊は、我々への協力を拒みました』

「そう。残念だわ」

うっすらと笑みを浮かべながら、自分たちへの協力を拒んだパトロール艦隊をティアは頭の中に記憶する。

通信が終わると、隣に立っていた副官のクローディアが心配そうに見つめてくる。

「ティア様、あまりお気になさらずに」

気を遣ってくるクローディアに、ティアは微笑《ほほえ》みかける。

「気にしていないわ。まぁ、正直に言えば、奴らと決着を付けるためにもう少し数が欲しかったのだけどね」

用意できた艦隊の数は一万八千隻。

十分な数にも思えるが、これから戦う相手を考えると少しでも数は多い方がいい。

クローディアは、敵艦隊の規模を予測する。

「化石共ですが、ロゼッタ様のご威光で艦艇を集めています。現時点では、一万二千隻程度になると予想しております」

ティアはアゴに手を当てて眉間に皺《しわ》を寄せる。

「六千隻の差は大きいけれど、奴《やつ》らを相手にするとなれば頼りないわね」

普段からマリーを「化石」と呼んでいるティアだが、実力を侮ってはいない。

それはクローディアも同じである。

憎んでいる相手だが、戦力分析は冷静に行えていた。

「テウメッサを運用する騎士たちは厄介です。正直に言えば、騎士の実力――機動騎士の操縦技術で言えばあちらに軍配が上がりますからね」

マリーたちは騎士として――単体戦力で言えば、ティアたちよりも優れていた。

それはティアも理解している。

「ネヴァンではちょっと厳しいわね」

「ええ。ネヴァンは量産機として優秀ですが、性能面ではテウメッサに劣りますからね」

バンフィールド家の主力量産機ネヴァンだが、非常に優れた機動騎士である。

高い性能に加えて、整備性や生産性も兼ね備えている。

対して、テウメッサは整備性と生産性はネヴァンに劣っている。

だが、性能面ではエースたちが満足する性能を有していた。

万人受けのネヴァン。

エース向けのテウメッサである。

ティアは腕を組み、足先で床を叩《たた》きつつ思案して――そして決断する。

「うん、いいわ。私の直轄部隊にワルキューレの使用を許可します」

ワルキューレ――それはネヴァン用のオプションである。

通常のオプションと違うのは、やたらとコストがかかることだ。

クローディアが目をむいている。

「よろしいのですか？　確かに、アレならば奴らに勝てますが――」

ティアは微笑む。

「この日のために用意したようなものでしょ？　それから、私のブリュンヒルドの用意もお願いね」

クローディアは頬に冷や汗を流しながら、騎士礼をする。

「了解しました」

◇　◆　◇　◆　◇

ヴァールの格納庫に並ぶ機動騎士――ネヴァンの周囲には大勢の整備兵たちが集まっていた。

宇宙服を着用した整備兵たちは、大きなコンテナを幾つも運んでくる。

ネヴァンは通常装甲の一部を剥がされていた。

「本当にこれを使うのかよ」

「相手は味方だろ？」

「文句ばかり言わないで、さっさと換装すればいい！」

班長に怒鳴られた新米の整備兵たちが、慌ててコンテナからオプションパーツを取り出して装着を開始する。

ワルキューレ――ネヴァンに追加装甲が装着され、スマートな機体から重厚感溢《あふ》れる外観になっている。

ウイングブースターにも追加装甲が取り付けられ、ビームキャノンまで用意されていた。

そして、追加ブースターも取り付けられる。

試作実験機のデータから開発されたブースターである。

基となったブースターは操縦者を選ぶじゃじゃ馬であったが、ワルキューレに搭載されたブースターはデチューンされており、一般の騎士たちでも扱える性能だ。

次々に追加装甲が装着され、見た目は重装甲となっている。

そして、整備兵の一人が遠くに見えるティア用のオプションパーツを見た。

「あっちはでかいな」

巨大なオプションパーツが、ネヴァンの背面に装着されていた。

本体よりもオプションパーツの方が大きく、ネヴァンの方が小さく見えてしまう。

知り合いの整備兵が話しかけてくる。

「おい、早くしないと班長に怒鳴られるぞ」

「わ、わかった」

◇　◆　◇　◆　◇

バンフィールド領の第三惑星。

要塞級を簡易基地として運用している第三惑星では、マリー率いる艦隊が出発しようとしていた。

宇宙戦艦のブリッジにて、マリーは苛々《いらいら》している。

『貴殿たちの行為は反逆である！　ロゼッタ様がいるからと言って、我々が貴殿らに与《くみ》することは断じてない！』

パトロール艦隊に自軍に加わるよう声をかけたのだが、相手は生真面目な軍人であり正論を言って拒否してきた。

「良い度胸だ。気に入ったから顔は覚えておいてやる」

頬を引きつらせながらとは言え、笑みを崩さずに通信を終える。

無精髭《ひげ》を生やした副官が、マリーの様子を見て笑っていた。

「また断られたな、マリー」

「その口を閉じないのなら、縫い付けてしまいますわよ」

「お嬢様言葉が言える内は安心だな。――それで、奴らには勝てそうなのか？」

副官が笑みを消して真剣な表情になると、マリーは眉をひそめる。

「素直に言えば、もう少しだけ数が欲しいわね」

騎士の数、艦艇の数――それらは、ティアたちと比べて劣っていた。

副官も同意見のようだ。

「一対一なら負ける気はしないが、あいつらの統率力は並じゃないからな」

「忌々しいことに、ミンチ女の艦隊を率いる力は侮れないわ」

普段は「ミンチ」と呼んでいるマリーだが、ティアの統率力を軽視してはいなかった。

副官がおどけてみせる。

「うちは跳ねっ返りが多い分、連携に問題があるからな。――ま、そうは言っても、うちの機動騎士はテウメッサだ。簡単には負けないけどよ」

第七兵器工場が、エース級のパイロットのために開発したのがテウメッサだ。

パイロットの補助をするアシスト機能がオミットされており、操縦は難しい。

だが、使いこなせればネヴァン以上の機体となる。

マリーたちがテウメッサに乗り込めば、ティアたちの乗るネヴァンは脅威ではなかった。

「短期決戦に持ち込むしかないわね。あまり長引かせると、あのミンチ女の思うつぼだわ」

マリーは座っていたシートから立ち上がると、眉根を寄せて口元を笑ませる。

似非《えせ》お嬢様言葉を消し去り、部下たちに命令する。

「野郎共、自分の愛機を完璧に調整しな！　戦場でヘマをしたら、あたくし自ら殺してやるわよ」

覇気を見せるマリーに、副官をはじめとした部下たちは荒々しく返事をする。

「ははっ！　やっぱりマリーはこうでなくちゃな！」

◇　◆　◇　◆　◇

盛り上がるマリーたちを部屋の隅で眺めているのは、複製された案内人だった。

「――ろくに助力しないまま決戦になってしまった」

マリーを操って暴れ回ろうと思っていたのに、放置していても暴れてくれるため何もすることがなかった。

だからと言って、マリーの側《そば》から離れられない。

複製された案内人は、見えない糸でマリーと繋《つな》がっているためだ。

この糸は簡単に切り離せるようなものではなく、マリーが自力で案内人の傀儡《かいらい》から脱するのはほぼ不可能な代物なのだが――。

複製された案内人は、体育座りをしながらぼやく。

「私の存在意義って何なのだろう？　わざわざ複製までした意味があるのだろうか？」

何のために自分はここにいるのだろうか？

そんな悩みを抱える複製された案内人だった。

◇　◆　◇　◆　◇

ロイヤルガードと精鋭艦隊からの報告を受けたクラウスは、少しばかりやつれた顔をしながらも内心で安堵《あんど》していた。

（よかった。リアム様が戻られれば、それで問題は片付く――といいなぁ）

短期間にバンフィールド家が二つに割れて、本星には親族を名乗る貴族たちが押し寄せて毎日のように騒ぎを起こしていた。

また、領内からは裏切り者たちも出る始末。

部下たちと共に治安維持に励んではいるが、このまま長期化すればいずれ破綻するのが目に見えていた。

それだけに、リアムの帰還はクラウスにとって喜ばしいのだが――。

（リアム様が戻られても、しばらくは忙しいままだろうな。だが、今の立場から解放されるなら問題ないか）

何故《なぜ》かロイヤルガードと精鋭艦隊がクラウスの指揮下に入ったため、筆頭騎士――リアムの代理のような仕事を押しつけられてしまった。

クラウスは責任の重さに毎日のように胃痛に苦しめられてきたが、リアムが戻ってくれば解放されると安心する。

(もう少しだけ耐えれば、この重圧からも解放される)

あと一踏ん張りと思っていると、クラウスの執務室に部下たちが乗り込んできた。

部下たちの血相を変えた雰囲気に、クラウスは緊急の用件であると察する。

「どうした?」

「クラウス様、連中が!」

◇　◆　◇　◆　◇

クラウスが現場に駆けつけると、そこにいたのはキース率いる旧バンフィールド家の騎士団の面々だった。

屋敷の一室――騎士たちの休憩所となる部屋は、ビリヤードなどの遊具が置かれている。

ただ、それらの遊具が破壊されていた。

クラウスの部下たちも血だらけで転がっているのだが、それをキースたちがニヤニヤしながら見下ろしている。

クラウスは、キースが手に握っているサーベルを見た。

刃には血が付いており、隠すつもりもないようだ。

「これは貴殿の仕業か？」

クラウスが問うと、キースは肩をすくめつつ仲間と視線を合わせてから答える。

「失礼した。この者たちが私に無礼を働いたのでね」

「無礼だと？」

キースが倒れた部下たちに視線を向けると、駆けつけた味方から応急処置を受けながら首を横に振って否定する。

「違います。先に言いがかりを付けてきたのはあちらです」

部下の話を聞いてから、クラウスは視線をキースに戻した。

「話が食い違っていますね」

引き下がらないクラウスに僅かに苛立《いらだ》ちを覚えたのか、キースは眉根を寄せていた。

「目上の者に対する態度がなっていないな。バンフィールド家の騎士として、先達である我々に無礼だよ」

先達、と言われたクラウスは一瞬だけ悩む。

「――先達だとしても関係ない。事情を聴かせていただこう」

（まぁ、先達なのは間違いないが、この人たちがいた頃を知っている騎士なんて誰もいないぞ。執事のブライアン殿くらいか？　リアム様だって知らないだろうに）

先輩面をしたいのだろうな、と思ってクラウスは下手に出ながらもキースの振る舞いを咎《とが》める。

　すると、キースが深いため息を吐《つ》く。

「察しの悪い男だ。アイザック様が当主となれば、バンフィールド家の筆頭騎士は私だよ。素直に従っていればいいものを」

　クラウスはキースの発言に戸惑ってしまう。

「リアム様はお戻りになる。アイザック様が当主になることはない」

「それはどうかなっ！」

　すると、キースがサーベルをクラウスに突き出してきた。

　振る舞いこそ最低なキースではあったが、繰り出されたサーベルの鋭さは一流と呼んで間違いなかった。

　クラウスは後ろに飛び退《の》いて間合いを取ると、腰に提げたロングソードを引き抜く。

「何をする」

　キースが何を考えて斬りかかってきたのか知らないが、クラウスも騎士であるため剣を抜いて構えを取る。

　そもそも、キースはクラウスの上官でも仲間でもない。

　正式にバンフィールド家に復帰したわけでもないので、ただの騎士でしかない。

　言ってしまえば客人であり、無礼を働くなら相応の対応をするだけだった。

　キースはクラウスの動きを見てあざ笑っていた。

「お前は才能のない騎士だな。今の動きを見ればよく理解できる。この程度の騎士が、リアムの腹心とは人材不足は本当らしい」

クラウスは自身が才能溢《あふ》れる騎士だとは思っていないため、キースの煽《あお》りを聞いても冷静でいられた。

「耳が痛いな」

クラウスはキースが構える姿を見ながら、その才能が羨ましくなる。

向かい合うだけでもキースに才能があるのは伝わってくる。

だが――。

「リアムが戻ってきたら、貴様の首を投げつけてやるとしよう！」

――キースが踏み込んで突きを繰り出してくると、クラウスはその動きに合わせて体を動かし、ロングソードを振る。

周囲がクラウスの敗北を予想する中、結果は意外なものになる。

「なっ!?」

キースの喉元に、クラウスのロングソードの切っ先が突きつけられていた。

あまりに衝撃だったのか、キースは握っていたサーベルを落としてしまう。

それを戦意喪失と判断したクラウスは、ロングソードを引いて鞘《さや》へとしまった。

「さぁ、事情を聴こうか」

部下たちへの暴行理由を調べようとするのだが、キースは負けたことが悔しいのか背を向けて仲間たちと部屋を出て行く。

「いい気になるなよ、二流が！」

捨て台詞《ぜりふ》を吐いて去って行くキースに、クラウスは内心で思う。

（この状況でも逃げるのか!?　必要以上に追い回しても、また暴れ出しそうだな）

キースへの対処を考えていると、部下たちがクラウスを囲む。

「クラウス様、先程の動きには感服しました！」

「剣の腕には自信がない、とご自身で言われていましたが、あれほどの剣士を相手に勝てるなんて謙遜が過ぎますよ！」

「流石《さすが》はクラウス様です！」

部下たちに囲まれたクラウスは、周囲が持ち上げてくる状況に困惑する。

「いや、あれは違う。あれは相手が良かっただけで――」

（そもそも、才能がある騎士は鍛練を怠る傾向があるからな。それに、騎士団を抜けて護衛だけとなれば実戦経験も積めない。――もっと強くなれる騎士だったろうに）

なまじ才能があるために、キースは鍛練を怠っていた。

クリフたちの護衛になり、騎士として経験を積まなくなったのも痛手だ。

クラウスの才能は並ではあるが、それでも長年の経験と日々の鍛練の成果がある。

その差が出たに過ぎない。

キースが鍛練を欠かさず、騎士として数々の実戦を経験し続けていたら――結果はクラウスの敗北だっただろう。

クラウスは騒ぐ部下たちを落ち着かせようとする。

「それよりも怪我人《けがにん》の手当が優先だ。私は彼らを追いかけて事情を――」

そこまで言うと、部屋の中に部下が飛び込んできた。

「クラウス様！　クリスティアナ、マリー、両名の率いる艦隊が決着を付けるため動き出しました！」

――クラウスは右手で胃の辺りを押さえると、天を仰いだ。

（もうヤだ。リアム様、早く帰ってきて下さいよ）

◇　◆　◇　◆　◇

ティアが率いる艦隊と、マリーの率いる艦隊が向かい合っていた。

場所はバンフィールド領の宙域。

両名が率いる艦隊は、味方同士で睨《にら》み合っているため困惑している。

実際に味方同士で向かい合うと、ためらいが生まれるようだ。

「本当に味方と戦われるのですか？　今ならまだ――」

それはマリーの艦隊を指揮する司令官も同様だった。

マリーに協力して従ってはいたが、味方を前にして動揺していた。

そんな司令官を前にしても、マリーはシートに座って爪の手入れをしている。

爪の状態を見ながらも、味方と戦う事にためらいを見せない。

「そうよ。あのミンチ女を滅ぼさなければ、気持ちよく眠れないでしょう？　お前はあたくしの命令に従っていればいいのよ」

マリーは今回の戦いで、邪魔なティアを排除するつもりでいた。

（リアム様は必ず戻られる。そうなった時のために、バンフィールド家はあたくしがまとめて、リアム様に相応《ふさわ》しい騎士団を用意するの。ミンチ女の居場所なんて存在しないわ）

リアムが不在にしている間に、全ての問題を解決するつもりでいた。

そして、今回の件——全ての罪をティアにかぶせるつもりでいた。

それはティアも同じである。

決戦前に通信回線が開くと、モニターにティアの顔が映し出される。

マリーは爪の手入れをする道具を投げ捨て、目を血走らせて立ち上がった。

「ミンチ女が！」

ティアは冷酷な表情をしていた。

『化石女、ついにこの時が来たわね。お前をこの手で殺せると思うと、本当に嬉《うれ》しくて仕方がないわ』

自分を殺すつもりでいるティアに、マリーは血走った目のまま笑ってみせる。

片目を大きく見開き——周囲がドン引きする笑顔だった。

「海賊たちの玩具《おもちゃ》がお似合いのお前に、あたくしを殺せるのかしらね？　いっそお前を捕まえて、海賊たちに売ってあげるわ。飼育部屋だったかしら？　そこに戻してあげましてよ」

辛《つら》い過去を思い出したのか、ティアが目を見開いていた。

そして短く。

『――殺す』

ティアの宣言に、マリーも表情が消えた。

「死ね」

通信が切断されると、マリーは司令官を無視して命令を出す。

「全軍攻撃開始」

しかし、命令を聞いたブリッジクルーたちは、互いに顔を見合わせるばかりで命令を復唱しなかった。

マリーは舌打ちをする。

「ちっ！　ここまで来て尻込みするなんて、どいつもこいつも肝の小さい連中ですわね」

口では周囲に呆《あき》れるマリーだったが、無理矢理命令を実行させるのもためらわれる。

（まぁ、少し前までは味方同士ですものね。それに、ここで強引に事を進めては、今後に禍根が残ってしまいますわ）

マリーがモニター越しに敵艦隊を見ると、敵も同様に動きを見せなかった。

「――やるしかないわね」

マリーは自ら勝負を決めることにした。

◇　◆　◇　◆　◇

「どうして命令を実行しない！」

ヴァールのブリッジで声を張り上げるクローディアから、クルーたちは顔を背けていた。

ヴァールの艦長、そして艦隊司令官も同様だ。

憤るクローディアの肩を叩《たた》くのは、頭を振るティアだった。

「クローディア、これ以上は無駄よ」

「し、しかし！」

「敵も動いていないわ。こうなれば、我々だけで勝負を決めましょう」

マリーの艦隊を見れば、攻撃可能距離に近付いたというのに動く気配がない。

両者、艦隊が戦闘を拒んでいた。

ティアが自分たちで決着を付けようとしていると、オペレーターがためらいがちに報告してくる。

「あ、あの、て、敵艦隊？　から機動騎士が出撃してきましたけど――」

その報告を聞いたティアは、急いでブリッジを後にする。

「クローディア、出撃を急ぐわよ。――あいつら全員、皆殺しにしてやるわ」

不気味に微笑するティアの後に続いて、クローディアもブリッジを出た。

「はい、ティア様！」

◇　◆　◇　◆　◇

両軍が睨み合う宇宙空間にて、複製された案内人が複雑な顔をしていた。

「いや、うん。確かにこの結果を望んでいた。望んではいたんだが――どうしてこんなにも、納得できないのか」

自分が望んだ結果になったのに、少しも嬉しくなかった。

「というか、あの女は味方を殺すことにためらいとかないのか？」

嬉々《きき》としてマリーを殺しに向かうティアを見て、案内人はもっと葛藤して欲しいと思う。

個人的に、欲望と理性の狭間《はざま》で苦しんでくれたらベストだった。

それなのに、ティアは少しも理性が働かない。

働かないというか、マリーを殺す――味方を殺すことに一切のためらいを感じていなかった。

――つまり、ヤベぇ女ということだ。

複製された案内人が、戦闘の様子を見守っていると声がする。

「あ、私」

「おう、私」

同じく複製された案内人が、戦闘の様子を見るために宇宙空間に出てきたようだ。

二人は仲良く並んで戦場を見下ろしている。

「ところで私、そっちの様子はどうだ？」

「──あのマリーとかいう女、本当にヤべぇ奴《やつ》だった。仲間を殺すことをためらわないし、むしろ喜んで出撃したよ。──人としてもっと葛藤して欲しかった」

「あぁ、私と同じだったのか」

両者共に、傀儡《かいらい》とするはずだった二人が思った以上に予定通りに動いてくれた。

おかげで何の手間もかからず、この場に来てしまった。

「私たちは複製されてまで、こいつらを操る必要があったのかな？」

「私に聞かれても困る。苦情は本体に言ってくれ」

二人は両軍から出撃したティアとマリーを見ながら、深いため息を吐《つ》いた。

◇　◆　◇　◆　◇

紫色のテウメッサに乗るマリーは、コックピットの中で不敵な笑みを浮かべていた。

「来たわね、ミンチ女。──あん？」

先に出撃して両艦隊の中間地点で待ち構えていたマリーたちだが、出撃してきたティアたちの機動騎士を見て怪訝《けげん》な顔をする。

テウメッサに乗るマリーたちだが、当然ネヴァンについても知っている。

しかし、出撃してきたネヴァンたちの姿は知らなかった。

味方も困惑しているようで、副官が皆を代表してマリーに疑問をぶつけてくる。

『識別はネヴァンと出ているが、敵さんは随分と様変わりしているみたいだな』

最初こそ別機体を用意したのでは？　と思ったが、機体の識別を見る限りネヴァンで間違いないようだ。

重装甲の機動騎士――しかし、各所にネヴァンの名残がある。

操縦桿《かん》を人差し指でトントンと叩きながら、マリーは考察する。

「ネヴァンの強化案が提出されたのは聞いていたのだけど、詳細までは気にしていなかったわ」

『まぁ、俺たちはテウメッサに乗っているからな。ただ、重装甲になったところで、俺たちの敵じゃない。さっさと潰してしまおうぜ』

向かってくるネヴァン部隊が、三機編成の小隊毎《ごと》に散開していく。

それを見て、テウメッサたちが突撃した。

『ぶっ殺せ！』

『海賊共より抵抗して見せろよ！』

『ネヴァンでテウメッサに勝てるかよ！』

自分たちの操縦技術の高さを信じて疑わない味方の不用意な突撃に、マリーは目をむいてから舌打ちをする。

「ちっ！　馬鹿共が！　あれはただの追加装甲じゃねーよ！」

通常のネヴァンよりも装甲を追加し、動きが鈍くなったと誰もが考えていた。

しかし――ネヴァンたちの動きは通常時よりも速かった。

加速するネヴァンたちが、テウメッサから距離を取る。

そして、各部のコンテナから――パイロットたちが得意とする武器を取り出していた。

コンテナの大きさとは釣り合わない大型の武器を取り出すネヴァンたちに、マリーの部下たちは驚いている。

『こいつらどこに武器をしまい込んでいたんだよ!?』

予想しなかった武器の登場に、テウメッサたちが混乱していた。

そして、小隊を組みながらも連携の甘いテウメッサたちに、ネヴァンたちが襲いかかる。

『馬鹿が！　いつまでも戦場でスタンドプレーが通用すると思うなよ！』

『狐《きつね》狩りの時間だぁぁぁ!!』

『ワルキューレを舐《な》めるなよ！』

連携と攻撃力――火力を武器に、ネヴァンたちがテウメッサたちを追い回していた。

その光景を見ていたマリーは、苦々しい表情になる。

「空間魔法を仕込んだ特別製のコンテナね」

ネヴァンたちの追加装甲に取り付けられたコンテナは、空間魔法が使用されている。

コンテナ一つ一つに、好きな武装を収納できる装備だ。

だが、この装備には欠点が一つあった。

「あのミンチ女、随分と思い切りましたわね！」

——空間魔法を使用したコンテナだが、一度使えば破棄される使い捨てである。

アヴィドのような超が付く高級機の仕様とは違い、コストを抑えるため一度使用するとパージして破棄する構造になっていた。

問題はコストを抑えたのに、それでも高級オプションパーツという点だ。

使い捨てのオプションパーツ一機分で、もう一機のネヴァンが購入できるほどの金額であった。

マリーはコックピット内で叫ぶと、嫌な予感がしてその場からテウメッサを移動させた。

勘だったのだが、マリーは自分の正しさを認識する。

先程までいた場所に、戦艦の主砲以上のビームが通り過ぎた。

『——残念ね。今の一撃で仕留められたら、楽に死ねたでしょうに』

聞こえてくる声に、マリーは眉間に皺《しわ》を寄せる。

コックピットのモニターに映し出されるのは、ティア専用ネヴァン——その背中に大型のオプションパーツを接続していた。

他のネヴァンと同様に、武装を収納するコンテナに加えて両脇に大型ビームランチャーを補助アームでマウントしている。

大型ビームランチャーの延長していたバレルが収納される様子を見ながら、マリーは目の前の機体が化け物であると察した。

ティアのために用意されたオプションパーツだと見抜き、マリーは強引に距離を取る。

「あたくしたちが怖いからって、そこまでするとは思いませんでしたわ」

モニターには互いの顔が小さな窓枠の中に表示されていた。

ティアは口角を上げて笑い、瞳が妖しい光を放っているように見える。

『誇って良いのよ。私にここまでさせたお前は、確かに強敵だったわ』

まるで勝つつもりでいるティアに、マリーは頬を引きつらせる。

「その程度で粋がってんじゃねーよ！」

『あら、言葉遣いが素に戻っているわよ。ちゃんと取り繕わないと駄目じゃない』

ティアのネヴァンがコンテナから大量のレーザーを照射する。

マリーのテウメッサは、レーザーの隙間を縫うように避けて飛んでいた。

だが、レーザーの数の多さに、防御フィールドの一部が貫かれて装甲の表面を僅かに溶解させてしまう。

「くそがっ！　全機、単独行動は避けて――」

すぐに部下たちに連携を取るように命令を出そうとするのだが、マリーはここでティアの恐ろしさを見る。

『各機、三機小隊を維持しつつ、各個撃破を心がけなさい。小隊を維持していない敵機がいるわ。——優先的に潰すのよ』

マリーは冷静に指示を出すティアにゾッとする。

（この女、あたくしと戦いながら戦場を把握しているとでもいうの？　まさか、こいつのオプションパーツは——）

マリーの顔を見て、ティアは何が言いたいのか察したのだろう。

『どうかしら？　指揮機能を強化した私のブリュンヒルドは手強《てごわ》いでしょう？　この子は、単体での戦闘能力を向上させただけじゃないのよ。機動騎士に乗りながら、艦隊を指揮できる能力を持っているの』

「過剰すぎる性能ですわね」

（第三兵器工場の連中、馬鹿みたいな機能を持たせやがって！　そういうのは、第七兵器工場の得意分野だろうが！）

何百機というネヴァンを指揮下に置き、統率しつつ戦う——言うのは簡単だが、たった一人で同時にこなしている。

しかも、部下たちはティアの命令通りに動いている。

何百機というネヴァンが、ティアの思い通りに動いていた。

（化け物が！）

単機の戦闘能力に、機動騎士とは思えない指揮能力——それらを十全に使いこなすティアは、マリーから見ても十分に化け物だった。

ティアのネヴァンが、レーザーを撃ち尽くしたのかコンテナをパージして破棄していた。

機体のエネルギー節約のためか、光学兵器のエネルギー供給も別になっているらしい。

その理由だが――。

「一度距離を取れば――」

『逃がさないわよ、化石女ぁぁぁ!!』

テウメッサの最大速度を出すマリーだが、ティアのネヴァンが簡単に追いついてくる。

大型の機体なのに、加速度が化け物染みていた。

そのエネルギーを確保するために、節約をしていたのだろう。

『これで終わりよ――バイバイ、化石女』

マリーの乗るテウメッサの背中に、ティアは大型ビームランチャーの銃口を向けて撃ち貫こうとした。

「――ミンチ女が、あたくしを舐めないで欲しいわね」

◇　◆　◇　◆　◇

ネヴァン・ブリュンヒルドに乗るティアは、止《とど》めを刺そうとしたテウメッサの動きが変化したことに気づく。

尻尾のようなオプションパーツが、粒子の光を放出すると幻影を幾つも作り出すつもりらしい。

だが、ティアはこれを予想していた。

「無駄なのよ。私が何の対策も立てずにこの場にいると思っているの？」

オプションパーツのブリュンヒルドから、粒子の光が放出される。

テウメッサの幻影への対策として、阻害する機能を用意していた。

テウメッサが作りだした幻影が、すぐに消えてしまう。

消えた本体もすぐに姿を現した。

『ちっ！』

幻影を用意できず、周囲の景色に溶け込めず、レーダーを惑わせない。

ネヴァンの大型ライフルが、テウメッサのコックピットを狙って光を放つ。

すると、テウメッサは左脚部を犠牲にして凌《しの》いでいた。

「アハハハッ!!　狐狩りは初めてだけど、これは楽しいわね！」

マリーのテウメッサが破壊される姿に、ティアは笑みを浮かべていた。

だが――。

『あぁ、そういう事ね。その機体の弱点は把握したわ』

マリーが弱点を把握したと言うので、ティアは負け惜しみだと思った。

「この状況で何を言っているのかしら？　このままレーザーでいたぶりながら殺してあげ

るわ。精々、私を楽しませるのね！」

コンテナからレーザーが照射される。

屈折し、テウメッサに襲いかかる誘導レーザーだ。

左脚を失ったテウメッサは、バランスを崩しながらもレーザーの隙間を縫うように飛び回る。

ただ、全ては避けられず右腕を失った。

顔やら胴体にもレーザーが僅かにかすめ、装甲が少しだけ溶解する。

「しぶとい。一体どんな反射神経をしているの!?」

倒れないマリーにティアが苛立《いらだ》っていると、テウメッサが近付いてくる。

「無駄なのよ！」

不用意に近付いてきたテウメッサに、レーザーが集中する。

次の瞬間にはテウメッサが爆散するかと思っていたが――マリーのテウメッサは消えてしまった。

「なっ!?」

ティアが消えたテウメッサを探そうとすると、衝撃で体が前に倒れる。

上半身を起こすと、後方から声がした。

『捕まえた』

「お前――どうやって!?」

オプションパーツのブリュンヒルドに取り付いたテウメッサは、粒子を放出する装置に左腕を突き刺して破壊していた。

『幻影を邪魔すると言っても完全じゃないと思ったのよ。一瞬よ。一瞬で良かったの。お前の意識を一瞬だけ騙《だま》せればね』

僅かな隙を突いて自分に取り付いたマリーに、ティアは眉間に皺を寄せて焦る。

(信じられない技量に加えて、この勘は何なのよ！　こいつ、本当に人間なの？)

テウメッサがブリュンヒルドを破壊したので、ティアはネヴァンを切り離した。

ブリュンヒルドが爆散すると、ティアのネヴァンが収納していた翼を広げる。

「それでも、この状態ならまだ戦えるわ。味方が来るまで凌ぎさえすれば――」

ティアのネヴァンは無傷であり、まだ戦える状態だ。

対して、マリーのテウメッサは満身創痍《まんしんそうい》である。

しかし、マリーは笑っていた。

『お馬鹿さん。状況を見なさい』

「何を言って――っ!?」

味方が来ると思っていたティアだったが、ネヴァンたちはテウメッサたちに追い回されていた。

中には抵抗を続けているクローディアの小隊もいるが、マリーの副官に釘付《くぎづ》けにされて他のフォローができていない。

「どうしてこんな――」

『驚異的な加速度を生み出せるけど、小回りは苦手みたいね。直線的な動きだから読みやすくて助かったわ』

高額なオプションパーツを使用したのに、それでも技量で凌がれてしまった。

ティアは思う。

「お前さえいなければ」

それはマリーも同じだ。

『あたくしの前から消えなさい！』

満身創痍のテウメッサが攻撃を仕掛けてくると、ティアも応戦する。

しかし、一対一の状況はティアにとって不利だった。

テウメッサが幻影を作り出すと、ティアのネヴァンは左腕を斬り飛ばされる。

「こいつっ！」

『まずは左腕ね！』

笑いながら攻撃してくるマリーに、ティアは下唇を噛《か》みしめる。

「殺す。お前だけは絶対に殺す。リアム様の側《そば》にいるのは――この私だけで十分なのよ！」

負の感情がティアに流れ込んでくる。

いや――どこからか、吸い上げていると言った方が正しい。

目の前の敵を倒すために、ティアは持てる全てを注ぐつもりでいた。

負のオーラを噴き出すネヴァンは、ツインアイを赤く光らせうなりを上げた。

『なっ!?』

不思議な衝撃波が発生し、マリーのテウメッサは姿を見せる。

「そこかぁぁぁ!!」

ネヴァンがテウメッサに急接近しながら、ライフルを撃ち続けて——弾切れになると放り投げた。

ビームソードに持ち替えて斬りかかると、テウメッサがかろうじて避ける。

「お前さえいなければ、私はずっとリアム様を一人で支えられたのに!!」

ティアの憎悪に呼応して、ネヴァンは更に出力を増していく。

雰囲気の変わったティアに対して、マリーにも変化が起きた。

『ふざけんなよ、小娘が。あたくしがどれだけ——何千年もの間、どれだけリアム様のような存在を待ち続けたと思っているの！　お前だけはここで必ず殺しやる!!』

テウメッサにも異変が起きる。

マリーの憎悪で出力が増し、手足をパージして露出した関節から赤い放電現象が起きていた。

『お前は死ね！』

「お前が死ね！」

◇　◆　◇　◆　◇

その頃。

「いやぁぁぁ!!」

「吸われるぅぅぅ!!」

ティアとマリーを傀儡《かいらい》とするはずだった複製された案内人たちは、二人との切り離せない繫《つな》がりから負のエネルギーを吸い取られていた。

ティアとマリーが力を振るう度に、しぼんでいく二人。

「これは違う。これは違うだろ!!」

「私たちが操るつもりだったのに、この展開はないだろうがぁぁぁ!!」

二人を操ってやろうとしたのに、今ではティアとマリーに負のエネルギーを供給する外部バッテリーのような役割となっていた。

ティアとマリーは、無意識なのだろうが――苦しむ案内人たちに向かって言う。

『もっと――もっと寄越《よこ》せ！』

『こいつを殺す力を！』

二人の強い意志により、複製された案内人たちは負のエネルギーを吸い取られていく。

「止《や》めてぇぇぇ!!」

「だ、誰か助けて！　本体ぃぃぃ!!」

そして、負のエネルギーが尽きると——二人は消し炭のように崩れて宇宙に溶けるように消えていく。

「ほ、本体に知らせないと——」

「あいつらは最低——関わったら——駄目って——」

複製された案内人たちが、負のエネルギーを吸い取られて消えてしまった。

◇　◆　◇　◆　◇

残弾も尽きた。

エネルギーも残り少なく、ビームソードに回す余力もない。

ティアのネヴァンも、マリーのテウメッサも、すでにボロボロで中身のフレームが露出していた。

その状態で、二人は機動騎士で殴り合いを続けている。

「お前さえいなければ、何の問題もなかった！　リアム様も、お前というゴミさえ拾わなければ、惑わされなかったのに！」

『うるせぇ、ミンチの化け物が！　あたくしとロゼッタ様のリアム様に近付くな、汚れるだろうが！』

コックピットの中、ティアは血反吐《ちへど》を吐く。

呼吸が苦しくなっていた。

(駄目だ。目がかすむ。だが、このままでは終われない。私の命を燃やし尽くしてでも、こいつだけは――)

先程まで不思議と力がわいてきたが、その代償なのか体はボロボロだった。

このまま戦えば、勝ったところでしばらく動けそうにない。

そもそも、体を動かすだけでも辛《つら》かった。

(コイツに勝てるなら、命を捨ててもいい。それがリアム様のためになる！)

自らの命を燃やしてマリーを殺そうとする。

それはマリーも同じだった。

血を吐き、血走った目をしながら覚悟を決めた顔をしていた。

両者、モニター越しに最後の力を振り絞ろうとしたところで――。

『この大馬鹿共が!!』

――戦場に聞きたかった声が響き渡る。

二人ともレーダーを見ずに、自然と声がした方角に顔を向けていた。

そこにいたのは――アヴィドだった。

遠くに艦隊が見える。

ネヴァンとテウメッサが争い合う戦場に、たった一機で乗り込んで来た。

『誰の許しを得て争っている？』

淡々とした声だが、リアムが激怒しているのが伝わってくる。

右手に大剣を持ったアヴィドは、興奮状態で敵しか見えていない機動騎士たちに襲いかかった。

ネヴァン・ワルキューレも、そしてテウメッサも――アヴィドに等しく両腕と両脚を切断されて行く。

そして、二人のもとにもアヴィドが迫ってきた。

「リアム様！」

『リアム様！』

ティアとマリーの声が重なると、二人が見上げる位置にアヴィドが来た。

大剣を肩に担ぐアヴィドの威圧感に、二人とも機動騎士の動きを止める。

すると、限界が来ていたのかネヴァンもテウメッサも機能を停止した。

「リアム様、ご無事だったのですね！　このクリスティアナは、心配して――」

『心配しているのに、俺の艦隊を持ち出して喧嘩《けんか》か？　マリー、お前の言い訳は？』

マリーが意見を求められると、随分と焦っていた。

『い、いえ、あの、それは、その――ア、アイザックというリアム様の血縁を名乗る者が本星を占拠してしまいまして。あ、あたくしはロゼッタ様を連れて本星を脱出したのですが、そこのミンチ女があたくしを罪人に仕立て上げて攻め込んできたのです！』

咄嗟《とつさ》に全ての罪をアイザックと自分に押しつけられ、ティアは般若《はんにゃ》の顔になる。

「この化石女！　また石にしてやろうか、あん？」

『うるせぇぞ、肉塊が！　そもそも、あたくしを罪人扱いしたのは事実だろうが！　挽肉《ひきにく》にしてやるよ！』

リアムの前で普段通りの言い争いを始めるわけだが、この状況では悪手だった。

リアムは二人に冷たい視線を向けている。

『ふ～ん、お前たちは留守番もできないのか』

リアムの本星を守れなかった。

それはつまり、二人の失敗を意味する。

ティアもマリーも、先程までの態度はなりを潜めてリアムの前でガタガタと震えている。

『お前らの処分は後だ。まずは、領内に入り込んだ敵を殲滅《せんめつ》する。集めた艦隊でさっさと討伐に向かえ。一人も生かして帰すな』

通信が切れると、アヴィドは二人に背を向けて帰ってしまう。

そんな姿を見たティアとマリーは。

「リアム様――今日も素晴らしかったわ」

『あの恐ろしいまでの覇気と存在感は、まさしくリアム様ですわ』

二人揃《そろ》って頬を染めてアヴィドの背中を見送った。

◇　◆　◇　◆　◇

バンフィールド家の本星にあるリアムの屋敷。

その上空には、宇宙戦艦が数多く浮かんでいた。

屋敷の上空で待機しており、その無礼な態度にアイザックは激怒する。

「戦艦を屋敷の上に待機させるなど、どこの馬鹿者だ！　すぐに連れて来い！　この僕が首をはねてやる」

宝石で飾られた鞘《さや》から剣を抜いたアイザックに、周囲の者たちの反応は様々だ。

何事かと驚いている者もいるが、多くは誰が戻ってきたのか察していた。

バオリーなど、大量の冷や汗をかいている。

官僚たちも顔を見合わせ困惑しているのだが、護衛であるキースだけは別だ。

「アイザック様、どうやらリアムが戻ってきたようですよ」

リアムが帰還したことをアイザックに伝えるが、慌てた様子が少しもなかった。

アイザックも同様だ。

「リアムが？　ふん！　救助されるとは運の良い奴《やつ》だ」

二人がリアムの帰還に驚かない理由にはわけがある。

首都星にいるカルヴァンだ。

自分たちはカルヴァンの後ろ盾を持っており、リアムが戻ろうとも今回のお家騒動を理由に排斥するつもりでいたからだ。

皇太子殿下の後ろ盾というのは、それだけアイザックたちに自信を付けさせていた。

「すぐに面会の準備だ。まったく、品のない兄を持つと苦労する。血縁上の関係だけでも忌々しいな。――ん？　バオリーの姿が見えないようだが？」

バオリーの姿を探すアイザックに、キースが肩をすくめて言う。

「先程、慌てて逃げ出しましたよ。随分とリアムが怖いようですね」

それを聞いてアイザックは呆《あき》れていた。

「何を恐れる必要がある？　たかが田舎領主に過ぎないというのに」

リアムを田舎領主と侮るアイザックだが、首都星生まれの首都星育ちだ。

そんなアイザックから見れば、リアムは田舎者である。

また、首都星で暮らすアイザックには、リアムは粗暴に見えていた。

帝国でも有数の大貴族に上り詰めたバンフィールド家に、相応《ふさわ》しくないと思っている。

「富と精強な軍隊を用意した手腕は認めてやってもいいが、しょせんは田舎領主だな。今のバンフィールド家には相応しくない。さっさと僕に当主の座を譲るように言ってやる」

リアムなど恐れる必要はない、という態度だった。

そこには、カルヴァン殿下の後ろ盾がある自分を殺さないだろうという打算もある。

首都星暮らしのアイザックにとっては、皇族――しかも皇太子殿下の後ろ盾とは、それだけ絶対的なものだった。

いくらリアムでも、自分には手を出せないだろう、と。

キースも同様らしく、少しも怯《おび》えた様子がない。

「リアムの役目は、バンフィールド家に相応しい当主が現われるまでの繋ぎ役でしたね」

相応しい当主はアイザックである、と言外に告げていた。

そんなお世辞に、アイザックは気をよくする。

「まぁ、リアムにも感謝してやるさ。当主の座を奪ったら、奴の首をカルヴァン殿下に献上してやるけどな。――抵抗された時の備えはしているのか？」

「はい。既に準備を整えております」

手を後ろで組み、アイザックが歩き出すと進行方向にロイヤルガードたちが現われる。

「アイザック様、リアム様がお呼びです」

ろくに挨拶もないロイヤルガードたちに、アイザックは不機嫌になるも口を閉じる。

リアムとの面会は必須であるから、命令に従うしかなかった。

だが、アイザックの代わりにキースがロイヤルガードたちの振る舞いを責める。

「次期当主であるアイザック様に無礼だね。君たち、いつまでもロイヤルガードの地位が安泰だと思わないことだよ」

すると、ロイヤルガードたちがクスクスとあざ笑っていた。

アイザックが眉尻を上げると、一人のロイヤルガードが言う。

「自分たちのことだけ心配していればいい。もっとも、手遅れだろうがな」

◇　◆　◇　◆　◇

久しぶりの我が家。

俺は親類との顔合わせに、謁見の間を利用することにした。

本来ならハーレムを築くはずの広間だったのだが、美女がいないから謁見の間に改装してしまった部屋だ。

居並ぶ文武百官――よりも多い騎士や官僚たちを、数段高い位置にある高座に用意された豪華な椅子に座って見下ろしている。

欠伸《あくび》をしていると、見たこともない弟が入室してきた。

「来てやったぞ、リアム」

どんな奴かと思っていると、太々《ふてぶて》しい態度の糞《くそ》ガキだった。

俺は高い位置から血の繋《つな》がった弟を見下ろしつつ言う。

「様を付けろ、糞ガキ。それで、お前は何の用があって俺の屋敷にいる？　随分と好き勝手にしてくれたようだが――理由次第ではタダでは済まないぞ」

軽く脅してやるが、アイザックは少しも怯えていなかった。

「引き継ぎのために決まっているだろう。さっさと当主の座をこの僕に渡せ」

「あん？　引き継ぎ？」

「察しの悪い奴だな。この僕が、次のバンフィールド公爵になると決まった。既に祖父母と父上の許可は頂き、カルヴァン殿下の後ろ盾も得た。――リアム、お前は終わりだ」

黒髪ロングに青い瞳――見た目は美少年のアイザックだが、俺と同じように中身の屑《くず》さが滲《にじ》み出た顔をしている。

そう思うと兄弟のような親近感がわいてくるが、俺の領地を狙っているので駄目だ。

俺の中で、アイザックの評価は血縁だろうと他人以下の存在である。

「俺から領地を奪うつもりか？　答えは簡単だ。さっさと帰れ、糞ガキが」

「な、何だと？　僕はカルヴァン殿下の後ろ盾を得ているんだぞ！」

俺は何も知らない糞ガキのアイザックに、現実を教えてやる。

「カルヴァンと争っている俺が、どうして奴の戯《ざ》れ言《ごと》に従う必要がある？　お前がカルヴァンを持ち出すなら、クレオ殿下の名前で宮殿に働きかけるだけだ。それよりも、書面で約束しているのか？」

正式に後押しするという書面があるのか問えば、目に見えてアイザックが狼狽《うろた》えていた。

アイザックは、カルヴァンの口約束に踊らされた阿呆《あほう》だった。

いや、首都星にいる俺の両親も同じか？　宮殿内で勢力が弱まりつつあるカルヴァンに、バンフィールド家の家督争いをとやかく言われる筋合いはない。

そもそも、俺が無事に戻ってきたなら何の問題もない。

何も言えないアイザックの後ろに控える騎士たちを見る。

「おや？　バンフィールド家を捨てた騎士たちがいるじゃないか。恥ずかしげもなく戻ってきて、随分とでかい顔をしたそうだな」

かつての筆頭騎士であるキースが、苦々しい顔をしている。

こいつもカルヴァンの口約束を信じたのだろう。

現在のバンフィールド家の騎士団――騎士たちが、裏切り者のキースたちに殺気のこもった視線を向けている。

主家が傾いた際に逃げ出すのも騎士道精神的にアウトだ。

そして、今度は主家が盛り返すと何事もなかったように戻ってくる――騎士たちにとっては、どの面下げて戻ってきたのか？　という思いだろう。

もっとも、俺は人を信用しないので、キースたちの気持ちも理解できる。

だが、裏切るような連中を飼うつもりはない。

そして、俺に飼われながら裏切った馬鹿共も同じだ。

「ついでに、俺を裏切りアイザックについた愚か者たちもいるそうだな」

俺の言葉に、思い当たる官僚たちが怯えていた。

周囲からは「この裏切り者」という、言葉と冷たい視線が注がれている。

官僚の一人が前に出て弁明をしてくるので、話を聞いてやった。

「リアム様、発言をお許し下さい！」

「許す」

許可を出してやると、俺の側《そば》に立っていたクラウスがギョッとする。

「リアム様、よろしいのですか？」

「面白い言い訳をすれば許してやるつもりだ。ほら、さっさと聞かせろ」

俺に発言を許された官僚が、血の気の引いた顔をしながら弁解をはじめた。

「今回の件で、当家の弱点が浮き彫りになりました。リアム様が行方不明の間に、軍は分裂し、統治にも影響が出ております。これは、後継者不在が理由です」

痛いところを突かれた。――こいつの意見は正しい。

俺が後継者や代理を指名していなかったために、俺の領地が大騒ぎになった。

裏切り者の官僚の言い訳に拍手してやった。

「真っ当な意見だ。――だが、面白くなかったから却下だ。人生をやり直して再チャレンジするといい」

「なっ!?」

残念だったな。

まともな領主なら意見は聞き入れただろうが――俺は悪徳領主だよ。

そんな意見は求めていない。

この無駄な謁見も終わらせようと思った俺は、不意に並んだメイドロボたちを見た。

全員いるはずなのに、一人だけ姿が見えない。

「――立山《たてやま》はどうした？」

謁見の間で、アイザックは俯《うつむ》きながら手を握りしめていた。

（くそ！　くそっ！　田舎領主の分際で、この僕に楯突《たてつ》くなんて！）

カルヴァンの工作員から知らされた口約束を信じていたが、戻ったリアムに軽くあしらわれただけに終わった。

酷《ひど》くプライドを傷つけられたアイザックは、顔を上げてリアムを睨《にら》み付ける。

幼い頃にアイザックは、一度だけリアムを見たことがある。

半世紀近く前のことだ。

受勲式のために首都星を訪れたリアムを遠くから見ていた。

親類が受勲するとあって、祖父や父がアイザックも誘ったからだ。

その頃から、兄だと言われても何とも思っていなかった。

むしろ、田舎領主が都会育ちの自分と兄弟と言われ、腹が立ったのを覚えている。

振り返ってキースを見る。

「キース、やれるか？」

元筆頭騎士の実力者であるキースに、この場でリアムを殺せと命令する。

幼さ故の短慮でもあるが、プライドを傷つけられたのはキースも同じだ。

キースの視線は、リアムの側に立つ男に向けられていた。

クラウスだ。

「一閃《いっせん》流など眉唾の剣術に過ぎません。少々厄介ですが――」

キースの視線は、包帯を巻いたティアとマリーに向かう。

治療を受けたが万全ではないらしい。

どうやらキースは、今ならば勝てると考えたらしい。クラウスに敗北したのも偶然と考えているようで、できれば再戦したいと考えていたようだ。

アイザックの幼稚な考えに付き合うのも、プライドをへし折ってくれたクラウスへの復《ふく》讐《しゅう》だった。

「何とかなるでしょう。手勢もうまく潜り込めましたからね」

カルヴァン派の工作員たちが用意してくれた騎士と兵士たちだ。

裏切り者の使用人たちの手により、既に屋敷内へ入り込んでいた。

キースの号令一つで、彼らが謁見の間に突入してくる手はずになっている。

勝てるという筆頭騎士の言葉を信じて、アイザックは頷《うなず》く。

「よし。それならすぐに実行――」

命令を言い終わる前に、リアムの声が謁見の間に響き渡る。

「――立山はどこだ?」

その瞬間、謁見の間に張り詰めた空気が広がるのをアイザックも感じた。

騎士も官僚も、全員が怯えている。

何事かと思っていると、リアムの様子がおかしかった。

席を立ち、近くにいる者たちに確認している。

「立山だよ。いるんだろ？　メンテ中か？　だが、あの子の定期メンテは数日前に終わっているはずだよな？」

メイドロボが一人足りないと言い出し、側にいたクラウスに事情を聴いている。

クラウスは答えに苦慮していた。

「――現在、メーカー修理中です。戻るのは来月以降になるかと」

「は？　何で？　原因は？」

人形一体一体のスケジュールを管理しているのか、リアムはこの場に一体足りないのが不満で仕方ない様子だった。

そして、人形を酷く心配していた。

キースがアイザックに耳打ちしてくる。

「チャンスです。やりますか？」

アイザックはこの機会にリアムの命を奪おうと、命令を出しそうになるが――今度はクラウスに邪魔されてしまう。

クラウスが、立山と呼ばれる人形がメーカー修理に回された理由を説明してしまう。

「故意に破壊され、メーカーでの修理が必要になったからです」

リアムが手を伸ばすと、側に控えていたメイドロボが刀を持ってくる。

リアムが刀を受け取った瞬間には、謁見の間の大きな柱に傷が入った。

柱だけではない。

床、天井、壁——傷がドンドン増えていく。

天井からは埃《ほこり》や欠片《かけら》が降り注ぎ、太く大きな柱の一つが倒れる。だが、誰もが怯《おび》えてこの場から動こうとしなかった。

アイザックは何が起きているのか理解できず、狼狽えて命令が出せずにいた。

リアムはクラウスを問い詰める。

「——誰がやった？」

雰囲気が変わったリアムを前に、クラウスが普段通りに答える。

「アイザック様の護衛を務める騎士です」

「どいつだ？」

リアムがアイザックたちに顔を向けてくる。

クラウスが立山を破壊した者をリアムに告げると、その瞬間にアイザックの後方で一人の人間が血肉を弾《はじ》けさせ消えてしまった。

いや、消えてはいない。

一瞬の内に斬り刻まれ、血と肉を周囲にばらまいたのだ。

アイザックの頬にも血と肉片が飛んでくる。

「ひっ⁉」

腰を抜かしてアイザックが床に尻餅をついて座り込むと、リアムが高座から見下ろしていた。

「アイザック、お前の命令か？」

リアムに睨まれたアイザックは、声が出なかった。

恐ろしくて震えてしまう。

（う、うわ――あ――）

恐怖で思考がまとまらないでいると、クラウスが調査報告を聞かせる。

「リアム様、アイザック様の騎士たちの独断です。裏を取りましたし、間違いない情報です。処分はリアム様がお戻りになられてからと思いまして」

リアムはその場で浅めの深呼吸をすると、口角を上げた。

「いい判断だ、クラウス。この俺の手で処分してやろう」

リアムがアイザックたちを睨み付けると、その迫力――威圧感に当てられてしまう。

アイザックは失禁し、そして意識を失ってしまう。

◇　◆　◇　◆　◇

「アイザック様⁉」

キースという騎士が、倒れたアイザックに声をかけていた。

体を支えてやらず、手に持ったサーベルの柄《つか》を握りしめている。

俺は立山が心配でたまらなかった。

「クラウス、立山は無事なんだろうな？　ちゃんと治るよな？」

確認すると、冷や汗を流しているクラウスが小さく数回頷いた。

「メーカーからは何の問題もないと報告が来ています」

すると、黙っていた天城《あまぎ》が俺の側に寄ってくる。

「旦那様。私の方でも立山の無事を確認しております。記憶にも障害はありません。一ヶ月もあれば通常業務に復帰できます」

「そ、そうか。それは良かった」

安堵《あんど》して胸をなで下ろすと、耳障りな声が聞こえてくる。

――キースだ。

「人形を心配するとは何事だ！」

俺が真顔でキースを見ると、周囲がざわついていた。

キースはサーベルを抜き、俺がいかに当主に相応《ふさわ》しくないかを語り始める。

「帝国で人工知能を側に置き、重用するなど貴族として相応しくない！　リアム、貴様はバンフィールド家の当主に相応しくない！　そうではないか、皆の者！」

周囲に同意を求めるキースの言葉に反応して、謁見の間に武装した兵士たちがなだれ込んでくる。

――キースが仕込んでいた手勢だろう。

用意したのはカルヴァンか、その手先たちか？

俺は入り込んだ馬鹿共に一閃をお見舞いする。

すると、綺麗《きれい》な謁見の間が血で染まった。

――数百人の手勢を一瞬で失ったキースたちは、唖然《あぜん》としていた。

俺はキースを見下ろしながら、薄ら笑いを浮かべていた。

「その程度の戦力で俺をどうするって？」

キースはサーベルの切っ先を俺に向けて踏み込もうとしていた。

「こうなれば私自らの手で！」

ロイヤルガードたちが俺の前に出てくるが、腕を前に出して強引に下がらせる。

「退《ど》け、邪魔だ」

前に出ると、キースは既に倒れていた。

「な、何が――へ？」

倒れた理由を調べようとしたのだろう。

振り返ったキースが見たのは――斬られた自分の足首より下だった。

信じられないのか、何度も自分の足と切り離された足を見ている。

そうしている間にも、サーベルを持つ右腕が取れてしまう。

「わ、私の腕。私の腕がぁぁぁ!!」

泣き叫ぶキースを見ていたティアの声が、謁見の間に妙に響いた。

「実力も測れぬ愚か者が。リアム様に勝てるわけがないだろうに」

何を考えて俺に挑んだのか？　もしかすると、俺が貴族として相応しくないと言えば、周囲が賛同するとでも思ったのだろうか？

「無様だな、元筆頭騎士。お前程度が俺に勝てると本気で思っていたのか？」

カルヴァンならば、もっとうまく事を運んだはずだ。

後ろ盾の話も怪しい限りである。

キースの後ろで狼狽《うろた》える騎士たち。

俺は高座を降りてキースに近付く。

「俺が貴族に相応しくないと言えば、周りが味方をすると思ったか？」

右手を押さえてうずくまるキースが、顔を上げてくる。

怯えきった顔をしており、すがるような目をしていた。

「わ、私は騙《だま》されたのです。そこにいるアイザックが、カルヴァン派と手を結んだために仕方なく――ど、どうかご容赦を！」

ここに来て更に醜態を晒《さら》すキースに、周囲の視線は呆《あき》れかえるものだった。

面白いから生きて帰すのもありだった。

そもそも、こいつは俺の脅威になり得ない無能だ。

父親のところに送り返しても何の問題もなかった。

痛めつけて現実を教え、二度と俺に逆らわないようにしてやろう——そう思っていたのだが、立山《たてやま》の件があるから駄目だ。

あの子に暴力を振るったなど——万死に値する。

「ククリ」

俺が呼ぶと、影からククリが姿を現す。

「ここに」

立山を破壊した屑《くず》共の扱いは、ククリたちに任せることにした。

既に実行犯は俺の手で斬り刻んでやったから、残りは任せて問題ない。

——俺では一瞬で殺してしまうから、罰にもならないだろう。

「お前たちに任せる。だが、手を出して良いのは首から下だけだ。——首は首都星にいるクリフに送りつけてやれ。——自分が誰に逆らったのかよく考えてもらうとしよう」

「ひひひ、よろしいのですか？」

俺自身がこいつらを痛めつけてもいいが、見ていると苛々《いらいら》してさっさと斬り殺してしまいそうになる。

それに、痛めつけるのはククリたちの得意分野である。

「俺ではすぐに殺してしまうからな。それだと、怖い目に遭った立山に申し訳ないだろ？」

「キヒヒヒッ！——我々の流儀で最大限もてなすのをお望みですか？」

暗部のもてなしと聞いて、キースたちの顔が青ざめていた。

これから何が起きるのか容易に想像できたのだろう。

俺は口角を上げて微笑を浮かべる。

「お前たち暗部の力を存分に振るうといい」

「リアム様のお心のままに」

ククリがそう言うと、影から次々に暗部が現われてキースたちを捕らえていく。

そのまま影の中に引きずり込む。

「た、助けてくれ！」

「嫌だ。死にたくない！　死にたくないんだよ！」

「何でも言う。何でも話すから殺さないでくれ！」

キースは最後に泣きじゃくり、何を言っているかわからない声を上げていた。

これで立山を壊した屑共は片付いたが、まだ問題は残っている。

俺は気絶しているアイザックを見下ろす。

糞《くそ》ガキだろうと一応は成人している年齢であるから、この場で見せしめに斬り殺してクリフに送りつけてもいい。

だが、こんなガキなど星間国家の技術力があれば容易に量産できてしまう。

次々に用意されても面倒なので、恐怖を叩《たた》き込んでから送り返してクリフたちに釘《くぎ》を刺しておくことにする。

「アイザックを首都星に送り返す準備をしろ。たかりに来た蠅《はえ》共も一緒に追い出せ。――さて、ついでにこいつらに協力した馬鹿共の扱いも決めるとするか」

俺を裏切り、アイザックを担ぎ上げようとした奴《やつ》らがいる。

そいつらは裏切り者だ。

官僚たちが俺にすがりついて許しを請おうとすれば、騎士たちが取り押さえていた。

「リアム様、お慈悲を！　リアム様！」

「こいつらが勝手にしたことなのです！　ど、どうかお願いします！」

言い訳は聞き飽きた。

「裏切り者は尋問の後に全て処刑する。家族は領内から追放だ。――連れていけ」

俺の命令を受け、騎士たちが謁見の間から裏切り者たちを連れ去っていく。

俺は腹立たしくて仕方がなかった。

苛々する。

あの立山が壊されただけでも憤慨ものだが、俺が行方不明になっただけでここまでグダグダになるとは思わなかった。

「掃除が必要だな。――久しぶりに掃除をしよう。大掃除だ」

駆け寄ってきたクラウスが、俺の言葉に首をかしげている。

「大掃除、ですか？　しかし、普段から清掃作業はしておりますが？」

冷や汗をかいているクラウスを見るに、俺の真意を知りながらわざと聞いているようだ。

嘘《うそ》であって欲しいと思っているのだろう。

「いや、放置しすぎてゴミがたまっている。今回はみんなで大掃除をしようじゃないか。——裏切り者を見つけ出して、全員処罰する。この際だから徹底的にやるぞ。馬鹿共を一掃するいい機会だ」

有無を言わさぬ態度を見せると、クラウスが止めるかと思ったが頷《うなず》いていた。

「かしこまりました」

意外と肝が据わっている。

こいつは俺がいない間も現状維持を続けていたし、ティアやマリーよりもよっぽど頼りになる存在だ。

——やっぱり、クラウスに決めるか。

俺は手を叩き、軽い口調で全員に指示を出す。

「はい、掃除の時間です。全員、持ち場に戻って職場を綺麗にしましょう。——いいな？綺麗にしろよ。ゴミが残っていたら、掃除をさぼった奴も同罪だ」

全員が膝をついて俺に従う意思を示す。

「仰せのままに！」

俺の不在と知って馬鹿をする連中が増えたらしいし、タイミングとしても大掃除は正解だろう。

さぁ、裏切り者や馬鹿共を処刑する——領内の大掃除をしよう。

クラウスは色々と限界だった。

リアムが不在の間をまとめ、そして疲れ切っていた。

そのため、リアムが大掃除をすると言い出したのを聞いても「もう好きにしてくれ」としか思えなかった。

（まぁ、裏切り者もいるし、この際だから引き締めのためにもやるべきか。そうなると、チェンシーはどうなるかな？　もう、後戻りできない感じなのだが）

また仕事が増えると思いながら、諦めにも似た感情を抱いていた。

◇◆◇◆◇

リアムが謁見の間を見て首をかしげている。

「あれ？　俺の妹弟子たちはどこだ？　チェンシーもいないが？」

「あの三人でしたら――」

一番血の気の多い女騎士のチェンシーと、リアムの妹弟子二人は大変なことになっていた。

屋敷の一部を破壊しながら戦闘をするのは、凜鳳《りほ》と風華《ふうか》だった。

対するはチェンシーなのだが、既に人の姿を捨てていた。

禍々《まがまが》しい機械の昆虫を前に、凜鳳も風華も辟易《へきえき》している。

「何度斬っても蘇《よみがえ》ってくる根性は認めてあげるよ」

「俺はもう飽きたけどな」

チェンシーは負ける度に復活し、何度も二人に挑んでくる。

その度に強くなり、今では二人に手傷を負わせるほどになっていた。

遊び相手に丁度良いと放置していたら、二人としても厄介なことになった。

風華が二振りの刀で斬り刻むと、斬り飛ばされた脚が液体金属になって本体に戻って再生する。

いくら斬り刻んでも、復活してしまうのだ。

「もうヤだ！　凜鳳、お前がやれよ」

液体金属を相手に苛々している風華が、凜鳳にチェンシーの相手を押しつける。

だが、凜鳳も嫌がっていた。

「お前がやれよ。僕も飽きたんだよ」

液体金属の中に、チェンシーのコアとなる部分があるはずだ。

だが、内部で常に移動しており場所を摑《つか》めない。

何度も斬り刻むのだが、コアを破壊できずにいた。

チェンシーの方は、何度も一閃《いっせん》を喰らい続けることで変化が起きていた。
『ふふっ、お前たちの相手は楽しかったわよ』
そしてついに――風華の一閃を避けた。
避けられた風華が驚き、距離を取る。
「こいつ、避けやがった!?」
本気の一撃を避けられ、風華は驚きを隠せない。
チェンシーは二人に話しかける。
『貴方《あなた》たちのおかげで一閃流について学べたわ。これでリアムと戦える』
凜鳳が苛立《いらだ》ち、大きく踏み込んで斬りつけるが――チェンシーは分裂して避けた。
そのまま増え続け、二人を囲む。
「ちっ！」
凜鳳が腰を低くして構えると、風華も同様に警戒していた。
「ちょっと遊びすぎたな」
二人を苦戦させたチェンシーは、そのままなぶり殺しにするつもりのようだ。
『お前たちの死体をリアムに見せて、本気を出させてあげるわ！』
戦いの中でしか生きられないチェンシーにとって、後先など関係ない。
望みはリアムを倒すことだけだ。
すると、崩れかけた壁が斬り刻まれ――崩れ落ちた場所からリアムが現われる。

その手には刀が握られており、入ってくるなりチェンシーを見て嫌そうな顔をする。

「無様な姿になったな」

『リアム？　あ、あぁぁぁ――リアムゥゥゥ！』

歓喜するチェンシーは、分裂した機械の昆虫たちを集めて一つになる。

一閃流と戦うために人の姿を捨てた。

リアムに襲いかかり、この場で勝負を決めようとする。

風華が慌ててリアムに忠告する。

「兄弟子、そいつは――」

リアムは風華の忠告を最後まで聞かなかった。

「心配するな。それよりもチェンシー、お前は俺の期待を裏切ったな」

チェンシーがリアムの一閃を見切ろうとすると、次の瞬間には液体金属がバラバラに吹き飛ばされていた。

壁に飛び散る液体金属。

チェンシーのコアである球体は、いつの間にかリアムが左手に持っていた。

『一瞬で私のコアを見つけたと言うの？』

驚くチェンシーだが、リアムは無視している。

リアムを追いかけてきた部下たち――ロイヤルガードが現れると、コアを投げ渡す。

そして命令する。

「おい、こいつの肉体を再生させろ。機械の体を得てもこの程度なら、生身の方がマシだ」

コアを失い、液体金属が再生しなくなった。

全てを投げ捨て、リアムに挑んだのにチェンシーは結局勝てなかった。

それはいい。だが、自分を再生すると言うリアムに激怒する。

勝敗は決したのに、自分を殺さないリアムが信じられなかったのだろう。

『慈悲のつもりか？　殺せ！　でなければ、何度でもお前の命を狙ってやる！』

「何を勘違いしている？　お前を生かすのは、妹弟子たちのためだ。この俺が相手をするまでもない」

お前は俺の敵ではないと言い切られ、チェンシーが球体の中から絶叫する。

『約束を破るつもりか！　お前を殺すのは私だ！』

リアムはチェンシーの冗談に笑っていた。

「面白い冗談だ。――妹弟子たちも殺せないお前が、俺に勝てるわけがないだろ？　今後は凜鳳と風華と遊べ。三十年くらいすれば、エレンとも遊ばせてやる」

リアムはチェンシーに興味をなくすと、今度は凜鳳と風華の側《そば》にやって来る。

「あいつに勝てないとかどういうことだ？　一閃流の看板に泥を塗るつもりか？　あ？」

リアムに怒られて縮こまる凜鳳と風華は、俯《うつむ》いてしまう。

「す、すみませんでした。で、でも、今日だけですよ」

「うさばら――練習相手になるかもって、何度も見逃していたから――ほ、ほら、俺たち何度も勝っていたし、今日は少し押されただけで」

言い訳をする二人に、リアムは冷たい視線を向けていた。

「修行のやり直しだな」

リアムの言葉に、二人は項垂《うなだ》れるのだった。

◇　◆　◇　◆　◇

凜鳳と風華が思ったよりも成長していない。

チェンシーに苦戦するとか、同門として恥ずかしい。

だから、今日から一緒にきつめの修行をすることにした。

二人が疲れて倒れている中、俺は座禅をして精神統一を行っている。

タンクトップとスパッツのような衣服を着用した二人は、俺の相手に疲れて気を失いぶっ倒れていた。

エレンも最初は参加させたが、まだ半人前なので途中で切り上げさせている。

俺は一人で精神修行を続けていた。

「師匠から二人を預かってこの体たらく。――これでは師匠に合わせる顔がないな。それに、俺自身もあの小物に苦戦したのも問題だ」

思い出すのは、魔王を名乗る小物だった。

あいつを倒すためにお気に入りの刀まで使おうとした。

最後はアヴィドが消滅させたが――本来であれば、助けが来る前に倒し終わっているべきだった。

自分の未熟さに苛立ってくる。

「斬れない敵を斬る――方法はあるだろうか？」

物理的にも、魔法的にも斬れない相手がいる。

ならば、斬れるようになればいいだけだ。

ただ、その方法がわからない。

厳しい修行を積めば何とかなる気もするが、それでは時間がかかってしまう。

意識が乱れたのでまた精神を集中する。

斬れないものを斬る――そのための方法を考えるための精神統一だ。

俺は剣術に関しては一切妥協をしない。

悪徳領主は傲慢で驕《おご》り高ぶっているべきだが、一閃流だけは別だ。

真剣に対策を用意しよう。

◇　◆　◇　◆　◇

リアムとの修行から解放された凜鳳と風華は、木刀を杖《つえ》代わりにして歩いていた。

ここまで二人が追い込まれた修行は、安士《やすし》に鍛えられて以来だった。

凜鳳が泣きそうな顔をしている。

「あ、兄弟子の鬼」

風華も体中が悲鳴を上げており、ガクガクと震えていた。

「あいつなんか、さっさと殺しておけばよかったんだ。兄弟子、しばらくはずっと修行だって言っていたから、当分続くぞ」

一閃流の免許皆伝を持つ二人が、泣き言を口にするほどの修行を連日のようにリアムは行っていた。

首都星に戻る日までは、二人が逃げ出したがるような修行を続けると決めているらしい。

それもこれも、チェンシーに後れを取ったのが原因だった。

二人は近くにあったベンチに腰掛けた。

「兄弟子、さっさと首都星に行けばいいんだよ」

「同感だ。今は貴族の修行中だろ？　何で戻ってくるんだよ」

凜鳳が端末を取り出し、ニュースをチェックする。

すると、ここ最近は毎日のように官僚、軍人、騎士たちが横領やらの罪で処刑されるというニュースが続いていた。

随分と多くの人間が処分され、家族は領外に追放とされていた。

「あれ？　このニュースは――」

「ど、どうした？」

不思議そうにしている凜鳳に、体が痛くて仕方ない風華が尋ねる。

どうやら騒がしいのはバンフィールド家だけではないようだ。

◇　◆　◇　◆　◇

「全滅だと？」

首都星の宮殿では、カルヴァンが味方からの報告を聞いていた。

その報告内容に目を見開く。

報告してきた貴族の男も、信じられない様子だ。

「は、はい。バンフィールド家に送り込んだ工作員たちが全て消息を絶ちました。また、アイザックを担ぎ上げた者や、バンフィールド領に略奪のため攻め込んだ者たちも同様です」

「――クレオ派の裏切り者たちは？」

「リアムの命令で除籍処分になりましたが、その後に何人もの当主が消えております」

リアムが召喚魔法で消えた。

その情報を手に入れたカルヴァンは、リアムの領地を混乱させるために軽率な行動を取りそうな者たちを利用していた。

情報を流し、彼らが勝手に盛り上がるのを見守ることにした。

派閥の仲間――近しい者たちには、絶対にバンフィールド家には手を出すなと厳命もしている。

「やられたね。このタイミングでこれをやるとは、本当に肝が据わっている」

「殿下？」

報告してきた男が要領を得ないでいると、カルヴァンはため息を吐《つ》きたい気持ちを我慢して説明してやる。

「派閥が急激に増えたタイミングで、彼らをふるいにかけたのだろう。失敗すれば、自分の領地が大変なことになったはずだ。まんまと餌に食いついた愚か者たちを、彼はクレオの派閥から追い出せたわけだ。警戒していたとおりだ。罠《わな》だったよ」

「そ、そのような考えだったのですか？　それでしたら、我々は奴《やつ》の思惑に――」

「まんまと手玉に取られたね。だが、我々は参加せずに戦力はそのままだ。疲弊したのは愚か者とリアム君のみ。最悪でもないさ」

カルヴァンは嘘《うそ》を吐いた。

もし、ここで全力を出していれば、リアムの領地に大きな傷跡を残せたはずだ。

（警戒しすぎて後手に回ってしまったな）

その上、仕込んでいた工作員まで全て消されてしまった。

今後は情報の集まりが悪くなる。

(だが、最悪ではない)

もっとも、自分たちのダメージは少ない。

カルヴァンは、リアムの領地に攻め込んだ愚か者たちについて尋ねる。

「それよりも、リアム君の領地に攻め込んだ者たちはどうなったのかな？　本当に殺されたのか？　交渉材料として捕まっている可能性はあるだろう？」

身代金目的で生きたまま捕らえる事がある。

貴族同士だと、その方が賢いやり方だとされているためだ。

殺すより、捕らえて身代金を得た方が得である、と。

「――容赦なく全員が海賊として殺害されたと思われます」

ただ、リアムは別だ。

「全員が？　また極端なことをする。恨まれるぞ」

攻め込んできたとは言え、極端なことばかりしていると恨みを買う。

当主や関係者を殺された貴族たちは、リアムに反感を持つだろう。

そんな彼らがリアムの足を引っ張るなら、カルヴァンにとっては悪くない話だった。

「使えるな。今後は彼らに支援をして――」

「殿下、もう一つ大事なお話があります」

報告してきた男は、苦々しい表情をしていた。

「どうした？」

「実は、リアムにより海賊として退治された家の者たちが、我々の派閥に合流すると宣言したのです。リアム打倒を掲げております」

「な、何!?」

「リアムを憎んでいる貴族たちが集まったのですが、まとめる者もおらずに――そ、その、我々に合流すると勝手に宣言したようなのです」

「勝手なことをしてくれたな」

本当に勝手なことをしてくれたと、カルヴァンは内心で憤る。

他家に海賊行為に出た挙げ句に、返り討ちに遭ったから激怒している貴族たちがカルヴァンを支持すると言い出したのだ。

そんな連中が味方になったとしても、ただの迷惑である。

当然だが自派閥に組み込むことはしない。しないが、勝手にカルヴァンの名前を使われて動かれては迷惑極まりない。

結果として、リアムの派閥からは軽率な者たちが大量に抜け出した。

同時に、カルヴァンの方には勝手に派閥入りを宣言する者たちが現われてしまった。

（リアム君が幸運の女神に魅入られたのか、それとも私が疫病神に魅入られたのか――本当に厄介な相手だね）

どうしようもない流れに、カルヴァンは今後の不安を拭い去るために動くことにした。

「勝手に宣言した貴族たちをリストアップしてくれ。足を引っ張られてはかなわないからね」

報告に来た男を下がらせ、カルヴァンはしばらく派閥をまとめるために忙しくなることを覚悟した。

カルヴァンは、この大事な時期に身動きが取れなくなってしまった。

ノーデン家の本星に帰還したバオリーは、逃げ支度を行っていた。

帰って来るなり逃げ出す準備を始めたため、バオリーの家族も怯《おび》えている。

金切り声で問い詰めてくるのは、バオリーの妻だった。

美しくはあるが、派手に着飾った女性である。

高額なアンチエイジング技術を使用し、美貌と若さを保っている。

「リアムが戻ってきたというのは本当なのですか!?」

「あぁ、本当だ！　だからすぐに逃げなければ、我々は殺されてしまう」

既にバンフィールド領内に入り込んだ宇宙海賊たちが、リアムが帰還してまとまりを取り戻した私設軍に倒され始めている。

バオリーは、悔しさが滲《にじ》み出た顔をしていた。

「あと少し――リアムがこんなに早く戻らなければ」

辺境の男爵家に生まれたバオリーは、帝国貴族の中では見下されるような立場にいた。

首都星に出向いても田舎者扱いを受ける。

贅沢《ぜいたく》をしたくても、そもそも領地である惑星が酷《ひど》すぎる。

歴代の当主たちが重税で民を苦しめ、贅沢の限りを尽くしていた。

以前のバンフィールド家と同じ状況だった。

しかし、リアムが力を付けてきたおかげで、ノーデン男爵も多少は裕福な暮らしができるようになった。

リアムに頼めば、領内を無償で発展させてくれたからだ。

インフラ整備が進み、税収が上がった。

だが、すぐに重税を課して領内の発展を鈍らせてしまった。

リアムが聞けば「こいつ馬鹿だな」と言うくらいには、駄目な領主だ。

「あなたが絶対に大丈夫だって言うから賛成したのよ！　どうするのよ。バンフィールド家に狙われるなんて聞いていないわよ！」

「わしだって戻ってくると思わなかった！　くっ、辺境に生まれた者は、ささやかな贅沢すら許されんというのか！」

甘い汁を吸うために、アイザックの後見人になろうとしてこの台詞《せりふ》だ。

領民たちを苦しめ、贅沢な暮らしを送ってきたのに、自分たちは首都星の貴族たちと比べて貧乏だと言う。

そもそも、まともな感覚など持ち合わせていなかった。

逃げ支度を終えて、いざ屋敷を出ようとしたところで――部屋に武装した軍人たちが入り込んできた。

ノーデン男爵家の私設軍の兵士たちだ。

バオリーは、兵士たちが突入してきた事に怪訝《けげん》な顔をする。

「な、何だ!? まだ準備ができていない。迎えに来るなら――」

文句を言おうとしたバオリーだったが、部下たちは無言で引き金を引いた。

妻と揃《そろ》って撃ち殺すと、兵士たちが二人を囲む。

「自分たちだけ逃げだそうなんて、虫が良すぎるでしょうが」

「こいつらには長年苦しめられてきたからな。チャンスを待っていた甲斐《かい》があったぜ」

「広場にでも吊《つる》すか？ みんな大喜びだ」

今まで苦しめられてきた領民たちは、ノーデン男爵であるバオリーがリアムに敵対したことで決起する決意をした。

後ろ盾がない、もしくは理由なく領民たちが領主を殺せば、帝国がリアムに命じて惑星ごと焼き払わせる。

しかし、今の状況はどうだ？

寄親を裏切り、逃げ出そうとするバオリーたちが相手ならば――ここで反旗を翻しても、二人の首をリアムに差し出せば惑星ごと焼かれることはないだろう。

彼らはずっとこの機会を待っていた。

リーダー格の兵士が、息絶えた二人を見下ろして侮蔑の表情をしている。

「死体はバンフィールド家に届ける。領民はバンフィールド家に敵意なしと示さないといけないからな。お前らも我慢しろよ」

兵士たちは死体を部屋から運び出す。

しばらくした頃、ノーデン男爵家の惑星にバンフィールド家の艦隊が押し寄せて来た。

◇　◆　◇　◆　◇

ノーデン男爵が治める惑星に来たティアは、宇宙戦艦のブリッジで報告書に目を通していた。

周囲に投影された幾つもの資料の情報を眺め、瞬時に理解して小さくため息を吐く。

「リアム様に盾突いた瞬間に、領民たちに裏切られるなんて相当恨まれていたのね。無能だとは思っていたけれど、呆気《あっけ》ない最期だったわ」

バオリーとその妻、そして側室や子供たち――皆が領民上がりの私兵に殺されていた。

ノーデン男爵の領地では、領民たちがバンフィールド家の到着を待って全面降伏している状態だ。

戦闘が起こる気配すらない。

副官であるクローディアが、主君を殺した兵士たちの処遇を尋ねる。

「領主殺しは重罪です。実行した兵士たちは処刑しますか？　彼らも覚悟をしていたはずですから、さっさと終わらせましょう」

いくら理由があろうと、領主殺しは重罪だ。

ティアも理解しているが、悪戯《いたずら》っ子のように笑みを浮かべる。

理由は、リアムからの返事が来たからだ。

リアムにバオリーの顛末《てんまつ》を報告していたのだが、呆気ない最期をいたく気に入ったらしい。

詳しい報告はまだだが、文面からリアムが上機嫌なのが伝わってくる。

「リアム様に素晴らしい報告ができたわ。実行した者たちは、除隊させて名前を変更した後に他の惑星に移住させなさい。処刑は済ませたと表向きに発表すればいいわ」

クローディアは少しばかり呆《あき》れていた。

生かす方が、処刑するよりも面倒な手間がかかるためだ。

「随分な温情ですね。彼らの覚悟が無駄になります」

「リアム様を喜ばせた。私個人から褒美を出してあげるだけよ。さて――面倒だけど、ノーデン男爵の領地をしばらく管理するしかないわね」

派遣された艦隊は、そのままノーデン男爵家の領地を一時的に預かる予定だった。

そのままティアが領主代理となり、代わりの者が来るまで統治する。

残念すぎて忘れられがちだが、ティアは優秀な騎士――統治者でもある。

クローディアは、ノーデン男爵領のデータを閲覧して呆れている。

「絵に描いたような辺境の悪徳領主ですね。領民たちに嫌われるわけです。バンフィールド家が手を貸さなければ、領内はもっと酷い状況だったのでしょうね」

ティアがノーデン男爵家の領内の情報を見れば、酷すぎていっそ清々《すがすが》しい程だ。

リアムが支援したことで多少マシになっているが、その後すぐに増税して民たちを苦しめている。

これでは恨まれても仕方がない。

「リアム様とは大違いだわ。だから――この惑星にリアム様のご威光を示します。このような荒れ果てた惑星など、リアム様がいれば放置などしないでしょうからね」

悪徳領主により疲弊した惑星を、ティアは本気で統治することにした。

リアムならば同じように行動するはずだ、と。

◇　◆　◇　◆　◇

「ダーリン！」

屋敷に戻ってきたロゼッタに抱きつかれた俺は、黙って受け止めてやった。

泣いているロゼッタを避けてやるのも気が引けたし、近くには天城《あまぎ》もいる。

これで避けたら文句を言われてしまう。

「お前は元気そう――でもないか？　少し痩せたか？」

離れると、涙を拭うロゼッタが俺の不在時にどれだけ不安だったのかを語ってくる。

「ダーリンがいなくなって、本当に悲しかったわ。それに、ダーリンがどれだけ領内に必要なのかも理解できたの。わたくしは、何もできなかったの。ダーリンのために何もできなくて、悔しくて、情けなくて――こんなわたくしでは、ダーリンの役に立てなくて当然よね」

当たり前だろうが。

ここは俺の領地で、お前の領地ではない。

そもそも、ロゼッタに仕事――実権を託すなど論外だ。

お前が好き勝手にできたら、俺にとっては大問題だよ。

誰かがまとめるにしても、俺の忠実な部下に任せたい。

ロゼッタだけは絶対に駄目だ。

「気にするな。だが、今後のこともある。今回のように不安にならないためにも、お前のために親衛隊を用意してやろう」

「そ、そんなの悪いわ。親衛隊だなんて贅沢よ」

確かに贅沢だが、今後必要になってくる。

今回はマリーに連れ去られたが、これが敵だったら大問題になる。

「お前の身を守るためさ」

「ダーリンがわたくしのために？　そ、そんな――」

「それから、俺の仕事を少し手伝え。――今後は見習いとしてこき使ってやる」

「それってもしかして!?」

「しっかり働けよ、ロゼッタ」

「う、うん！」

感動しているロゼッタだが、こいつは本当に何も理解していない。

こいつのために親衛隊を用意してやるのも、領内の仕事を手伝わせるのも俺の方針と真逆に見えるだろう。

しかし、だ。

逆に言えば、ロゼッタが領内のことに口を挟める範囲を制限する意味がある。

――流石《さすが》に今回の一件で、ロゼッタに何の権力もないのはまずいと気づかされた。

実権全ては渡さないし、今後もそのつもりはない。

だが、いざという時に采配を振る程度は許してやるのもやぶさかではない。

軍隊に関しても、ロゼッタが動かせるのは自身の親衛隊だけに限定する。

こいつが張り切りだして、領内のことにあれこれ口を出してくると面倒になるからな。

こいつは善性の生き物。

今後、領民たちを苦しめる俺を止める可能性がある。

その際に、軍や役人たちに口出しさせないためにも、こいつの管轄を作ってそれ以上は関われないようにするためだ。

これは布石であり、善意ではない。

それに、親衛隊がいれば、多少なりとも仕事ができる。

仕事をしたいというロゼッタの要望も叶《かな》えつつ、俺の統治に口を出させない妙案である。

「ロゼッタ、お前のために立派な親衛隊を用意してやるからな」

「でも、わたくしにうまく扱えるかしら？」

不安そうにするロゼッタに、俺は今回ばかりは優しく振る舞う。

痩せてしまったロゼッタを見ていると——ちょっとばかり、申し訳ない気持ちもあるからな。

「気にするな。お前のための親衛隊だ。自由に使えばいい」

今までチョロすぎて残念に思っていたが、ロゼッタは悪徳領主である俺にとってこれ以上はない人材だと気がついた。

チョロい女など、手の平の上で転がしてやるよ。

俺は側《そば》にいた天城に、ロゼッタの親衛隊を用意するように命令を出す。

「天城、ロゼッタの親衛隊を用意しろ。ついでにロゼッタのために戦艦も用意してやろう。立派な乗艦を用意してやれ」

「かしこまりました」

ロゼッタは親衛隊が設立されると聞いて、ちょっと嬉《うれ》しそうにしていた。

「自由に使える戦艦って贅沢《ぜいたく》よね。でも、乗らない時はどうしたらいいのかしら？」

使わない時は、戦艦が勿体《もったい》ないと思ったようだ。

まったく、貧乏くさい奴《やつ》だ。

「暇ならお前が命令を出せばいい。親衛隊を酷使しない程度に仕事を与えておけ」

「そうなの？　何か考えておくわね。あ、それよりもダーリンがペットを飼うって聞いたの。どんなペットを飼うの？」

俺がペットを飼ったのは知っていても、どんな動物なのかは知らないらしい。

「すぐに紹介してやる。今は検疫とか、色んなチェックで病院にいるからな」

「楽しみだわ」

きっと犬でも想像しているのだろう。

チノを見ればきっと驚くぞ。

――さて、俺もそろそろ本格的に動くとするか。

領民たちにお仕置きする時間だ。

◇　◆　◇　◆　◇

執務室にやって来た俺は、そこから部下たちに指示を出していた。

周囲には大勢の部下が映る映像が浮かんでいる。

領内にいる家臣や部下たちに、これから命令を出す為《ため》なのだが――粛清直後とあって、皆が緊張していた。

気が引き締まったようで何よりだ。

「失礼いたします」

入室してきたのは、ロゼッタが預かっているシエルだった。

俺は仕事中なので、頷《うなず》くだけに止《とど》める。

シエルが俺のお茶を用意しているのを見ながら、部下たちに指示を出す。

「——そうだ。俺に幻想を抱く馬鹿な領民たちには現実を見せてやれ」

『しょ、承知しました。ですが、本当によろしいのでしょうか？　首都星での活動記録となりますと、パーティー関連ばかりですが？』

「くどい」

事案を一つ片付けると、今度は次の命令を出すため関係部署の部下の顔を目の前に持って来る。

次の命令を出す少し前だった。

シエルが俺を苦々しい顔で見ている事に気がついた。

俺への嫌悪感を隠そうともしていない。

——本当に面白い子だ。

今は無視して次の指示を出す。

「おい、例の件はどうなっている？」

『増税の件ですが、理由もなく増税をすれば反発が出ます。そもそも、当家の財政状況的に増税は不要です』

「それを決めるのは俺だ。だが、理由は必要だな」

思い出せ、俺！　前世で増税の際に、何が一番腹立たしかった？

色々とあるが――社会福祉だな。

正当な理由だけに強く否定もできず、だが増税後に良くなったようにも感じられない。

その後に、汚職とか色々なニュースを見て増税したのに何をやっているのか、と考えていた前世を思い出す。

立派なお題目で増税をしておいて、結果はお粗末だった時の腹立たしさ――うん、これがいい！

「よし、社会福祉だ。社会福祉の充実は大事だろ？」

『――では、そのように手配いたします』

通信が切れる。その後も色々と指示を出し、仕事が一段落すると空中に映し出された部下たちの顔が全て消えていた。

一段落すると、我慢する必要がなくなったシエルが俺に話しかけてくる。

メイドとして失格だが、からかいたいので話をしてやろう。

「理由があるから増税するのではなく、増税したいから理由を探すのですか？　それは目的と手段を間違えています」

真っ当な意見だ。

エクスナー男爵という悪徳領主の娘が、善人というのがまた面白い。

悪徳領主の娘が、悪政を否定するのは喜劇だろうか？

少しシエルで遊んでやるとしよう。

「間違いじゃない。俺は領民を苦しめたいから増税を決定した。理由なんてどうでもいいんだよ」

俺の言葉にシエルが目を見開くが、どこか納得した顔をしている。

「正体を現したわね。あんたが名君だなんて、私は信じていなかったわ」

急に口調が変わったが、俺の本性に気がついて猫をかぶるのを止《や》めたようだ。

そうだ、お前はそれでいい！　お前のような存在を待っていた！

「名君というのは馬鹿共が勘違いをした結果だ。だが、気づいたお前は賢い子だよ。褒めてやる。飴玉《あめだま》でもいるか？」

可愛《かわい》がってやろうとするが、シエルは俺に鋭い視線を向けてくる。

「増税を止めて。領民は苦しめたらいけないわ。ノーデン男爵のことを忘れたの？　あの人たちは、最期は領民たちに殺されたのよ」

自分の領民たちに殺された馬鹿の話か？

あれは傑作だったが——俺には関係ない。

「間抜けな奴だった。それだけだ。俺はうまくやる」

生かさず殺さず——領民から正しく搾り取るのが、正しい悪徳領主の姿だ。

失敗するのはただの馬鹿だ。

「増税なんて止めて。あなたの領民たちを苦しめないでよ」

「嫌だね。そもそも、ここは俺の領地だ。俺が好き勝手にして何が悪い？」

シエルは少し間を空けてから、口調を改める。

「――お願いします。領民の人たちをいじめないで」

自分の領民でもないのに心を痛めているシエルを見て、素晴らしい拾いものをしたと実感した。

正義感を持ち、俺を恐れながらも抗議するその精神――お前は最高だよ！

「お前の願いに聞き届けるだけの価値はない。俺は領民たちの苦しむ顔が見たいんだ」

この子には取り繕わなくてもいいだろう。

何しろ、エクスナー男爵もシエルの兄であるクルトも俺の仲間だ。

いくらシエルが騒ごうとも、俺には何の痛手もない。

「最低よ。あんた本当に最低な領主よ！」

「褒め言葉をありがとう」

あぁ、何て素晴らしいのだろう。

ロゼッタがチョロかったという誤算はあったが、まさかシエルが鋼の精神を持っているとは思わなかった。

この俺に――悪徳領主に逆らう気概が素晴らしい。

そして、俺を止められる力がないのも満点だ。

ただ、逆らうだけ。

俺の求めた最高の人材が、こんなにも近くにいるなんて嬉しい誤算だ。

お前は俺の青い鳥だよ。

シエルは俯《うつむ》き、手を握りしめている。

「みんなあんたに騙《だま》されている。こんなの間違っているわ」

「間違っているのは俺じゃなくて世の中だ。力のないお前の言葉なんて誰も信用しないぞ。

──仕事が終わったらさっさと持ち場に戻れ」

もうしばらくからかっていたいが、俺にも仕事がある。

名残惜しいがここまでだ。

これから、俺が首都星で遊び回っていた映像や動画を領民たちに見せつける。

お前たちのお金で豪遊してきたぜ！　と宣言するのだ。

更にそこに、増税という負のコンボだ。

領民たちよ──子作りデモなどして、俺を辱めたことを後悔しろ。

シエルは、自分の不甲斐《ふがい》なさが悔しかったのか目に涙を溜《た》めてドアへと向かう。

去り際に。

「絶対にみんなの目を覚まさせるわ。──お兄様だって真実を知ればきっと」

何やらクルトの誤解を解きたいらしいが、そもそもシエルは間違っている。

「クルトはお前が思っているような人間じゃないぞ。知らなかったのか？」

悪徳領主の卵である兄の素顔を知らないとは、何と情けないことだろうか。

だが、シエルの様子がおかしかった。

頬を赤くし、涙目で震えていた。

「違うもん！　お兄様はそんなんじゃ――絶対に違うんだからぁぁぁ!!」

泣きながら部屋から出て行ってしまった。

兄が悪人という事実に耐えきれなかったのか？

代わりに現われるのは、俺の影から姿を見せるククリだった。

影から頭部だけを出して、俺を見上げている。

「リアム様、よろしいのですか？　先程の娘の態度は、あまりにも無礼ですが？」

放っておくと、ククリがシエルを殺しそうなので釘《くぎ》を刺しておくとしよう。

「エクスナー男爵から預かった大事な娘だ。絶対に手を出すなよ。それとな、あの子はからかっていると面白い。困っているのを見かけたら、お前たちも助けてやれ」

俺が面白がっているのを見て、ククリは手を出すのを諦めたらしい。

ただ、ちょっと呆《あき》れているようだ。

「お遊びが過ぎますね」

クナイの助命もあり、ククリも俺に対して色々と思うところがあるのだろう。

「あの子も俺のお気に入りだからな。これくらい許せよ。それで、何か用か？　わざわざシエル暗殺の許可を求めるために顔を出したのか？」

「お耳に入れておきたい情報がございます。先程確保したのですが、クリスティアナ、マリーの両名がリアム様の遺伝子を所持しておりました。あ、こちらがその遺伝子です」

試験管に入った俺の遺伝子を、二人が所持していたらしい。

――何という事だ。

俺は先程までの愉快さが消え、真顔になっていた。

「ククリ、お前は働き者だよ。何か褒美を用意してやろう」

働き者の部下がいて、本当に助かった。

「リアム様、あの二人の処分はどのように？」

「――俺が直々にお仕置きしてやる」

俺の遺伝子を何に使うつもりだったのか？

とにかく、呼び出して罰を与えてやる。

「勝手に俺の遺伝子を用意するとかあり得ない。そうだろ、ククリ？」

「御意のとおりかと」

今頃領内を動き回っている二人を呼び出し、再度徹底させるべきだろう。

というか、俺の遺伝子で何をするつもりだったのか？

売るのか？　そのせいで、勝手に跡取りを用意されたらと思うと――あいつら、どれだけ罪深いことをしてくれたんだよ。

未遂に終わったが、絶対に許さないからな！

第十五話 命の重み

世の中、命というのは軽く考えられている。

口ではどんなに綺麗事《きれいごと》を言おうとも、だ。

それは星間国家でも同じ――いや、前世の世界よりも酷《ひど》い。

たった一度の小競り合いのような戦争でも、何万人という人間が簡単に消えていく。

何百万人がたった一度の戦争で消えてもおかしくなく、そんな戦争が今もどこかで繰り広げられている。

いくら科学や魔法が進歩しようと、人が進歩しなければ何の意味もない。

さて――前置きはこの程度でいいだろう。

星間国家で命の価値など軽い。

それは、簡単に子供が作れてしまうことも原因の一つだ。

俺がこの世界に誕生したのは試験管の中であり、その後は機械の中で育てられた。

両親も俺に愛情などなかったのだろう。

俺が五歳になると同時に、借金まみれの領地を押しつけて出ていった。

子供など簡単に生まれるし、人は簡単に死んでいく。

これがこの世界だ。

なぁ？　何とも命の軽い世界だろう？

——それでも、今回ばかりは酷いと思うんだよね。

「言い訳を聞こうか。その前に、クラウス！　こいつらの罪状を教えてやれ」

椅子に座り脚を組んで頬杖《ほおづえ》をつく俺は、頭を垂れる二人を見下ろしていた。

仕事で忙しいティアとマリーを呼びつけ、土下座をさせている。

俺の側《そば》にいるクラウスが、もう呆れを通り越して悟ったような顔をしながら罪状を読み上げる。

「ノーデン男爵率いるアイザック一味を放置し、リアム様の艦隊を無断使用。その後、領内にある惑星を不法占拠後に決起。また、当家で保管されているリアム様の遺伝子を盗み出しました」

あまりにも酷すぎる。

俺が留守ならば、家を守るのが俺の騎士たちの仕事だ。

それを、自分勝手に動くなどあってはならない。

「お前らには何度も失望させられてきた。だが、今回一番の罪は俺を裏切り、好き勝手に振る舞ったことだ」

ティアが顔を上げて言い訳をはじめる。

「リアム様！　跡取り不在の領内のことを考えれば——」

「あん？」

「ぴゃいっ!!」

床を一蹴りしてティアを黙らせた俺は、言い訳を聞く前に大事なことを伝えるのを忘れていたと思い出す。

「正論大いに結構。だが、俺はそんな話が聞きたいんじゃない。俺がつまらないと思うような言い訳をすれば、この場で斬り捨てる」

今まで何十年と俺を支えてきた二人だが、有能であろうと俺を裏切るような奴《やつ》は不要だ。

見た目がいい女性騎士を揃《そろ》えようと思っていたが、こんな奴らばかりなら女性騎士など俺のハーレムに加えられない。

今後、騎士は容姿ではなく能力重視――もっとマシな連中を集めさせよう。

二人が言葉に詰まっている。

こいつらもアイザックや他の連中と同じだな。

そう思って椅子に立てかけている刀に手を伸ばそうとすると、マリーが自分の髪を肩にかけて俺に首を見せてきた。

斬るなら斬れ、ということだろう。

「お、潔いじゃないか。痛みもなく首を斬り落としてや――」

「リアム様の子供が欲しかったのですわ！」

「――おい」

あまりの言い訳にツッコミを入れたくなってしまった。

この場で、いったい何を言い出すのか？

マリーがそのまま言い訳を続けるのだが、もう酷すぎる。

「た、たとえ、リアム様に認められず、跡取りになれなくてもあたくしが一人で育て続けるつもりでした。ど、どうか、お許し下さいませ！」

困った俺がクラウスに視線を向けるが、本人も困り果てていた。

常識人もビックリな言い訳をしているらしい。

これが星間国家の普通なのか？　と、少し疑ってしまったくらいだ。

だが、この世界でもこいつらは異常らしい。――ちょっと安心した。

ま、こいつらが普通なわけないか。

ティアも泣きながら訴えてくる。

「リアム様のご寵愛《ちょうあい》を受けたいなどとは申しません。ですが、どうしても繋《つな》がりが欲しかったのです。今回の件がなくとも、いずれは家名を残すためにリアム様の遺伝子で我が子を身籠もる予定でした。バンフィールド家の跡取りを名乗らせるつもりはありません。こ、今回は魔が差したといいますか」

お前らにとって子供って何よ？

「俺の子を身籠もりたかった、だと？」

マリーが震えながらも頷《うなず》き、理由を述べる。

「不敬にもリアム様との間に、繋がりが欲しかったのです。このマリー、大罪であることは認識していましたが、我慢できませんでした。ですが、リアム様に斬られるならば本望でございますわ！」

　俺との繋がりを求める道具？

　しかも、俺に斬られるなら本望って――やる気失《う》せるわ。

　呆気《あっけ》にとられた俺は、刀に伸ばした手を引っ込める。

「帝国騎士であるお前らの騎士資格剥奪は俺には不可能だ。だが、領内においてお前らの騎士としての地位や立場は認めない。しばらくは屋敷でメイドとして働け」

　殺そうと思ったが、馬鹿らしい言い訳に毒気を抜かれてしまった。

　二人が涙ながらに感謝してくるが、本当にどうでもいい。

「ありがとうございます、リアム様！」

「このマリー、メイドになってもリアム様にこれまでと変わらぬ忠誠を誓いますわ！」

　有能だからと放置してきたが、どうやら失敗したようだ。

　今後は、セリーナのもとで女性らしさを身につけさせよう。

「もういい、下がれ。あ、それからクラウス」

「何でしょう？」

「実は、以前から有力な騎士たちに番号を与えてやるつもりだった。お前、今回は頑張ったから一番な」

「はい――え？」

頷いて受け入れた後に、クラウスの奴は目を見開いていた。

いきなり一番と言われ、困惑してしまったのだろう。

「権限と給料を増やしてやる。まぁ、アレだよ。筆頭騎士ってやつだ。うちの一番はお前だから、今後も励めよ」

「は、はい！」

ティアとマリーが、ハイライトの消えた目でクラウスを見ていたのが印象的だ。

こいつらには、俺とクラウスとの会話の方が応えたらしい。

「ティア、マリー」

二人を呼ぶと、複雑そうな顔で返事をしてくる。

「は、はい！」

「何でしょう、リアム様！」

「お前らも普通に仕事をしていれば、どちらかを一番にしようと考えていたのに、非常に残念な結果になってしまったな」

固まって動かなくなった二人に満足した俺は、立ち上がって部屋を出ていく。

◇　◆　◇　◆　◇

クラウスは冷や汗が止まらなかった。

以前、リアムが騎士に番号を振り、特別な階級制度を用意しようとしている――というのが噂《うわさ》として広がったことがある。

その際に、何を勘違いしたのかノーデン男爵などの寄子たちが、自分たちこそリアムを支える十二騎士に相応《ふさわ》しいと言いだした。

放置していたが、領内に留学に来ていた寄子の家の出身者たちがそれを言いふらしていたようだ。

バンフィールド領内にも一時的に広まった程だ。

その後にリアムによって否定されたが、それでも自分の騎士に番号を振るというのは事実だったと聞いている。

いったい誰が選ばれるのか？

騎士団の中では興味のある話題だったが――。

(私が一番に選ばれるとは思わなかった!?)

――クラウスには寝耳に水、という話だ。

リアムが去って行った部屋では、クラウスの他には一番になり損ねたティアとマリーがいるではないか。

クラウスを見る目が、本当に暗かった。

ティアがゆっくりと立ち上がる、体に力が入らないのか不気味な立ち上がり方になっている。

「クラウス殿――おめでとうございます」

マリーも立ち上がるが、生気のない目をしていた。

動きも遅く、まるでゾンビのようだ。

「リアム様の一番の騎士とは素晴らしい称号ですわね。あ～でも、今回の件がなければ、あたくしが一番だったかもしれなかったのですよね？」

一番になり損ねたのが、二人して相当応えているようだ。

「い、いや、私にも急な話だった。この件は、リアム様も思いつきのはず。騎士団や軍との話し合いで、流れる可能性がある――はずだ」

二人が恨めしそうな顔でクラウスを見ている。

クラウスはまた胃が痛くなるのだった。

(何で私が騎士団の筆頭にならないといけないんだ!?　私が何をした!?　平凡な騎士に何を求められるのですか、リアム様!!)

有能だが、問題児ばかりのリアムの騎士団をまとめることになったクラウスの苦悩は続く。

◇　◆　◇　◆　◇

――お手上げだ。

首都星の宮殿で一人頭を悩ませる男は、カルヴァンだった。

「とうとう、追い詰められてしまったな」

机の上にはリアムのデータが表示されている。

そこに書かれているのは『リアム最大の弱点は、ワンマン統治によるリアム不在時の脆《ぜい》弱《じゃく》さ』という内容だ。

リアムが失踪したという情報が広がっただけで、バンフィールド家は酷く弱体化した。

確かに脆弱である。

普通に考えれば、リアムさえ倒せばいいので楽な話だ。

だが、それが一番難しい。

「暗殺は駄目。戦場に出しても駄目。領内で流言を放っても駄目。破壊工作のほとんどをはね除《の》ける相手に、どうすればいいのか」

リアムを守る影の一族により、暗殺などは不可能に近い。

なりふり構わず殺すにも、剣聖すら斬り伏せてしまうリアムには勝てる見込みが少ない。

そもそも、強引な手法は自らの評判を落としてしまう。

また、戦場で消そうとしても難しい。

リアム個人も厄介だが、有能な騎士や軍人たちを揃えている。

そして、今回の件で領内にいる官僚たちも引き締められ、裏切りも難しい。

内部からゆっくり崩していく工作もしていたが、工作員が消息を絶ったので継続は不可能だ。

今回の騒動でリアムは領内を厳しく取り締まり、カルヴァンやそれ以外の手の者たちが一掃されてしまった。

リアムがいなければバンフィールド家など恐れるに足りないが、そのリアムを消すための手段が見つからない。

それに――リアムが抱えるはずだった余計なお荷物を、気がつけばカルヴァンが背負っている状況だ。

クレオ派閥に集まるはずだった有象無象が、何故《なぜ》かカルヴァン派に合流してしまっている。

一体何が起きたのか、カルヴァンにも理解不能だった。

若干の支援をしたばかりだったのに、気がつけば彼らの後ろ盾にされていた。

「このままでは危ういな」

本当に自分を廃し、クレオが皇太子になる可能性が見えて来た。

カルヴァンはこの状況に頭を抱えている。

◇　◆　◇　◆　◇

頭を抱えている――いや、帽子を抱えている男がいた。

案内人だ。

小さな手足でうずくまっていた。

「何をやってもリアムを利する行動になってしまう」

召喚魔法で遠くに飛ばし、その間に領内を滅茶苦茶《めちゃくちゃ》にしてやろうと思った。

最初は成功もしたが、気がつけば元々燻《くすぶ》っていた問題を表面化させ、リアムにより対処させただけになっている。

バンフィールド家の領内。

大通りでうずくまる案内人は、巨大モニターを見上げていた。

『政庁から公開された動画データですが、リアム様はロゼッタ様と仲睦《むつ》まじくパーティーに参加されていますね』

『何の進展もないという話を聞き、このような公開に踏み切ったのでしょう。それにしてもお似合いの二人です』

ニュースが流され、リアムが首都星で豪遊を繰り返していたのに領民たちの反応が薄い。

領民たちの関心は、別にあった。

「何だ。仲が良いじゃないか」

「デモまでする必要はなかったな」

「お祭りみたいなものだろ。この調子ならお世継ぎもすぐだろ」

「じゃあ、お世継ぎが生まれたら、またデモするか！」

大通りを歩いている領民たちが、笑い話をしている。

『続いてのニュースです。政庁はこの度、社会福祉の充実を理由に増税を行うと発表しました』

『社会福祉の充実ですが、今後は――』

空中に投影された巨大モニターでは、キャスターが増税について話をしていた。

領民たちの反応は鈍い。

「増税かよ」

「リアム様最低だな」

「でも、病院関係の治療費が安くなるって聞いたぞ」

「やっぱリアム様最高だな」

増税は嫌だが、社会福祉が充実するとあって受け入れる方向で話が進んでいた。

案内人は地面がいつもより熱く感じる。

いや、熱かった。

まるで地面が火をかけた鉄板のような熱さだ。

「熱っ!?　熱っ、熱いぞ!?　ぎゃぁぁぁ!!」

ぴょこぴょこと足をバタバタさせていた。

こけて転がると、帽子姿の案内人がこんがりと焼けてしまう。

「いやぁぁぁ!!　どこにいても熱いぃぃぃぃ!!」

ジュー、という焼ける音と共に、案内人から黒い煙が発して力を奪い取っていく。

このままでは、焼き殺されてしまう。

案内人は転がりながら、安全な場所を探すがどこにもない。

黒焦げになっていく案内人は、この現象の原因を察してしまう。

「ま、まさか!?」

宙に浮かび、そのまま宇宙まで上がっていくと――惑星が神々しく見える。

黄金の粒子を発し、輝いていた。

「何だ？　原因は何だ!?」

リアムの感謝の気持ちがあふれ出たにしては、スケールが大きすぎる。

惑星一つを飲み込み、自分を追い出してしまうようなことがあり得るのだろうか？

そこまで考え、案内人は思い出した。

「も、もしや、せ、世界樹か!!」

遠くにある惑星から、時や空間を超えて何かが流れ込んできている。

その先にあるのは、復活したばかりの惑星だった。

リアムの管理下にあり、リアムが守っている世界樹だ。

まだ復活したばかりの世界樹は小さいが――リアムへの感謝の気持ちがあるのか、その神聖な力で守ろうとしている。

「世界樹がリアムを守るだと!?　こ、こんなの、どうやっても勝てないではないか!?」

世界樹。

それは本当に神聖な植物であり、案内人にとっては厄介な毒と同じだ。

本来なら世界樹を枯らせるはずだった悪いエルフたちを、目先の利益に囚《とら》われ毒気を抜いてしまったのが案内人だ。

ただ——普通は世界樹も個人にここまで肩入れなどしないはずだった。

案内人も想定外の事態に、震えてくる。

「も、もはや、私一人の力ではどうにもならない。こうなれば——この世界にいる私のような存在を集めるしかない」

一人で駄目なら助けを求めればいい。

だが、同種の存在に助けを求めるなど、本来はプライドが許さなかった。

しかし、今の案内人はリアムという存在を前に——プライドを捨ててしまう。

「リアムを倒すためなら、何だってやってやるぞ！」

第十六話 ＞ 試金石

リアムが増税に踏み切った。

理由もなく、ただ領民を苦しめたいというだけの増税だった。

後付けで社会福祉の充実を言い訳にしているが、中身など何もない。

こうした場合、目標もあやふやであるため官僚たちが好き勝手にして中身のない増税になってしまう。

ただ――前提として、バンフィールド家では大量粛清が終わった直後の話である。

政庁に勤める官僚たちが、リアムの思いつきの増税に頭を抱えていた。

普段なら喜ぶ場面だろうが、今回は違った。

何故なら。

「これは絶対に試されている！」

「我々に社会福祉の充実を丸投げにしてきたのは、試しているからだ！」

「ここで下手なことをすれば、我々も処罰されるぞ」

リアムを裏切った官僚たちは、当然のように処刑された。

他にも、大小様々な罪を働いた官僚たちが裁かれている。

他領のスパイ、カルヴァンのスパイ、他国のスパイ……横領など、他にも小さな罪で今まで見逃されてきた者たちも、大勢が処罰された。

そんな状態でリアムが増税だけを言い、中身を官僚たちに丸投げしてきた。

社会福祉の充実を任された官僚たちはこう考える。

「リアム様が納得する制度を用意しないと――殺される」

古株が青ざめた顔をしながら、若い者たちに昔の話をした。

「もう半世紀以上も前の話だ。リアム様は僅か十歳で汚職役人を一掃したことがある」

若い官僚たちも聞いたことがある話だが、実感している者は少なかった。

「リアム様は他の領主様たちよりも寛大で慈悲深いが、苛烈な決断が下せないわけではない。やろうと思えば、いつでも大鉈《おおなた》を振るうお方だ。我々はこの数十年でその事実を忘れていた」

しばらく幸せな時間が過ぎていた。

官僚たちも油断し、私腹を肥やす者も出てきた。

だが、古株の言葉に周囲の官僚たちが息をのむ。

「む、昔、そんな話を聞いたことがあります」

「子供の頃に官僚が大量に処罰されたと聞いていましたね」

「あの頃はもっと酷《ひど》かったから、やるしかなかったのでは？」

自分たちにも同じ事をする、とは考えていなかったようだ。

古株が俯《うつむ》く。

「中身のない役に立たない制度を作れば、リアム様が今度こそ我々を粛清する。あの方はやると決めたらやる人だ。この制度で余計なことをする者が出れば、全員が殺されるぞ。領内の統治は、人工知能に任せれば済む話だからな」

官僚たちもどこかで気づいていた。

リアムがその気になれば、自分たちを排除して人工知能に統治を任せるだろう、と。

自分たちには代わりがいる。

それを思い出した官僚たちが、本気で仕事に取り組んだ。

◇　◆　◇　◆　◇

バンフィールド領に住む一般家庭。

祖父母、両親、子供が三人という家庭だ。

七人が食卓を囲んで、増税について話をしていた。

「社会福祉の充実か――リアム様が言うなら本当だろうな」

父親がそう言うと、祖父がお茶を飲みながら頷《うなず》く。

「間違いないな。あの人は名君だ」

絶対の信頼を見せる祖父母と両親に、過去を知らない子供たちが怪しむ顔を向けていた。

長女が四人の意見に水を差す。

「でも、実際どうなるかわからないよね？」

疑う長女に、父親は納得した顔をする。

「そうか。お前たちは知らないのか。授業で習っていても実感はないんだな」

バンフィールド家の領民たちは、リアムの意向で義務教育期間が定められている。

九年と長いようで短い期間だが、教育カプセルを使えるので領民全てが大学まで卒業した学力を身につけられる。

その先に進むのも容易になり、義務教育が終わった後でも進学して学校に通える子供たちが増えていた。

祖父母と両親たちは、そのために子供たちが実感できずにいるのだろうと察する。

子供たちは五十歳にも届かず、まだ成人していない。

見た目は十歳前後だ。

バンフィールド家の暗黒時代を知らなくても仕方がなかった。

「リアム様が領主になられるまで、この領地は本当に酷かったんだぞ。意味のない重税に、職もなく戦争になれば強制参加も珍しくなかった」

あの頃は本当に酷かったと、祖父が暗い表情になる。

子供たちはそれでも怪しむ。

「それって意味があるの？　領地は発展させた方が貴族様もお得だよね？」

当然の考えだが、世の中を知らない子供の戯《ざ》れ言《ごと》だと父親が言う。

「お前たちが将来、バンフィールド家以外の領地を見て同じ事が言えたらいいな。それができるお貴族様は少ないんだよ」

子供たちが理解できない顔をしていると、祖母が食事を再開するように促した。

「せっかくの料理が冷めるからさっさと食べなさい。リアム様に限って、変なことになることはないから安心すればいいわ」

祖父母や両親のリアムに対する信頼に、子供たちは怪訝《けげん》な顔をしていた。

◇　◆　◇　◆　◇

バンフィールド家の軍部も大騒ぎになっていた。

リアムが再編した初期から付き従っている軍人たちはともかく、後から入隊した軍人たちの不正が明らかとなってしまった。

中でも、一番許されないのが——。

「海賊と内通していただと！」

——宇宙海賊と内通していた者がいたことだ。

バンフィールド家にある軍の士官学校を卒業した大佐が、海賊たちを見逃す代わりに賄賂を受け取っていた。

金銭やら高価な品を受け取り、それを仲間たちに配っていた。

最近、リアムが海賊相手に自ら戦わなくなり、気が緩んでいた軍人たちも多い。

また、海賊たちがバンフィールド家を恐れるあまり、下手に出てくるため気が大きくなった軍人もいた。

上層部はこの事実に震える。

「ば、馬鹿なことを」

「リアム様が知れば激怒されるぞ」

「だが、報告しなければ我々の首が物理的に飛ぶぞ」

将官たちが怯《おび》える理由は、リアムが海賊に対して一切容赦しないためだ。

初期から軍隊を支えてきた将官たちは、戦場でのリアムの苛烈さを知っている。

海賊を絶対に許さないリアムだ。――裏切り者など容赦しないだろう。

調査をした結果、佐官クラスも大勢関わっていた。

「海賊と内通していた者たちは全て銃殺刑にしろ」

「取り調べはどうする？」

「手荒でも構わない。徹底的にやれ！」

リアムが領内をまとめ、八十年以上が過ぎようとしていた。

軍部は更なる引き締めが必要であると考え、この際だからと徹底的に調べ上げることになる。

◇　◆　◇　◆　◇

「思ったよりも馬鹿共が少なかったな」

執務室で各所から上がってきた報告書を読み、呆《あき》れてしまった。

「横領、賄賂、海賊との内通――ま、こんなものか」

俺は人間など最初から信用していない。

むしろ、想定していたよりも少ないくらいだ。

天城《あまぎ》が三時のおやつを持ってくるので、受け取って話をする。

「他所《よそ》と比べればバンフィールド家は非常に優秀ですね」

「いいことだ。ま、俺の手足となって動く連中くらいは大事にするさ」

「その優しさを領民たちにも向けてはいかがでしょうか？」

「あいつらはこの俺に恥をかかせた。その報いを受けさせる」

査問会で吊《つ》るし上げられた際に、子作りデモで嘲笑されたのは絶対に忘れない。

あの時はユリーシアも俺に恥を――恥を――あれ？

「天城、ユリーシアって今は何をしているんだ？」

「ユリーシア様ですか？　調べてみましょう」

天城が調べると、ユリーシアは屋敷の中にいた。

◇　◆　◇　◆　◇

「リアム様、酷い！」

「酷いのはお前だよ！　デモの鎮圧を命令したのに、参加するとかふざけているのか！」

子作りデモに参加したユリーシアだが、何というかアイザックたちに協力はしていなかった。

不義理なのか、義理堅いのか――こいつどっちなんだよ？

ユリーシアは俺の側室候補という立場であるため、何をされるかわからず怖くて部屋に引きこもっていたらしい。

「みんな酷いわ。側室候補の私を無視するなんて。殺されると思って引きこもっていたのに」

「俺も忘れていた」

「リアム様の鬼！」

こいつにもお仕置きが必要だが、ユリーシアは俺と帝国軍とのパイプ役でもある。

処刑するのはためらわれる。

そこで、俺はユリーシアに相応《ふさわ》しい罰を思い付いた。

ロゼッタに親衛隊を用意する話をしていた。

あいつは軍人経験がないため、側《そば》に副官を置かないと親衛隊を組織できない。

ユリーシアは、軍部にも兵器工場にも伝手《つて》がある。

こいつも残念だが、優秀ではあるんだよな。

普段からもっと有能さを見せて欲しいが、今は暇そうなのでロゼッタに預けることにした。

「それより、暇ならロゼッタの親衛隊設立の手伝いをしろ」

「え？」

「お前、こういうの得意だろ？」

やれと命令すると、ユリーシアが微妙な表情をしていた。

「い、いえ、できますけど、私の立場ってリアム様の側室候補ですよね？　正室候補のロゼッタ様のお手伝いは、気まずくないですか？」

「それを理解できる頭があるなら安心だな。十分な罰になるだろう」

「酷い！　そんな思いつきみたいな罰なんて嫌です！」

「ロゼッタにこき使われろ！　ついでに予算をくれてやるから、これで親衛隊を用意しろよ」

俺のポケットマネーから予算を出してやろうと思ったのだが、いくら渡せばいいだろうか？

とりあえず、戦艦で数十隻分くらい？

それだけあれば十分だと思い、予算を渡すとユリーシアが驚いた顔をする。

「使い切る感じで揃《そろ》えろよ。数とか指定しないからさ。じゃ、後はよろしく」

「た、足りるというか、どれだけの規模を考えられているのか教えて下さいよ」

「それだけあれば足りるだろ？」

「え？　こんなにですか？」

◇　◆　◇　◆　◇

リアムが去った後。

残されたユリーシアは頭を抱えてしまう。

「使い切れって、これだけの金額を使い切ったらどれだけの艦隊を揃えられると思っているのよ」

ユリーシアの受け取った予算だが、とんでもない金額だった。

下手したら一個艦隊を揃えられるような金額だ。

「桁が三つも四つも違うじゃない!?」

これだけの規模の艦隊を揃えろと命令されても、ユリーシアには難しい。

以前にティアがリアムの命令で数万隻の艦隊を短期間で編成して見せた。

だが、ティアが異常であって、ユリーシアの能力不足ではない。

むしろ、ユリーシアは並の軍人よりも優秀だ。

「と、とにかく、ロゼッタ様と相談して決めないと。そ、それに、どこかに艦艇や使用する兵器を注文する必要があるわね。第三兵器工場でいいかな？　でも、これだけの規模でトライアルをしないと絶対に文句が出るし――」

リアムが丸投げした予算が多すぎて、ユリーシアは不安になってくる。

「大体、親衛隊なんて多くても数百隻でしょ？　自分の親衛隊を揃えるみたいに、ロゼッタ様の艦隊を揃えるとかおかしいわよ。これじゃあ、ロゼッタ様にかなりの武力が――もしかして、それが狙いなのかな？」

自分の妻に大きな権限を渡そうとしているのか？

ユリーシアはリアムの考えを予想する。

「いえ、もしかしたら、自分の電子マネーの桁が三つ消えているのを忘れていたとか？　流石《さすが》にそれはないか。でも、リアム様が無意味なことをするとは思えないのよね」

本当に一個艦隊で一万隻を揃えたら、リアムに激怒されるかもしれない。

だが、消極的に行って予算を大量に残せば、それはそれで怒られるだろう。

着服などしたら、自分だって消されるとユリーシアも理解している。

「考えるのよ。考えて、ユリーシア！　ここで下手なことをすると、本当に忘れ去られてしまうわ。そうならないためにも何か名案を――あ、そうだ！」

ロゼッタの親衛隊など、そもそも戦争に出ることは少ないだろう。

最初はユリーシアも並か、やや劣る程度の質で揃え、外見だけを豪華にすればいいと考えていた。

だが、それでは一万隻を超える規模が揃ってしまう。

だから——中身も充実させればいい。

「精鋭で揃えれば一千隻くらいになるわね。それくらいなら、数的にはちょっと多いくらいになるわ。前線には出ないでしょうけど、外観も中身も揃えた艦隊を用意すればいいわね」

ロゼッタの親衛隊は、ロゼッタの身を守るために存在する。

数よりも質。

もしもの時には、ロゼッタを連れて逃げられれば十分である。

「ま、ロゼッタ様が拒否すれば他を考えればいいし、これでいいか」

手早く計画書を作成し、ロゼッタに見せることにした。

◇　◆　◇　◆　◇

ロゼッタはユリーシアの計画書を見て困っていた。

「本当にこれで良かったのかしら？」

リアムがロゼッタの親衛隊を揃えるために派遣したのは、まさかの側室候補であるユリーシアだった。

ロゼッタも思うところはあるが、リアムの命令には逆らえない。

また、士官学校を出ていない自分に、相談役が必要なのは事実だ。

ユリーシアは優秀な軍人であり、確かに自分の補佐に相応しい。

「マリーはダーリンを怒らせて、しばらく騎士に戻れないから仕方ないわね」

頼りのマリーだが、リアムを激怒させてしまい騎士資格を剝奪された。

今はセリーナのもとで教育を受けている。

計画書を見ていると、ロゼッタの側付であるシエルが考え込んでいた。

ロゼッタは、シエルが武闘派貴族であるエクスナー男爵の娘であるのを思い出す。

何か妙案はないかと尋ねてみる。

「シエル、何か思うところがあるの？」

「――申し上げてもよろしいのでしょうか？」

「構わないわ。わたくしは貴女《あなた》の意見が聞きたいの。わたくしの親衛隊はどうすればいいかしら？　ごめんなさい、漠然としすぎているわね」

謝罪すると、シエルはロゼッタが親衛隊の扱いについて悩んでいると察したようだ。

シエルの視線が鋭くなる。

「親衛隊に関してですが、通常だと奥方の親衛隊は多くても数百隻が精々です。あまりに大きくなれば、お家争いに発展する恐れがありますからね」

「そうね。親衛隊だろうと軍隊ですからね。本当ならダーリンの下で管理されるべきだわ。

わたくしが大きすぎる力を持てば、争いの種になるわね」

ロゼッタが意識せずとも、軍と親衛隊の間で争いが起きるかもしれない。

「ならば、親衛隊は総数一千隻にして、普段は三百隻程度を運用しましょう。残りは休暇と訓練の他に仕事を与えるべきです」

「仕事を？」

「ロゼッタ様、貴族たちの中には自分の身を守れない者たちも多いのです」

辺境惑星を領地に持つ貴族たちの中には、満足に自衛の手段を持たない者たちも少なくない。

「理解しているわ。代わりにわたくしに守れと言うの？」

「はい。伯爵であるリアム様では手の届かない雑事を代行するのはいかがでしょう？　規模の小さな争いは、ロゼッタ様でも片付けられるはずです」

リアムの手伝いができると聞いて、ロゼッタはシエルを褒めた。

「いいわね。ダーリンに持ち込まれる陳情は多いわ。全てを処理し切れていないと聞くし、雑事ぐらいは片付けてあげたいわね」

「では、そのために本部が必要ですね」

「もしかして――基地まで用意するの？」

「当然です。親衛隊は軍とは別系統で動くことになりますから」

「ユリーシアに相談してみるわね」

◇　◆　◇　◆　◇

ロゼッタがユリーシアに相談しに向かうと、シエルはガッツポーズをした。

「よし！　これで、ロゼッタ様に僅かばかりでも力が手に入るわ。今は小さくても、少数精鋭の艦隊が手に入るなら、多くの貴族を味方にできる。いずれは、リアムが無視できない権力をロゼッタ様が得るのよ！」

シエルがロゼッタに肩入れする理由は、リアムを止めるためだ。

そのために、ロゼッタには力を付けてもらう必要がある。

「いずれロゼッタ様も、リアムが悪い奴《やつ》だって気づくはず。そうなったら、ロゼッタ様にリアムを止めてもらわないと」

自分が楽しむためだけに民を痛めつけるのがリアムだ。

いずれはロゼッタも理解してくれる――そう、シエルは考えていた。

「待っていなさい、リアム――必ずあんたの悪事を止めてみせる。そして、本当のお兄様を取り戻してやるんだから!!」

◇　◆　◇　◆　◇

「──と、そんな感じでシエル様がロゼッタ様をそそのかしております」

ロゼッタの親衛隊設立に、シエルが口出しをして良からぬ事を考えていた。

即座に俺のもとにクナイが報告に来ているので、当然ながら全て筒抜けである。

あいつ、ここが誰の屋敷か忘れているのか？

「馬鹿可愛《かわい》いとはこのことだな」

「リアム様、本当にお許しになるのですか？」

シエルの行動は俺への裏切り行為だが、せっかく見つけた鋼の精神を持つ女だ。

この程度で潰していてはつまらない。

──だが、俺は油断して足をすくわれるつもりはない。

「シエルは許してやれ。それから、ロゼッタを呼び出せ」

「はっ！」

クナイが俺の目の前から消えると、しばらくしてロゼッタがやって来る。

「ダーリン、わたくしに何か用事かしら？」

ニコニコと柔らかい雰囲気を出しているロゼッタを見ていると、少しはシエルを見習って俺の寝首をかくくらい計画しろと言いたくなってくる。

「親衛隊の件だ。シエルに言われて俺の雑用をするみたいだな」

「知っていたの？」

「当然だ。だが、その案は却下する」

ない。

「や、やっぱり駄目だった？」

ロゼッタが俺の雑用係をしたいなら止めないが、シエルの計画に乗ってやるのは面白くない。

悪いが邪魔をさせてもらおう。

今のシエルはロゼッタを思い通りに動かせたと喜んでいるだろうが、こいつを手の平の上で転がすのは――この俺だ！

「お前がやりたいようにやれ。誰かに言われて決めるんじゃない。相談をしてもいいが、決めるのはお前自身だ。お前の親衛隊だぞ」

とりあえず、ロゼッタの意思に任せることにした。

それにこいつは軍人教育を受けたのは、幼年学校で基礎のみである。

本職ではないし、放っておいたら自滅するか無難に終わるはずだ。

そんなロゼッタを見てヤキモキするシエルを――俺は見たい！

「わたくしがしたいように？」

「相談してもいいが、鵜《う》呑《の》みにするのではなくお前が判断して決めろ。そうでないなら、計画の全てを却下する。わかったら行け」

ロゼッタを部屋から追い出すと、クナイが俺の影から頭を出してきた。

「リアム様、よろしかったのですか？」

――正直、俺の電子マネーの表示は桁が三つも略算されているとか初耳だった。

初期から三つ消えていたので、合計して桁が六つも消えているとか思わないよ。ちょっとロゼッタに予算を与えすぎたが、今更返せとは恥ずかしくて言えない。

ここは意地でも見栄《みえ》を張る場面だ。

「あいつの好きにさせる。ロゼッタやシエルが、どう動くか見物だな」

「ユリーシア様はよろしいのですか？」

「あいつはどうせ残念に終わるし、それを見て楽しむからどうでもいいや」

ピーキーなニアスとは違って、ユリーシアはこう——平均的に残念だからな。

「それよりも、さっさと首都星に戻って修行を終わらせたい。あと四年で終わるのに、領地に戻ってきて時間を使いすぎた」

さっさと修行期間を終えて、俺は自由に悪徳領主ライフを送るのだ。

すると、首都星にいたウォーレスから緊急の通信が入る。

『た、大変だ、リアム！』

「何だ、ウォーレスか」

『落ち着いている場合じゃないよ！　大変なんだよ！』

「お前は落ち着いた方がいいと思うけどな。それで何があった？」

『覇王国が帝国に宣戦布告してきた！』

「あ、そう」

何を慌てているのかと思えば、俺のいる領地とは無関係な星間国家が帝国に喧嘩《けんか》を売ってきただけか。

もっとマシな報告をしてきて欲しいものだ。

『何で落ち着いていられるんだよ！』

「興味がない。それより、俺はそっちに戻ってさっさと修行を終わらせる」

『え？　リアム、戦争に参加しないの？　出ると思ったのに』

「俺は勝てる戦いが好きなのであって、戦争自体は好きじゃないぞ。それに、面倒だから嫌だ。さっさと修行を終わらせる」

何でウォーレスは、俺が戦争に出ると思っていたのだろうか？

エピローグ

勇者たちが去ったアール王国に、一つの変化が起きていた。

「天城様《あまぎ》」

復興が進む王都に建造されたのは、女神を祭る建物だ。

女王であるエノラも足を運ぶと、両肩を露出させた衣装に身を包んでいる。

それは、天城が着ていたメイド服に似せて作られた衣装だった。

祭壇には天城を模した像まで用意されている。

その像に向かってエノラが祈りを捧《ささ》げると、他の者たちも後に続いて祈りを捧げる。

皆が皆、両肩を露出させたメイド服に着替えていた。

——ただ、女性ばかりではなく、男性も同じ衣装を着用している。

両肩を露出させるだけでなく、全員がスカートをはいていた。

老若男女、皆が等しく同じ衣装に身を包んで天城の像に祈りを捧げている。

「天城様、どうか我々を見守って下さい。必ずや——我らは試練を乗り越えて見せます」

あの日——リアムが王城で傍若無人に振る舞っていた。

誰もがリアムを止めることができず、エノラたちもただただ成り行きに身を任せるしかなかった。

そんな絶望する状況の中、たった一人——圧倒的な強さを持つリアムに逆らったのは天城だった。

賢者たちが傅《かしず》き、誰もが従うリアムを前に堂々と振る舞っていた。

あのリアムでさえ、天城には逆らえずにいた光景をエノラは今でも覚えている。

だから、エノラたちは思った。

——きっと天城は、リアムよりも位の高い存在なのだろう。

そんな天城の像を用意し、着用していた衣装に似せた祭服を作らせた。

エノラたちにとって、天城のメイド服は天の衣に見えていた。

結果、天城を神と崇《あが》める神官の祭服に採用されてしまった。

エノラが熱心に祈りを捧げている。

「獣人たちと盟約を結び、互いに不干渉を取り決めました。まだ、互いにいがみ合っておりますが——きっとこの苦難も乗り越えて見せます」

アール王国だが、天城が用意した天の恵み——物資により、復興は順調に進んでいた。

まさに、天城はエノラたちにとって女神だった。

「女神天城様、我々をお救い下さり感謝いたします」

メイド服を着た老若男女たちが、天城の像に向かって真剣に祈りを捧げる。

◇　◆　◇　◆　◇

狼《おおかみ》族改め、犬族の族長であるグラスは村の中央にリアムの木像を建てていた。

王国の人間のように器用ではないが、精一杯の気持ちを込めて作られた木像だ。

そして、そんな像を前にグラスは他の部族も集めて演説をしている。

「俺の娘であるチノは、リアム様に嫁いだ！　すなわち、我が犬族はリアム様に認められた神の一族である！」

チノがリアムのペットになったのを利用し、グラスはこのまま獣人たちの間で存在感を増していく方針を打ち出した。

野心――がないとは言わない。

だが、ノゴを失い、まとまりをなくした狼族たちを誰かがまとめる必要があった。

グラスは必要に駆られて、獣人たちをまとめる決意をした。

――リアムとは似ても似つかない、荒々しい神的な何かの像を用意してまで。

ただ、他部族の反応は鈍い。

「いや、犬はないだろ」

「俺たち狼だぞ」

「グラスの野郎、プライドはないのか？」

他の獣人たちからすれば、グラスの娘は武神であるリアムに嫁いだことになっている。

そのため、チノの一族を無下にはできないが、犬と言われることには抵抗を示していた。

グラスはそんな仲間たちを説得するため、リアムの名前を使う。

「リアム様に逆らってまで狼族を名乗るならば好きにするがいい。だが、犬族でないお前たちはリアム様の加護を得られないことだけは理解しろ」

獅子《しし》将軍ノゴを軽くあしらい、魔王すら倒してしまったのがリアムだ。

獣人たちも勝てない強者に逆らえず、不満そうに腕を組みながらも納得した様子を見せていた。

グラスの息子が手を挙げて発言する。

「親父《おやじ》、それよりチノは戻ってくるのか？」

「あの子は我が部族の礎になったのだ」

（そもそも、宇宙とか言われても――その、困る）

それらしいことを言っているグラスだが、実は何も理解していない。

リアムから簡単な説明は受けたが、基礎知識がないのでサッパリだ。

星間国家、宇宙、惑星――それらを理解するだけの下地がなく、チノがどのような扱いを受けているか想像も付かない。

（無事だとは思う。思うが――きっとあの子も辛《つら》いのだろう。チノ、お前のおかげで我らは生き残った。お前のことは、我が一族が必ず末代まで語り継ぐ。呪うならば、父である私だけを恨んでくれ）

圧倒的なリアムの前に、娘を差し出したことを後悔はしない。

だが、父親として、グラスは自分を情けなく思う。

「我が娘チノも我らの村で崇めよう。あの子がいるから、今の我々があるのだ」

村にはチノの木像も用意されているが、その姿はリアム同様にまったく似ていなかった。

◇　◆　◇　◆　◇

バンフィールド家の屋敷。

侍女長であるセリーナのもとには、新人のメイドたちが配属されていた。

「クリスティアナです！」

「マリーです！」

メイド服を着て可愛《かわい》らしいポーズをする二人は、ぎこちない笑みを浮かべていた。

頬を引きつらせている。

本人たちも可愛らしいポーズと、可愛らしいメイド服姿が似合っているとは思っていないのだろう。

だが、ポーズも恰好《かっこう》もリアムが指定したものだ。

リアムの命令は絶対である二人にとって、メイド服で可愛いポーズを取るのは命を賭けるに値する任務である。

――たとえ、どれだけ恥ずかしくとも実行するのだ。

憐《あわ》れな二人を前にして、セリーナが深いため息を吐《つ》く。

「笑顔がぎこちない、ポーズも駄目。――二人ともやり直しだよ」

やり直しを要求するセリーナに、ティアとマリーが噛《か》みついた。

「化石女、あんたの笑顔がぎこちないせいでやり直しじゃない！」

「ミンチ女ぁ！　お前の可愛くないポーズが足を引っ張っているって理解しろや！」

口汚く罵り合っている二人に、セリーナは冷めた視線を向けた。

「リアム様も面倒な仕事をこの婆《ばばあ》に与えてくれたものだね。お前たち、そっちの新入りを少しは見習ったらどうだい？」

セリーナも口調を崩し、争っている二人の視線をもう一人の新人メイドに向けさせる。

三角の犬耳に、フサフサした尻尾を持つチノがメイド服に身を包んでいた。

「私は誇り高き狼族のチノ！　メイドをやれと言われたからには、最善を尽くそう！　ところで、誰を倒せばいい？」

二人よりもやる気はあるのだが、チノはメイドについて何も理解していなかった。

セリーナは頭を抱えたくなったが、チノはこれで問題ない。

何故《なぜ》なら、リアムが許容しているからだ。

仕事ができなくてもいい。偉そうな物言いもチノだけは許される。

メイドとは名ばかりのマスコット枠、というのがチノの正式な役割である。

ティアがチノを見て、鼻で笑った。

「セリーナ殿、このちっこい獣人を見習えと言うのですか？　これでも私はメイドとしても一流ですよ。この獣人に学ぶところなどありません」

勝ち誇っているティアに、セリーナは事実を突きつける。

「あんたは最初から勝負になっていないんだけどね」

「え!?」

チノに勝負をする前から負けていると言われたティアは、驚きすぎて目をむいていた。

その様子を見て大喜びするマリーは、ティアを指さして笑っている。

「聞いたか、ミンチ女。お前は未開惑星の獣人以下だとさ！」

口が悪いマリーに、セリーナがチクリと言い返す。

「その口の悪さを少しは隠しなよ。いつもみたいに猫をかぶるくらいじゃないと、あんたの方が原始人以下だからね」

「な!?」

マリーが仰《の》け反《ぞ》るも、ティアの方はチノに負けたのが相当悔しかったようだ。

ハイライトの消えた瞳でチノの姿を見ている。

「私がこいつに負けるというのは納得できませんね。教養、礼儀作法、そして強さ――どれを取っても負ける気がしませんよ」

ティアの威圧に、チノが尻尾を丸めて震えていた。

犬耳がペタリと倒れている。

「わ、私は狼族一の勇者の娘らぁ！」

恐怖で声が裏返るチノに、今度はマリーが顔を近付けた。

眉根を寄せて、非常に柄が悪い。

「こんな獣人をリアム様が可愛がる？　あり得ないですわね」

二人に威圧され、涙目のチノが、チノが二人に勝っている部分を教えてやる。

その様子を見たセリーナが、チノが全身を震わせている。

「あんたら二人より、よっぽどまともだよ」

すると、ティアとマリーが即座に反論してくる。

「どこがです？　何度も言いますが、私は一流の騎士にしてリアム様の剣。この獣人に負けるとは思いませんが？」

「このおチビちゃんが、あたくしたちよりもまとも？　何の役にも立ちそうにないじゃないの」

二人がチノに対抗意識を燃やしているのは、リアムに可愛がられているからだ。

つまりは嫉妬である。

普段なら分け隔てなく周囲の者に接する二人だが、リアム絡みでは暴走する。

セリーナはたとえ話をはじめた。

「そうだね。なら、あんたたちに一つ質問だ。ある女には好きな男がいた。その女と男では身分が釣り合わず、男の方が高嶺《たかね》の花《はな》だ。その男との繋《つな》がりを求めた女が、その男の遺伝子を手に入れて勝手に子供を身籠もろうとした。――あんたらはどう思う？」

明らかにティアとマリーの話なのだが、二人はドン引きした顔をしている。

「ちょっと怖い話ですね。その女は病院に行くべきです」

「同感だわ。勝手に男の子供を身籠もるとか、人としてどうかと思いますわ」

二人の反応を見て、セリーナは頭痛を覚える。

これが有象無象なら笑って見ていられたのだが、二人は揃《そろ》ってバンフィールド家の中核を担う騎士である。

重要人物なのにこれだ。

(自分のことだって理解できないのか？　この二人、本当は優秀なんだけどね。リアム様のことになると暴走するから面倒だよ)

セリーナが姿勢を正して、残酷な事実を突きつける。

「今の感想が、あんたたちに対するリアム様の評価だよ」

ティアとマリーが顔を見合わせ、笑い始めた。

「セリーナ殿は冗談がうまいわね」

「そうですわ」

どうして自分たちは違うと思えるのか？

それをセリーナはすぐに知ることになる。

瞳からハイライトの消えたティアが、笑顔で両手を広げている。

「リアム様は高嶺の花なんて言葉では言い表せないわ。もう、私の中では神です。尊敬するリアム様の子を身籠もるのは、これつまりは神事！」

マリーは手を組んで祈る仕草をしている。

見た目だけなら美しいのだが、ハイライトの消えた瞳と血走った目が怖い。

「暴走した頭の悪い女と一緒にしないで欲しいわ。たとえ、禁忌を犯そうともリアム様の子を身籠もれるなら、何だってする。その価値があるの！」

今更少し教育した程度でどうにもならない二人の状況を見て、セリーナは天を仰いだ。

「この二人の面倒を見ろだなんて、リアム様も酷な命令をしなさるね」

チノが二人にドン引きしていた。

「話の内容はよくわからないが、お互いの理解が大事だと思うぞ」

真っ当な意見を言うチノに、セリーナは「まだこっちの方が教育しがいがある」と呟《つぶや》いた。

そんな場所にリアムがやって来る。

「チノ！　お前、パンケーキを食べたことがないだろ？　パティシエに作らせたから、一緒に食べるぞ」

ウキウキしたリアムがやって来ると、チノが尻尾をぶんぶんと振り回していた。

だが、精一杯の抵抗なのか――リアムをチラチラ見ながら拒否をする。

「パンケーキとはなんとおいしそうな響――じゃなかった。そ、そんなことでこのチノを懐柔できると思うにゃよ！」

最後は噛んでしまったが、食べたそうにしているのは伝わってくる。

リアムはそんなチノの姿に頬を緩め、手を引いて連れて行こうとする。

「セリーナ、チノを借りていくぞ」

「は、はにゃせ！」

セリーナはチノを連れて行くリアムに、他二人の話を振る。

「構いませんが、そちらの二人はどうします？」

リアムが立ち止まって振り返ると、視線の先にはチノに冷たい目を向けるティアとマリーがいた。

二人の後ろに、嫉妬心がメラメラと燃えさかっている光景が幻視できてしまいそうな程だった。

チノが怖がってリアムの後ろに隠れる。

「ひっ！」

すると、リアムがティアとマリーを見て嫌悪感を丸出しにする。

「俺のチノに何かしたら斬るからな。お前らはさっさとセリーナから教育を受けて、少しは淑女らしさを学べ。さ、行くぞ、チノ。パンケーキはおいしいぞ」

「う、うむ！　ついていってやろう」

リアムに手を引かれて、この場からチノは逃げ出していく。

余程ティアとマリーが怖かったのか、リアムの手を力いっぱい握っていた。

その姿を見たティアとマリーが、膝から崩れ落ちる。

「リアム様ぁぁぁ！」

「どうしてあんな小娘にぃぃぃ！」

泣き崩れてしまった二人を見たセリーナは、またしても深いため息を吐く。

「次から次に問題児を押しつけてくれるよ。――さぁお前たち、今日から厳しく教育してやるから、覚悟しておくんだね」

（どうせ並の騎士よりも頑丈だから、多少厳しくしてもいいだろ）

ティアとマリーの二人は、セリーナのもとで厳しく教育されることになった。

◇　◆　◇　◆　◇

ロゼッタ、ユリーシア、シエルの三人が集まった部屋は、親衛隊設立のために用意された会議室だった。

ロゼッタの親衛隊設立に向けて、三人は方針を話し合っている。

そこで、ロゼッタが発表した方針を聞いて驚くのは、ユリーシアだった。

「困っている者たちを助けたい、ですか？　確かに、悪くはありません。ですが、余計な出費と時間がかかりますね」

「構わないわ。わたくしは思い出したの。自分が何を望んでいたのか、って」

リアムに自分で決めろと言われたロゼッタは、自身の過去を思い出す。

「名ばかりの公爵家として辛《つら》い人生を歩んでいたわ。それでも、ダーリンと出会ってわたくしは助けられたの。でも、助けられたのはわたくしと周りの人たちだけよ。だから、今度はわたくしが困っている人を助けたいの」

ロゼッタは、親衛隊の隊員を、わざわざ困っている人間から募集すると言い出した。

貧乏、借金、様々な理由で苦しんでいる者たちを集める、と。

ユリーシアは現実的な意見を述べる。

「借金も貧乏も、本人の責任である場合も多いですよ。全員を救うつもりですか？」

ただ助けるだけでは、いくら莫大《ばくだい》な予算があってもすぐに尽きてしまう。

それに、ギャンブルで借金を作るような者が親衛隊に入るなど、ユリーシアからすれば論外だった。

ロゼッタが甘い考えを実行するなら、止めるつもりでいた。

しかし、ロゼッタは首を横に振る。

「そんなのダーリンは認めないと思うの。親や先祖の残した負債――本人に関係なく、どうしようもない状況にある人たちを選ぶつもりよ」

ユリーシアは全面的に賛成できないが、それでも誰でも救いたいと言われるよりはいいと考えて妥協する。

「それなら大丈夫ですね。ただ、そうなると質という面で問題を抱えます。下手をしたら一から教育をする必要がありますから」

生活に困窮して、まともに教育を受けていない可能性だってある。

優秀な者たちを採用するのではない。

人を集め、育てていこうというのだから。

「構わないわ。時間をかけてもいいの。最低限の体裁を整えたら、後はゆっくり育てていきましょう。あたくしの親衛隊は、困っている人たちにチャンスをあげたいの」

ロゼッタを守る親衛隊を用意するはずが、何故《なぜ》か本人の意向でこうなってしまった。

優秀な者たちを揃え、最新の戦艦や機動騎士を与えた方が時間と予算を考えても効率的だ。

だが、ロゼッタはリアムに好きにしろと言われている。

ユリーシアがロゼッタの要望に適う艦隊を編成するだけだ。

──正室であるロゼッタの不興を買ってまで、対立したくないという気持ちも僅かにあるのだろう。

「一般的な貴族の親衛隊は期待しないで下さい。まともに動けるようになれば、御の字だと思っていて下さいね」

「お願いするわ」

見栄えなど気にしないというロゼッタに、ユリーシアは困ったように笑いながら今後の計画を練っていく。

二人の話を聞いていたシエルは、当初の予定とは違う内容に困惑するも否定はしなかった。

（やっぱりロゼッタ様は優しいわね。ロゼッタ様が作る親衛隊なら安心できそう）

ロゼッタの作る親衛隊が、いつかリアムを止めてくれる――シエルはそんな未来を妄想していた。

方針が決まると、ロゼッタが声を張り上げる。

「そうと決まれば、すぐに実行するわ！　領内にも募集をかけるけど、可能なら帝国の直轄地でも許可を取って募集するわ。他領は――許可は出ないと思うけど、一応は話をしておきましょう」

領主たちにとって人は資源と同じである。

引き抜かれる行為を容認する領主たちは少なく、ロゼッタもあまり期待していなかった。

ユリーシアの方は、面倒な仕事が増えた割に少し嬉《うれ》しそうにしていた。

仕事らしい仕事ができたからだろう。

「これはちょっと大変な仕事になりそうですね。まずはどこから手を付けるべきか――」

こうして、ロゼッタの親衛隊が設立に向け動き出した。

◇　◆　◇　◆　◇

「どいつもこいつも馬鹿ばかりか!?」

歯を食いしばって悔しがる俺は、天城《あまぎ》と一緒にモニターを見ていた。

天城と一緒に世論調査の結果を見ているのだが、俺は納得できずにいる。

不満そうな俺に、天城が結果について説明してくる。

「領民たちの多くが増税に賛成ですね。税金が社会福祉に回れば、恩恵も受けられると正しく伝わった結果でしょう。官僚たちの努力の賜《たまもの》です」

「あいつらは頑張りすぎだ」

古来より官僚たちにフリーハンドを渡せば、余計なことばかりする。

放置すると駄目になるのが官僚だ。

だから、俺が細かな指示を出さなくても勝手に悪さすると思っていたし、実際しているはずだ。——多分。

俺なら確実にする！

しかし、社会福祉の充実を謳《うた》い増税したのはいいが、どうやら政策——悪さが巧妙すぎて領民たちには本当に社会福祉が充実しているように見えるようだ。

そのため、領民たちは増税に対して不満が少ない。

増税に堪えているようには見えなかった。

「俺の完璧な計画が狂うなんて」

「旦那様に完璧な計画が今までにあったでしょうか？　いえ、普段こそ有能ですが、悪ぶっている時はどうにも――」

天城から見ると、俺は悪徳領主として失格らしい。

こんなの耐えられない！

「天城、すぐに政庁に繋《つな》げ！」

「モニターに映します」

今までニュースを見ていたモニターに、汗をかく官僚の姿が映し出された。

急な呼び出しに怯《おび》えているのだろうが、上位者である俺を待たせられないので慌てて応じたのだろう。

『リアム様、何事でしょうか？』

「社会福祉の件に決まっているだろうが！　もっとシンプルにできなかったのか!?」

もっとわかりやすく領民たちから搾り取っている感じを出さないと、領民たちは何が起きているのか理解してくれない。

俺は馬鹿な領民たちが知らず知らずの内に税を搾り取られている姿が見たいのではなく、気づいた上で苦しんでいる姿が見たいのだ。

これは子作りデモの復讐《ふくしゅう》だ！　必ず領民共を苦しめてやる！

『シンプルに、ですか？　いえ、しかし、これ以上は――』

「お前らならできるだろ？――やるよな？」

昔から官僚というのは抜け道を作るのが得意な生き物だ。

できないはずがない。

『す、すぐに見直しに入ります！』

「それでいい。しっかりやれ。——俺の期待を裏切るなよ？」

最後に圧力までかけてやった。

上司から無理難題を押しつけられた上に「期待しているからね？」なんて言われてみろ。

それはただの圧力だ。

これで官僚たちも張り切って社会福祉を役に立たない政策にして、領民たちを怒らせてくれるはずだ。

「俺を怒らせたことを後悔させてやる。待っていろ、領民共」

天城が、子作りデモの件を引きずる俺に呆《あき》れた顔を向けてくる。

「まだ諦めていなかったのですか？」

「当然だ。俺を怒らせた罪深き領民たちを苦しめてやる」

修行の続きを行うため、俺が首都星に戻る日も近い。

早く領民たちの苦しむ顔が見たいものだ。

◇　◆　◇　◆　◇

数ヶ月後。

政庁の発表により、社会福祉の政策について見直しが入った。

領民たちはこの話で盛り上がっている。

「前よりもわかりやすいな」

「リアム様がわかりやすくしろ、って直接命令したそうだよ」

「政庁の連中たちが期待していると言われて、やる気になったとか聞いたな」

これまでもありがたい政策だったが、使いやすくシンプルになっていた。

領民たちからすれば大歓迎である。

「それにしても、前のままでもよかったのにリアム様は手を抜かないな」

「あの人は本当に立派だよ」

「今は首都星に向かっているんだったかな？」

「もうすぐ貴族様の修行が終わるらしいから、あと数年で戻ってくるらしいぞ」

「早く戻ってこないかな」

「修行が終わったら、本星に落ち着いてくれるかな？」

リアムの予想とは違った方向に話が進み、領民たちは更に感謝することになった。

◇　◆　◇　◆　◇

首都星で借りている高級ホテルの最上階。

俺は報告を聞いて膝から崩れ落ちた。

領内では、俺が政策の見直しをさせたことで評判が上がっているらしい。

天城が無表情ながらも、少し嬉しそうに報告してくる。

「リアム様のおかげで、制度がよりわかりやすくなったと好評です。領民たちから感謝の声が届いていますよ」

「お前らを苦しめるためにやっているんだよぉぉぉ！」

ここまで領民たちが馬鹿だと恐ろしくなってくる。

俺はゆらりと立ち上がり、側《そば》にいた天城に命令する。

「天城――領内の教育を見直すぞ。今のままだとレベルが低すぎて駄目だ」

「教育ですか？　現在のレベルでも十分だと思いますが？」

「自分たちが苦しめられていることにも気がついていないだろうが！　何で俺に感謝するんだよ!?　普通は怒る場面なんだよ!!」

これが前世なら、政権与党の評判はガタ落ちしていたはずだ。

どうして感謝する!?

俺の領民たちは馬鹿ばかりか？

馬鹿ばかりの領地とか――何だか怖くなってきた。

俺の領地の教育レベルが、実は低すぎるのではないかと不安になってくる。

「現在、義務教育は九年ですよ」

「十二年に延長して、内容も見直せ。もう少しマシな教育をしろ」

自分たちが苦しめられていることに気がつかないなんて、逆に恐ろしい。

騙《だま》したくて増税したんじゃない。

苦しむ姿を見たくて増税したんだよ！

――悪徳領主になる道は果てしなく険しい気がしてきた。

◇　◆　◇　◆　◇

香菜美《かなみ》が目を覚ますと、そこは召喚される前にいた公園だった。

「あれ？　私はどうして――」

目覚めたばかりで頭が回らず、先程までの出来事がまるで夢のように感じられた。

異世界に勇者として召喚された――そんな夢を見ていたのではないか？

実際に夜が明けて早朝になっている。

公園で野宿をして変な夢を見た、と思っても仕方がなかった。

だが、右手に握りしめた小さな袋が、香菜美に異世界の出来事が本物であると教えてくれる。

中身を確認すると、入っていたのは宝石と金貨だった。

「あははっ——夢じゃなかったんだ」

早朝の公園でベンチに座り、空を見上げる香菜美はリアムを思い出す。

最後に頭を優しくなでてくれたのだが、その時の感触がとても懐かしかった。

まるで、父さんに頭をなでてもらった時の感触だった。

自然と涙が溢《あふ》れてくる。

父さんではないと知りながらも、懐かしい人に出会えたような気がしたから。

ただ——。

「どうして、似ても似つかないあの人とお父さんを重ね合わせたのかな？」

——リアムと父さんを重ね合わせた自分が不思議で仕方なかった。

性格は真逆と言っていい二人である。

それでも、香菜美は心が少しだけ軽くなった気がした。

右手に持った袋を大事に握りしめる。

「気は進まないけど、一度家に戻らないと駄目よね。結構日にちも経《た》っているし、母さんが心配しているかも？——それはないか」

今の母親が自分を心配するわけがない、と自嘲する。

いや、もしかしたら稼ぎ頭が消えた事を心配するのではないだろうか？　自分よりも、お金の方を重要視していそうだから、と考えて嫌な気持ちになった。

とにかく戻らなければ、と思いベンチから腰を上げる。

◇　◆　◇　◆　◇

香菜美がドアを開けて恐る恐る中へと入る。
自分の家ではあるが、久しぶりということもあって僅かに勇気を必要としていた。
「ただいま」
小声で帰りを知らせるが、部屋の中から聞こえてくるのは母親の寝息だった。
こたつで眠っていた母親を見ると、周囲には酒瓶が転がっている。
その姿を見て香菜美は呆れ果ててしまう。
自分を捜そうともせず、いつものように酒を飲んで眠っている姿に腹が立った。
しかし、すぐに不自然な点に気がつく。
香菜美は部屋の中を見回しながら、目を見開いていた。
「変わってない」
あの日、部屋を飛び出した時と部屋の様子に違いが少なかった。
台所を見れば、香菜美が用意していた夕食が食べられていた。
片付けはされていなかったが、数日も放置されていた様子がない。
昨晩食べて、そのまま放置されただけに見える。
すぐに日付を確認するためテレビを点《つ》けると、早朝のニュース番組に驚かされる。

香菜美が異世界に召喚された翌日だったのだ。

異世界で一週間以上を過ごしていたはずなのに、戻ってきてみれば召喚された日の翌日だった。

驚きを自分の中で消化し始める香菜美だったが、同時にふつふつと怒りがこみ上げてくる。

原因は明白だ。

母親だった。

部屋の様子を見ればすぐに気づいた。

自分が部屋を飛び出した後、母親は捜そうともしなかったのだろう。

途中まで用意していた夕食を食べ、その後はいつも通り酒を飲んで眠っていたはずだ。

すぐに戻ってくるとでも考えていたのなら、香菜美が飛び出した原因を軽く考えているとしか言えなかった。

娘を夜の店で働かせる行為が、母親には罪悪感すら抱かせない程度なのか、と香菜美は怒りと悲しみを覚える。

その時、リアムの言葉を思いだし、声に出して呟《つぶや》く。

「――私の人生の責任を取るのは私だけ」

今の母親を見ていると、リアムの言葉が素直に受け入れられた。

このままでは、自分の人生は母親に駄目にされてしまう。

腹立たしさで手に力を込めると、宝石と金貨の入った袋を握りしめていた。

「ここで変わらないと、私はずっと変われない」

自分に言い聞かせるように呟く香菜美は、すぐに行動を開始する。

母方の祖父母に連絡を取るため、連絡先が記された物がないか探し始める。

しかし、母親は実の両親から縁を切られていた。

不倫をしていた事を責められ、実の両親と自ら疎遠になっていた。

その後に男性に捨てられた際は、恥ずかしげもなく両親を頼っていたが。

ただ、祖父母は母親を許しはしなかった。

実家に戻ることを許さず、援助もしないと言って追い出されたそうだ。

香菜美は詳しい事情を知らないが、そこから祖父母との縁は切れている。

「駄目だ。連絡先が見つからない。どうしよう」

連絡先が見つからなければ、祖父母と話ができない。

落ち込む香菜美だが、すぐに立ち上がって身支度を整える。

私服に着替え、財布を持って部屋を出る。

「学校には後で連絡を入れるとして、まずはお爺《じい》ちゃんとお婆《ばあ》ちゃんの家に行こう。確か、電車を乗り継いだら近くまで行けたはずだから――」

連絡先がわからなくても、子供の頃に何度か遊びに行った記憶は残っている。

平日で授業もあるのだが、今はすぐに行動するべきである、と――リアムならば言うだろうと思えた。

アパートを後にする香菜美は、一度だけ振り返る。

母親への申し訳なさはない。

良くも悪くも、今回の一件で見切りを付けることができた。

ただ、もう会えない父親には伝えたかった。

伝わらないとわかってはいるが、声に出して言いたかった。

「お父さん、ごめんね。でも、私はこれから前を向いて生きるから――もしも、許してくれるなら見守っていてね」

表情を引き締めて駅へと駆け出す。

一分一秒でも無駄にしたくなかった。

◇　◆　◇　◆　◇

その後は驚くほど簡単に話が進んだ。

香菜美が祖父母の家を訪ねると、驚かれたが歓迎され受け入れてくれた。

そこで香菜美は、自分たち母子の現状を祖父母に包み隠すことなく全て伝えた。

母親が働かないこと。

自分がアルバイトをしながら生計を立て、ついでに借金もあること。

話している内に涙を流す香菜美を見て、祖父母も憐《あわ》れに思ったのだろう。

そのままその日は祖父母の家で世話になると、翌日には三人でアパートに向かった。

祖父母が家に来ると思っていなかった母親は、二人の顔を見ると悔しそうな顔をしていた。

今の暮らしぶりを見られた恥ずかしさや、助けてくれなかった二人に対する怒り。

そして、祖父母を連れて来た香菜美にも激しい怒りを向けていた。

祖父母に問い詰められた母親は、最初は小さくなって黙って話を聞いていた。

しかし、責められ続けて頭に来たのだろう。

自分がこんな目に遭っているのは、助けてくれなかった両親のせいである、と本当に声に出して言った時は——香菜美は自分の判断が正しかったのだと思い知らされた。

もう、この母親に常識を期待しても無意味なのだ、と。

その後、香菜美は祖父母に引き取られることになった。

◇　◆　◇　◆　◇

あれから数ヶ月後。

香菜美は祖父母の家から通える高校に転校し、新しい生活を開始していた。

祖父母の実家は田舎にあり、これまでとは違った暮らしを送っている。

通学に使用するのはバスであり、アルバイトをしようにも働く場所はなかった。

都会と違って不便も多いが、香菜美は今の暮らしが嫌いではなかった。

祖父母の家は古いが広いため、香菜美の部屋が用意された。

アルバイトをせずに、勉強に時間を割けるのは素直に嬉《うれ》しかった。

家事も祖母が行っており、夕食の支度や片付けは手伝う程度でいい。

母親と暮らしていた頃と比べれば、香菜美にとっては天国だった。

夕食後、香菜美は机に向かって勉強をしていた。

これまでの遅れを取り戻したいという気持ちと、奨学金を利用するためだ。

返済不要や利息のかからない奨学金を利用しようと思えば、どうしても成績が重要になってくる。

家庭環境も考慮されるらしく、香菜美にも可能性はあった。

もっとも、現状ではかなり厳しい。

アルバイトや家事に時間を割いてきた香菜美は、お世辞にも成績が優秀とは言えないからだ。

今から頑張っても遅いかもしれない。

無駄かもしれない。

進学なんて諦めて、高校時代を遊んで謳歌《おうか》する――そんな道も考えた。

しかし、そんな考えが頭をよぎる度に思い出す。

気がつけば、香菜美《かなみ》は勉強をしながら呟く。

「自分の人生、最後に責任を取るのは自分だけ――」

何度も諦めそうになる度に、リアムの言葉を思い出す。

不思議なもので、異世界で仲良くしていたエノラのことは月日の経過と共に記憶が薄れていく。

彼女は優しくて立派だったし、友人として好ましかった。

それなのに、思い出すのはリアムのことばかりだ。

香菜美は机の引き出しを開けると、そこに大事にしまっている小さな革袋を手に取る。

心が折れそうになった時は、いつもこの袋に手を伸ばす。

中に入っているのは、宝石や金貨だ。

ずっしりとした重みを感じる。

「結局売れなかったなぁ」

売ってお金にして、学費の足しにしようと考えたことは一度や二度ではない。

簡単に調べただけでも、香菜美が持っている宝石と金貨を売れば数百万にはなると判明している。

それだけあれば、大学への進学の足しになる。

足りない分は、大学に通いながらアルバイトをして稼げば良い。

そんな風に何度も考えた。

実際、リアムがこの場にいれば「どうしてさっさと売らない？」と言い、首をかしげて呆《あき》れた顔をしそうだ、と香菜美は思い浮かべる。

だが、売れなかった。

売る手段がない、というのも理由の一つではあるが、一番の理由は香菜美が持っていたかったからだ。

装飾品が好きだから手放さない、というわけではない。

年頃ではあるし、少しは興味だってある。

しかし、この袋には金銭以上の価値があった。

香菜美にとっては、この片手に収まる袋と中身こそが、あの日に経験した非日常が現実であるという証《あかし》である。

——忘れたくはなかった。

「きっとリアムさんは呆れるだろうな」

別れ際に「お前は男の趣味が悪い」と言われたのを思い出すと、ちょっとばかり腹立たしい気持ちもある。

しかし、彼のおかげで新しい人生を踏み出せた。

こうして安心して勉強をしていられるのも、行動するきっかけをくれたリアムのおかげだと思っている。

そして、随分と記憶から薄らいだ父親のおかげだ。

あの時には気づかなかったが、香菜美はリアムとの会話で父親の記憶を幾つも思い出していた。

——お父さんはあの時、こんな事を言っていたな。こんな風に叱ってくれたな。こんな風に諭してくれたな——。

まさか、異世界で大切な父親のことを鮮明に思い出せるとは思わなかった。

「——さて、もう少し頑張らないとね」

休憩を終えて勉強に戻る香菜美は、袋を机の引き出しへとしまい込む。

あの日を忘れないために。

この袋と中身は、しばらく手元に残しておこう。

——そう、香菜美は決めていた。

特別編 ▶ 量産型メイドロボ・玉城

「立山《たてやま》、大丈夫か？　もう少し安静にしていた方が良くないか？」

「大丈夫、です」

「本当か？　何なら、お前の仕事は新人の二人に押しつけていいぞ。あいつらはしばらくこき使っていいから」

「は、はい、です」

キースたちにより壊された立山だが、メーカー修理を終えて領地に戻ってきた。

メイドロボとして復帰して一ヶ月――毎日のように、リアムが様子を見に来て心配している。

復帰して一ヶ月も経過しているのに、だ。

困っている様子の立山を見かねて、天城《あまぎ》がリアムに注意をする。

「旦那様、立山は復帰して一ヶ月が経過しております。業務に問題はありませんので、心配する必要はございません」

普段なら天城に注意されれば引き下がるリアムだが、今回ばかりは違った。

「立山は大怪我《おおけが》をしたんだぞ！　天城、お前はちょっと冷たくないか？」

「冷たくありません。旦那様の反応がおかしいと、何度もお伝えしております」

僅かに――天城がリアムに対して厳しい態度を取っている。

その様子を物陰から覗《のぞ》いているのは量産型メイドロボの【玉城《たまき》】だ。

大きな柱から顔を出して、リアムと天城の間で困ってオロオロしている立山を見ている。

玉城はリアムたちに聞こえる声量で呟《つぶや》く。

「統括は立山に嫉妬しているのですね。旦那様がこの一ヶ月、立山にかかりきりで構ってもらう時間が少ないのが原因でしょうか？」

リアムがすぐに玉城の顔を見てから、視線を天城へと向ける。

天城の方は無表情――内心を悟られないように完璧な無表情を作っていた。

だが、そこはメイドロボに詳しいリアムである。

「天城――立山に嫉妬していたのか？　俺を取られると思って？」

「――嫉妬などしていません。そもそも、我々に嫉妬という感情は存在しません」

否定する天城だったが、先程よりも事務的な態度が恥ずかしさを隠しているとしか思えなかった。

実際、玉城が覗いているメイドロボのチャットルームでは、姉妹たちが騒がしくしながら天城の内心を予想している。

『これは統括の判断ミスですね。機械的な対応は、図星を突かれた証拠でしょうし』

『統括が恥ずかしがってるぅ～』

『そういえば、最近の統括は普段よりも業務のチェックが厳しかったですね。注意する際も、普段より説教が数分ほど長かったです。おや？　おやおや？』

姉妹たちの業務を厳しく監視し、説教する際は普段よりも長い――人間で言うならば、明らかに嫉妬から周囲への八つ当たりが増えた状況だろう。

玉城の目の前では、リアムが申し訳なさそうにしている。

「お前をないがしろにしているつもりはなかったんだ。ただ、立山が心配で――ごめんな、天城」

素直に謝罪をしてくるリアムを前に、僅か。本当に僅かに、天城が困ったような顔をしていた。

チャットルームは、イラストのスタンプが張られまくって大騒ぎだ。

『素直に謝られた統括が、ちょっと嬉しそうにしてるぅぅぅ!!』

お調子者の塩見《しおみ》が大騒ぎしているが、玉城は思うのだ。

(――塩見は後で統括に呼び出されるわね)

玉城が呆れていると、チャットルームの塩見が言い返してくる。

『統括に呼び出されるのは玉城も同じではありませんか？　そもそも、この状況を作り出したのは玉城ですよね？』

私は怒られるかもしれないが、お前も一緒だぞ！　と言っている塩見に向かって玉城は不敵な笑みを浮かべていた。――メイドロボ基準で。

(まだ結果は出ていません。ほら、状況が動きますよ)

素直に謝罪をするリアムに、天城はやや困った様子で返事をする。

「――旦那様が立山を心配するのは仕方がありません。こちらも配慮に欠けておりました。立山の仕事量を見直し、新人メイド？　のお二人に仕事を振りましょう」

「あぁ、あいつらは好きなように使っていいぞ。俺が許可する」

あの二人――罰として騎士からメイドになったティアとマリーだ。

メイドロボの立山を気遣い、あの二人に仕事を押しつける。

人間の仕事を減らすために作られたメイドロボのために、人間が働くというのもおかしい話である。

玉城はこの状況を、わざわざアナログ的にメモを取り出してペンで書き込む。

メモには「ネタ帳」と書かれてあった。

「メイドロボのために働かされる人間たち――これはネタが一つ増えましたね。いつか冗談として使う場面が来ることを願います」

満足そうにネタ帳を閉じると、リアムと仲直りをした天城が玉城のもとにやって来る。

その状況に、チャットルームの塩見は大騒ぎだ。

『ほら、統括の説教タイム～！』

玉城が怒られると思って喜んでいる様子だった。

実際、天城は玉城の言動をよく思ってはいないようだ。

「玉城、先程の大きすぎる独り言は何ですか？　旦那様に対して失礼ですよ」

「申し訳ありません」

頭を下げると、僅かに間を置いてから天城が言う。

「――今後は気を付けるのですよ。さぁ、業務に戻りなさい」

「はい」

すぐに説教が終わってしまうと、チャットルームの塩見が愕然《がくぜん》としていた。

『どうして？　普段の統括なら、これでもかと責めてくるのに！』

天城が玉城をこの程度で許したのが理解できない様子だった。

そして、天城がチャットルームに降臨する。

いつの間にか、他の姉妹たちはコメントを消してチャットルームを出ていた。

『――塩見、後で私の部屋に来なさい。立山の業務を見直すついでに、塩見の業務も見直すべきと判断しました。遊んでいる余裕があるのですから、業務に余裕がありそうですからね。素晴らしい処理能力を持った塩見には、もっと沢山の仕事をこなしてもらいましょうか』

天城がチャットルームを退出すると、塩見が泣き顔のスタンプを貼った。

『こんなの理不尽です！』

玉城は業務に戻りつつ、この件もネタ帳に書き込むのだった。

「このネタもいつか誰かに披露したいものです」

あとがき

今巻もお楽しみ頂けたでしょうか？

どうも作者の三嶋与夢《みしまよむ》です。

『俺は星間国家の悪徳領主！』も今巻で七冊目！

相変わらず好き勝手に書いておりますが、細かいことはいいんだよ！　の精神で今後も頑張っていこうと思います。

面白さ重視って大事ですね。

今巻も大幅に加筆し、「小説家になろう」に投稿しているＷｅｂ版をより楽しめるように改稿しました。

今からＷｅｂ版を読むと、登場していない機動騎士やキャラクターがいて書籍版とは印象が変わるかもしれませんね。

書籍版でもＷｅｂ版でも印象が変わらないキャラクターもいると思いますが――（汗）。

機動騎士もＷｅｂ版と比べると登場している機体数が違いますね。

圧倒的に書籍版の方が多いです。

ネヴァン、ラクーン、テウメッサ、エリキウス、などなど。

書籍版でしか登場しておりません。

機動騎士絡みのエピソードを楽しみたい読者さんは、書籍版を追いかける方が楽しめるかもしれませんね。

加えて、Ｗｅｂ版よりも増量していますので、エピソードやキャラクターの掘り下げは書籍版の方が楽しめると思います。

さて、書籍版の売り込みも書きましたので、ここからが本当のあとがきになります。

今巻で主人公のリアムは、前世で因縁のある相手と再会を果たします。

当初は異世界転生を果たしたリアムが、異世界転移？　勇者召喚されたら面白いのではないか？　という気持ちでＷｅｂ版の七章を執筆しました。

その際に、他の勇者とも絡んだら面白そう！　いっそ、因縁のある相手にしよう！　となって、香菜美の登場です。

リアムが前世とどのように向き合うのかは、本文で確かめて頂く方がいいでしょう。

今巻では香菜美というキャラクターをより掘り下げましたので、その辺りも楽しんで頂ければ幸いです。

まぁ、今巻で一番悩んだのはメイドロボですけどね。

七巻を読むと理解して頂けると思うのですが、ある役を誰に任せるか？

ギリギリまで悩みました。

Ｗｅｂ版では量産型のメイドロボたちに名前はなく、エピソードもありませんでした。

ただ、書籍版はおまけで量産型のメイドロボたちに名を与えてしまいました。

いっそ量産型メイドロボに新キャラを登場させて対処するべきか？

そんな風に悩みましたが――結果は七巻を読んで頂ければと思います。

あとがきから読むという読者さんもいるらしいので、ネタバレはしません。

それにしても、量産型ちゃんたちは人気ですね。

書籍版限定のオマケで名前をつけて活躍させましたが、それぞれにどのような個性を与えてリアムたちに絡ませるか毎回考えるのが楽しいです。

個人的に一番成功したと思っているのは、引っ込み思案の立山でしょうか？

立山の話は書いていて楽しかったですね。

自分のグッズ販売を絶対に許さないリアムが、立山の手作りグッズを前に頭を抱えて悩む姿を想像した時は、これだ！って思いました。

今後も量産型メイドロボの新キャラを登場させ、賑《にぎ》やかなバンフィールド家の日常を書けたらと考えています。

それでは、今後とも応援よろしくお願いいたします！

また次巻でお目にかかりましょう。

MVP
今後ともよろしくお願いします。
高峰ナダレ

俺は星間国家の悪徳領主！ ⑦

発　行　2023年5月25日　初版第一刷発行

著　者　三嶋与夢
発行者　永田勝治
発行所　株式会社オーバーラップ
〒141-0031　東京都品川区西五反田8-1-5
校正・DTP　株式会社鷗来堂
印刷・製本　大日本印刷株式会社

Printed in Japan　ISBN 978-4-8240-0499-4 C0193

オーバーラップ文庫
あたしは星間国家の
I am the Heroic Knight of the Interstellar Nation
英雄騎士！
いつか、あの人みたいな
正義の騎士に!!
星間国家の伯爵家で、騎士としての第一歩を踏み出した少女エマ。幼い頃に見た領主様に憧れ、彼のような正義の騎士を目指すエマだけど、初陣で失敗してしまい辺境惑星に左遷されてしまう。その上、お荷物部隊の隊長を押し付けられてしまい……？
著 三嶋与夢　イラスト 高峰ナダレ
シリーズ好評発売中!!

第11回 オーバーラップ文庫大賞
原稿募集中！
イラスト：じゃいあん
【締め切り】
第1ターン 2023年6月末日
第2ターン 2023年12月末日
各ターンの締め切り後4ヶ月以内に佳作を発表。通期で佳作に選出された作品の中から、「大賞」、「金賞」、「銀賞」を選出します。
その物語は、きっと誰かが好きな物語。
【賞金】
大賞……300万円
（3巻刊行確約＋コミカライズ確約）
金賞……100万円
（3巻刊行確約）
銀賞……30万円
（2巻刊行確約）
佳作……10万円
投稿はオンラインで！ 結果も評価シートもサイトをチェック！
https://over-lap.co.jp/bunko/award/
〈オーバーラップ文庫大賞オンライン〉
※最新情報および応募詳細については上記サイトをご覧ください。
※紙での応募受付は行っておりません。